KB272727

천년지로

천년지로 3

홍정환 新무협 판타지 소설

초판 1쇄 찍은 날 § 2003년 3월 10일
초판 1쇄 펴낸 날 § 2003년 3월 20일

지은이 § 홍정환
펴낸이 § 서경석

편집장 § 문혜영
편집책임 § 장상수
편집 § 박영주 · 김희정 · 유경화
마케팅 § 정필 · 강양원 · 이선구 · 김규진 · 홍현경
펴낸곳 § 도서출판 청어람
등록번호 § 제1081-1-89호
등록일자 § 1999. 5. 31
어람번호 § 제2-0193호

주소 § 경기도 부천시 원미구 심곡1동 350-1 남성B/D 3F (우) 420-011
전화 § 032-656-4452 팩스 § 032-656-4453
http://www.chungeoram.com
E-mail § eoram99@chollian.net

ⓒ 홍정환, 2003

값 7,500원

ISBN 89-5505-619-2 (SET)
ISBN 89-5505-622-2 04810

※ 파본은 본사나 구입하신 서점에서 교환하여 드립니다.
※ 저자와 협의하여 인지를 붙이지 않습니다.

홍정환 新무협 판타지 소설

千/年/之/路

천년지로

3

중심유위(中心有僞 : 속마음은 거짓이라)

도서출판
책어람

목
차

1. 다 나와!

연진우는 어리둥절한 표정으로 정면을 바라보고 있었다.

홀딱 벗은 채 나무를 끌어안고 있는 모습을 처음 본 것은 아니다.

하지만 다른 사람이 그렇게 하고 있는 것은 처음 보았다.

지금 연진우의 눈앞에서 나신으로 나무에 매달려 있는 사람은 초목 수호신군이 아니었다.

왼쪽 뺨에 길게 난 상처. 연진우도 익히 알고 있는 사람이다.

흐릿하게 기억이 날 듯 말 듯한 시기, 이지가 마비되어 정상적인 인간의 삶을 살지 못하던 시기에 헤어진 사람이다.

눈썹을 가운데로 모으며 생각에 빠졌던 연진우는 나무에 매달린 공손찬을 보았다.

"주무십니까?"

연진우의 조심스러운 목소리에 공손찬의 눈이 번쩍 뜨였다.

그리고 그의 입에서 버럭 고함이 터졌다.

"자긴 누가 잔다고 그래?! 홀딱 벗은 것도 모자라 이런 자세로 자는 사람도 있다던?"

공손찬은 나무에서는 떨어지지 않은 채 고함을 지르며 연진우를 노려보았다. 하나 연진우는 천연덕스러운 얼굴로 그의 눈을 마주 봤다.

일촉즉발(一觸卽發)의 긴장감이 갑자기 그들 주위에 감돌았다.

노려보는 공손찬의 눈에서 흡사 강기(罡氣)와도 같은 기운이 쏟아지는 느낌이다.

그러나 그러기도 잠시, 공손찬은 노려보기를 그만두고 나무 둥치를 끌어안은 팔에 힘을 주었다.

느낄 수 있다.

연진우는 모공을 통해 기의 흐름을 느끼고 있었다.

지금 공손찬은 나무를 매개물로 삼아 천지간에 충만한 대자연의 기운을 흡수하고 있는 것이다.

연진우는 눈을 감았다.

이 미묘한 느낌을 놓치기 싫었다.

지금에 와서야 느끼게 된 것이지만—초목수호신군이 가르쳐 주었을 것이 분명한—저 자세에는 나름의 특이한 효능이 있어 보인다.

비록 연진우가 얻은 기연처럼 막대한 양의 기운을 끌어모을 수 있는 것은 아니지만 흙[土]에서 비롯되는 연진우의 신공은 몸을 비옥하게 만들어 우주의 기운을 받아들일 수 있는 그릇을 이루어준다.

하지만 나무[木]를 통해 기운을 얻는 수행에도 나름대로의 장점이 있었다.

식물에는 주맥(主脈)에서 측맥(側脈), 그리고 세맥(細脈)으로 이어지는 관이 있다. 인간으로 치자면 십이경락과 기경팔맥, 그리고 혈관이 이에 해당한다고 볼 수 있을 것이다.

공손찬이 나무에 달라붙어 흡수하고 있는 힘은 그러한 나무의 성질을 닮아 있었다. 비록 힘 자체는 하늘과 땅의 모든 것에서 비롯되었지만 나무를 매개로 하는지라 매개물의 성질을 닮은 것이다. 이것은 마치 물을 네모 그릇에 담으면 네모 꼴이 되고, 세모 그릇에 담으면 세모 꼴이 되는 것과 같은 이치이다.

결국 이러한 목기(木氣)의 수행은 인간의 경맥을 단련시켜 준다. 특히 끊어지고 잘라진 경맥을 이어주는 데에 탁월한 효능이 있다.

공손찬은 지금 망가진 몸을 고치고 있는 것이다.

"제법 빨리 배우네, 다른 물건 도움 없이. 어떤 녀석이랑은 그릇이 달라."

언제 나타난 것일까? 어느새 연진우의 옆에는 초목수호신군이 우두커니 서 있었다. 예의 도사 복장을 단정하게 차려입고.

연진우는 반색을 했다.

옷이 바뀌자 행동하는 것도 달라졌다.

물론 완전히 변하지는 않았다. 하지만 알몸일 때와 지금은 비교할 수도 없을 만큼 많이 달라졌다. 말 한마디에서도 왠지 모를 품위와 박력이 동시에 느껴졌다. 툭툭 던지는 말에서 예전의 모습을 수시로 발견할 수 있기는 했지만…….

'아직도 믿어지지 않아.'

초목수호신군, 아니, 창강자(蒼康子)를 본 연진우는 혼자 중얼중얼 뭔가를 뇌까렸다.

‘현문의 무공일 거라고 짐작은 했지만 설마 공동파였다니…….’

창강자의 능력은 대단했다.

섭혼의 재주만이 전부는 아니었다. 어딜 가든 단박에 눈에 띌 만큼 큰 덩치를 가지고도 고양이의 그것 같은 기민한 몸놀림으로 추격을 따돌렸다. 포위망을 벗어나는 동안 몇 명의 무사들과 만나기는 했지만 위협이 되지는 못했다. 연진우의 눈으로도 알아보지 못할 만큼 빠른 동작으로 그들을 소리없이 제압했던 것이다.

그 덕에 정의맹이 발칵 뒤집혔다. 내로라하는 일류고수들이 총동원되어 연진우와 창강자를 쫓았지만 그 누구도 두 사람을 잡지 못했다.

직접 보지 않았다면 결코 믿지 못할 일이었다. 천하무림을 반분하는 정의맹의 총단을 제 집처럼 휘젓고 다닐 수 있는 사람이 있다니…….

하여간에 연진우는 창강자의 도움으로 정의맹을 빠져나올 수 있었다.

두 사람은 개봉의 외곽에서 한참을 벗어난 곳에 있는 야트막한 산으로 갔다.

그곳에서 연진우는 헤어졌던 한 사람을 다시 만났다.

숭산 아래에서 벌어진 빗속의 혈투에서 자신을 구해주었던 인물.

한 자루의 연검을 가지고 아름다운 검술을 구사하던 바로 그 사람, 바로 공손찬이다.

생각지도 못했던 사람을 다시 만나게 된 것에 연진우는 당황했다. 그래서 창강자에게 자세한 연유를 물어보았다.

창강자는 월아산에서의 오랜 치료를 마치자마자 연진우의 흔적을 쫓기 시작했다고 한다. 달리 할 일도 없고 해서.

숭산까지 가는 것에는 아무런 문제가 없었다. 월아산에서 헤어질 때 소림사로 간다고 했었기 때문에.

그러나 숭산에 도착해서도 연진우를 만날 수 없었다.

만나려던 연진우는 못 만나고 숭산 전체에 깔린 피 냄새를 먼저 만났다.

이상하지 않은가? 불교의 성지에 지독한 피 비린내라니…….

이상한 느낌이 들었다.

산전수전을 다 겪은 무림기인 창강자의 직관이 예민하게 반응했다. 숭산에 가득한 피 냄새는 연진우와 관련된 것이라는 느낌이 강하게 들었기 때문이다.

그뿐만이 아니었다.

거지들이 수도 없이 서성거리고 있었다.

개방에 소속된 거지들이었다. 그것도 허리띠에 최소 다섯 개 이상의 매듭을 지은 거지들이었다.

강호에서 개방의 오결제자라고 하면 군소문파의 고수들은 한 수 접어준다.

아무리 머릿수 말고는 가진 게 없다는 개방이라지만 오결 이상의 제자만으로 한 지역을 까맣게 덮는다는 것은 상식적으로 이해가 되지 않았다. 더군다나 그 한 지역이 중원무림의 태두 소림사가 있는 숭산이라는 점까지…….

개방 외에도 또 다른 무리가 있었다.

숭산을 헤집고 다닌다는 행동은 동일했다. 하지만 개방도들이 대낮에도 떳떳하게 내놓고 다니는 것에 반해 그들은 어둠을 틈타 은밀하게 행동하고 있었다.

왜 소림사의 땡추들이 가만히 있는 걸까? 앞마당을 짓밟히면서도 왜 침묵하고만 있는 걸까?

고민하던 그는 개방도들이 한 동굴 주위에 매복해 있는 것을 발견했다.

창강자에게는 그들의 모양새가 덫을 놓고 기다리는 사냥꾼처럼 보였다.

그래서 그는 거지들을 순식간에 잠재워 버렸다.

그들이 놓고 있는 덫이 어떤 것이든 지금의 창강자를 막을 만큼 튼튼하진 못했다.

창강자는 바로 그곳에서 공손찬을 만났다.

심각한 상태였다.

검에 찔린 상처도 엄중했지만 외상에 대한 응급 처치는 이미 되어 있었다. 문제가 되는 것은 오래전부터 가져온 것처럼 보이는 내상이었다. 경맥이 가닥가닥 꼬이고 끊긴 심각한 내상.

공손찬의 호흡은 가늘고 급했다.

가만히 내버려 두면 얼마가지 않아 완전히 꺼질 듯한 미미한 생명의 기운이 그를 감싸고 있었다.

마음을 정한 창강자는 공손찬에게 자신의 오행진기를 주입했다.

공손찬의 얼굴에 혈색이 돌았다. 임시방편이기는 하나 그것으로 생명의 끈을 한 가닥 더 붙들었다.

그의 호흡이 안정되기 시작한 것을 본 창강자는 동굴 밖에 잠들어 있던 거지 하나를 깨웠다.

처음에는 아무것도 말하지 않으려던 거지였지만 창강자의 그리 대단할 것이 없는 몇 가지 재간을 몸으로 체험한 후에는 물어보지 않은 것까지 술술 말했다.

정의맹주의 명으로 연진우를 찾기 위해 숭산을 뒤졌다는 것과 혹시 있을지도 모르는 동조 세력의 꼬리를 잡기 위해 공손찬을 그대로 놓아두고 동굴 주위에 매복하고 있었다는 것을.

얼마 지나지 않아 공손찬이 의식을 회복했다.

창강자는 그에게 연진우를 아느냐고 물었다.

물론 공손찬은 연진우를 알고 있었다. 연진우를 알 뿐만 아니라 자신이 어떤 검술에 당하고 연진우를 빼앗겼는지도 알고 있다고 말했다.

이야기를 들은 창강자는 정의맹으로 갈 것을 결심했다.

공손찬도 따라가겠다고 했지만 창강자는 허락하지 않았다. 급한 대로 조치를 취하기는 했지만 그것은 어디까지나 응급 처치였다. 아직 제대로 걷지도 못하는 몸을 가지고 무슨 도움을 줄 수 있겠는가.

함께 가는 대신 창강자는 한 가지를 하고 있으라 말했다.

그리 길지 않은 구결을 전수해 주며 그것을 수행하고 있으라는 것이었다.

구결을 전해주며 창강자는 퉁명스럽게 한마디를 던졌다.

"깨지고 금 간 그릇을 그냥 놔두면 아무짝에도 못 써. 대충이라도 때워야 쓸 수 있는 거니까 일단은 아무 생각도 하지 마."

두 사람은 개봉을 향해 움직였다. 거동이 불편한 공손찬은 창강자에게 들려 움직이긴 했지만.

중간중간에 개방의 추격이 있기는 했지만 따돌리는 것은 그리 어렵지 않았다.

천하의 누구도 개방의 이목을 속일 수 없다는 말을 많이 하지만 창강자에게는 해당되지 않는 말인 것 같았다.

창강자는 개봉에 도착하기 전에 야트막한 산을 찾아 그곳에 공손찬을 내려놓았다.

"돌아올 테니 엉뚱한 생각 하지 말고 가만히 있어. 보름만 꾹 참고 수행하면 몸뚱이 움직이는 데는 크게 지장이 없을 거야."

그렇게 말한 창강자는 몸을 돌렸다.

몸을 날리기 직전 그의 고개가 뒤로 돌려졌다.

창강자의 입에서 짤막한 물음이 나왔다.

"너를 공격한 검술이 분명히 공동파의 복마검법(伏魔劍法)이렷다?"

고요하다.

너무도 고요하다.

초겨울의 산속은 죽음과도 같은 적막만이 가득하다.

졸졸 흐르던 냇물은 어느새 얼어붙어 있고, 푸르던 나뭇잎들도 낙엽이 되어 바스러진 지 오래이다.

적막하고 생기없는 모습.

딱딱하게 굳은 땅 아래에 동면하는 뱀이라도 있을까? 눈에 드러나는 생명의 모습을 찾기는 어려울 것 같다.

하늘에서 무언가가 떨어진다.

새하얗고 보드라운 것들이 떨어진다.

겨울의 첫눈이 내리고 있다.

눈 내리는 산속의 대기는 차가운 기운으로 충만하다.

그곳으로 눈송이가 떨어진다.

떨어지다 말고 허공으로 밀려 올라간다.

냉기 가득한 허공에 천천히 움직이는 무언가가 있었다.

탄력있는 근육으로만 이루어진 구릿빛 물체.

그것은 청년의 팔이었다.

청년은 차가운 눈밭에서 웃통을 벗고 팔을 움직이고 있었다.

내리기 시작한 지 얼마 되지 않은 눈이 어느새 청년의 어깨 위에 시리도록 녹아들었다.

하지만 청년은 눈 따위는 개의치 않는 듯 느리게 팔을 움직이고 있었다. 팔의 움직임에 따라 상체도 미미하게 움직이는 것 같다.

청년의 동작이 점점 커져 간다.

뿐만 아니라 빨라진다.

처음에는 상체만 움직였다. 하지만 상체의 동작은 점차 하제로 옮겨졌다.

어느새 그는 미친 듯이 보법을 밟으며 권법을 연마했다.

빠르고 격렬하다.

일 권 일 권에 실린 힘이 가공스러울 정도이다.

뼈와 살로 이루어진 것이 사람의 몸뚱아리지만 지금 움직이는 청년의 몸에 부딪친다면 쇠뭉치도 무사하지 못하리라는 생각이 든다.

그리고 잠시 후에 청년의 움직임이 또 달라졌다.

처음에는 숲 속에서 갈지(之)자 모양으로 움직였지만 이번에는 굵은 나무 한 그루를 중심에 두고 원을 그리며 움직이고 있었다. 장정 셋이 손을 잡고 얼싸안으려 해도 역부족일 만큼 굵은 나무였다.

청년은 나무 주위를 빙글빙글 돈다.

무당파의 연공 방법 중에 저와 비슷한 것이 있다. 하지만 무당 권법은 저처럼 격렬하지 않다.

격렬함.

동작 하나하나의 맺고 끊김이 분명하다. 일격에 실리는 위력 또한 만만치 않아 보인다. 전형적인 강권의 모습이다.

하지만 자세히 보니 청년의 격렬함 가운데에는 부드러움이 흐르고 있었다.

기이한 일이었다.

강과 유는 검의 양날과도 같은 것이다. 어느 것이 더 우월하다고 잘라 말할 수 있는 성질의 것이 아니었다.

양강(陽剛)과 음유(陰柔)에는 각각 그 나름의 장점이 있는 법이다.

싸움에 임했을 때의 승패는 그 사람이 양강한 공력을 수련했느냐, 음유한 공력을 수련했느냐에 달려 있지 않다.

자신의 체질과 기질에 잘 맞는 무공을 배워 부지런히 공력(功力)을 쌓는 것만이 전부이다.

남은 것은 오직 하나, 천운(天運)이 따르면 이기는 것이고 그렇지 않다면 지는 것이다.

강유를 조화시켜 절정의 경지에 오른다. 말은 그럴듯하지만 보통 무인들의 세계에서는 꿈과 같은 소리일 뿐이다.

강함과 부드러움의 조화를 추구하기 위해서는 두 가지 길을 선택할 수 있다.

하나는 양강과 음유의 한 길을 선택하여 그 길의 끝을 보는 방법이다. 극한의 강함과 극한의 부드러움, 둘 중의 하나를 체득하게 되면 그 이상의 것을 찾게 된다.

이 방법에는 한 가지 장점과 결점이 있다.

장점은 초반의 진보가 빠르다는 것과 가야 할 길이 명확하기 때문에 빠르게 달려갈 수 있다는 것이다. 또한 어느 정도의 경지에 오르는 것이 비교적 수월하다.

반면에 평생을 수행해도 반대 편의 길을 엿보기 힘들다는 단점이 있다.

그것이 강함이든 부드러움이든 간에 인간의 능력으로 끝을 볼 수 있을 만큼 만만한 것이 아니다.

끝을 보고 다음을 본다?

끝도 못 보고 볼장 다 보는 수가 있다.

또 하나의 방법은 처음부터 강함과 부드러움을 함께 수행하는 것이다.

그러나 이 방법에도 일장일단이 있다.

이 방법으로 고수가 된 사람들은 모두 강유를 겸비하게 된다.

이론적으로는 가장 이상적인 방법이리라.

하지만 결정적으로 이 방법으로는 고수가 되기 어렵다.

순양(純陽)과 순음(純陰).

극과 극에 있는 두 가지를 섞으면 둘 중 하나가 된다.

천하에서 가장 뛰어난 무공이 되던가 그보다 더 조악한 것은 없을 정도로 유치한 무공이 되던가.

천하제일의 무공이 되면 그것을 익힐 만한 재능이 필요하다.

또한 천하에서 가장 조악한 무공이 되면 누구도 그것을 익히려 하지 않는다.

결국 강유를 동시에 수련한다는 것은 말로는 그럴듯하지만 실제로 추구하기에는 너무도 먼 길이라는 결론이 나온다.

그래서 이 수련법은 옳은 길이기는 하지만 너무도 먼 길이기에 사람들이 피해 가는 길이다.

지금 연진우의 수련은 강함에 치우쳐 있다.

그러나 순수한 강함만을 추구하고 있는 것은 아니다.

지고의 강함에 도달하지는 못했지만 그 가운데 면면부절(綿綿不絶)한 부드러움이 꿈틀거리고 있다.

외형상 강함을 중심으로 수련하는 것 같지만 이것은 강유상겸(剛柔相兼)의 진수를 보여주는 수련이었다. 강하면 강하게 부드러우면 부드럽게 하는 것, 때에 따라서 강하거나 부드럽거나를 자유롭게 변환시키며 겸하는 것이다.

격렬하던 움직임이 점차 느려졌다.

느릿하게 나무 주위를 맴돌던 연진우는 손바닥을 내밀었다.

속도가 없는 움직임.

움직이고 있는 데 어찌 속도가 없을 수 있겠냐마는, 지금 연진우의 움직임에서는 속도감이 전혀 느껴지지 않았다.

무속(武速)의 발경이었다.

연진우의 뇌리로 몇 줄의 법문이 스치고 지나간다.

강함은 안으로부터 발산되며 부드러움은 밖에서부터 만들어진다.

강함 가운데 부드러움이 있고 부드러움 가운데 강함이 있다.

이해한다고 생각했지만 몸으로 구현하지는 못했던 법문들이었다.

하지만 이제는 할 수 있을 것만 같다.

정지한 듯 움직이는 손동작이 이어진다.

느리고 부드럽게 나무 등치에 손도장이 찍힌다.

그렇게 나무 주위를 마지막으로 한 바퀴를 돌고 연진우는 그대로 멈춰 섰다.

조용히 호흡을 가다듬고 있는 그에게 소리가 들려왔다.

"끝났냐?"

연진우는 굵은 땀방울이 맺혀 있는 어깨 너머로 고개를 돌렸다.

목소리가 날아온 곳에는 공손찬이 서 있었다.

"대충은 끝난 것 같습니다."

퉁명스런 대답을 들은 공손찬은 지금껏 연진우가 맴돌고 있던 나무를 향해 걸어나왔다.

"빨리 배우네? 역시 뭘 하든 기초가 튼실해야 해."

그는 나무를 이리저리 둘러보며 이야기를 계속했다.

"몇 달 더 살 수 있도록 해둔 거냐?"

연진우의 눈이 잠시 빛난다.

과연 대단한 안목… 이라는 뜻일까?

"안 죽을 겁니다."

공손찬은 뒤통수를 맞은 듯한 표정이었다.

"안 죽어?"

"예."

"오행절맥수를 연습한 게 아니었어?"

"맞습니다."

"그런데 안 죽는다구?"

"안 죽습니다."

몇 마디 짤막한 대화가 오가고 공손찬은 한숨을 쉬었다.

"허참, 처음에 분명 침투경(浸透勁)으로 나무를 두들기는 것 같더니 그게 아니었나?"

"처음에 경맥을 끊는 힘을 보냈지만 그 다음에 다시 그 힘을 거둬들였습니다."

연진우의 입가에 담담한 미소가 걸렸다. 자부심의 또 다른 표현으로 보아도 좋을 미소다.

"반쪽짜리 오행절맥수를 배워서 이만큼 해내다니… 그 양반은 이럴 줄 알고 가르쳐 준 걸까?"

푸념하듯 말하는 공손찬, 그를 보는 연진우는 미소를 지우지 않곤 재빨리 화제를 바꾸었다.

"공력은 몇 할이나 회복하셨습니까?"

공손찬은 손을 휘휘 내저었다.

"벌써 육칠 할쯤은 회복했다고 자랑하러 왔던 거였는데 기분 잡쳤다. 제기랄, 조금만 더 있으면 나랑 친구하자고 들겠구나."

"아직까지는 자신있다는 말씀으로 들립니다?"

빙그레 미소하며 농을 걸어오는 연진우에게 공손찬은 짐짓 노한 표정을 지었다.

"이놈아, 아무렴 내가 네깟 놈 하나 못 이길까?"

"강호의 법도는 말이 아닌 주먹으로 결정되는 것입니다."

연진우의 말투는 어느새 이죽거리는 것으로 변해 있었다.

“꼭 한판해 보자는 말투로 들린다?”
“꼭 아니라고는 이야기 못하겠습니다.”
공손찬의 눈꼬리가 슬쩍 올라갔다.
하지만 아직 손은 허리춤에 감고 있는 검을 향하지 않고 있었다.
그것은 자신감일 수도 있다. 맨손으로도 너 정도는 문제없다는 뜻이 담긴 그런 자신감.
일촉즉발… 이라고 하기엔 조금 뭣한 어색한 긴장감이 둘 사이에 잠시 머물렀다. 잠시.
공손찬은 허허 웃고 말았다.
“그만 하자. 내가 너랑 싸워 뭐 하겠냐? 싸울 상대는 따로 있는 것을…….”
웃음 가운데 씁쓸함이 묻어 있었다.
연진우의 표정도 덩달아 가라앉았다.
그들에게는 해야 할 일이 있었다.
그간은 다친 몸과 마음을 가다듬는 시간을 잠시 가졌다.
이제는 움직여야 할 때가 되었다.
연진우의 입술이 벌어진다.
“그럼 가죠.”
“음…….”
굳은 표정으로 고개를 끄덕이는 공손찬.
두 사람의 얼굴에는 단단한 결의가 서려 있었다.

“제기랄…….”
소취개(小醉丐)는 자그마한 목소리로 투덜댔다.

하지만 그것도 잠시, 자신을 노려보는 섬뜩한 기운을 감지하고는 자라목마냥 목을 옴츠리고 발걸음을 재촉했다.

굳이 쳐다보지 않아도 노려보는 사람들의 마음은 뻔했다.

너, 지금 우리한테 걸려서 재수 옴 붙었다는 생각하고 있는 거지? 정도가 아니겠는가.

소취개의 빨간 코끝이 실룩거렸다. 지금 그를 핍박하고 있는 두 사람은 모르겠지만 저것은 소취개가 기분이 몹시 나쁠 때 무의식적으로 행하는 동작이었다.

'일단 이놈들을 그곳으로……'

"엉뚱한 곳으로 갈 생각 하지 말아. 괜히 의리 지킨다고 까불다가 뼛조각 하나 안 남는 수가 있어."

마침 그 생각을 하고 있던 찰나에 들려온 목소리라 소취개는 온몸에 소름이 돋았다.

소취개는 살며시 고개를 돌렸다.

비교적 나이가 많아 보이는 남자가 빙글빙글 웃는다.

속마음을 들킨 것 같아 심히 불안해진 소취개는 허리춤에 매달고 있던 호리병을 슬쩍 쳐다보았다. 불안할 때는 저게 최곤데……. 하지만 상황이 상황이다 보니 함부로 행동할 수도 없었다. 괜한 오해로 손목을 잘리기라도 하면 어떡하겠는가?

"……"

가뜩이나 소름이 돋아 있었는데 소취개의 몸이 더욱 딱딱하게 굳어졌다.

지금껏 말없이 장년인이 하던 양을 보기만 하던 청년이 소취개를 째려보는 것이다.

‘저 자식은 왜 또 저런데? 뭘 보고…….’

불안해하는 사람이 있든 말든 청년은 더욱 매섭게 소취개를 째려보았다. 아니, 정확히 말하자면 덜덜거리는 소취개의 손과 허리춤에 매달고 있는 호리병을 보고 있었다.

꼬마 거지.

아무리 많게 봐주려 해도 꼬마 비렁뱅이의 나이는 열셋을 넘어 보이지 않는다.

그런데 묘하게도 꼬마 주제에 코가 빨갛다.

눈빛이 흐리멍덩하고 입에서 술 냄새까지 풀풀 풍긴다.

웃기는 일이지만 꼬맹이는 술에 중독이 된 것이다. 잠시도 가만히 있지 못하고 떨어대는 손을 보니 더욱 확실해졌다. 아무리 개방의 규율이 자유롭다 해도 그렇지, 저런 어린아이가 벌써…….

청년이 손을 내밀었다.

소취개는 애써 어리둥절한 표정을 지어 보였다. 어떻게든 청년이 무엇을 원하는지 전혀 모른다고 말하고 싶은 표정이다.

그런 소취개의 반응 앞에 청년은 가만히 고개를 가로저으며 손가락질을 했다. 호리병을 가리키고 있었다.

“이, 이건…….”

“내놔!”

처음으로 청년의 목소리를 들었다는 것에 감격해할 여유 따윈 없었다. 소취개의 얼굴은 울상이 되었다. 최대한, 최대한으로 불쌍한 표정을 짓기 위해 수없이 연습해 왔다. 구걸을 위해서 연습한 것이기는 하지만 이런 상황에서 쓰지 말라는 법도 없을 것이다.

개방에 입문한 직후 고참 거지 하나가 전수해 준 비굴신공(卑屈神功)

이었다. 소취개에게 비굴신공을 전수해 준 거지는 이것 하나만 잘 익혀두면 밥 빌어먹고 사는 것은 물론이고 위난에서 목숨을 건지는 것도 얼마든지 가능할 것이라 말했었다. 하지만…….

청년은 냉정했다.

"그 호리병 어서 내놔!"

더 이상은 버틸 재간이 없었다.

청년의 무시무시한 눈빛도 그랬지만 뒤에서 손마디를 꺾어 보이는 장년의 행동도 빠른 판단에 일조했다.

퐁!

맑은 소리와 함께 호리병의 뚜껑이 열렸다.

"술이군."

뚜껑이 열리자마자 짙은 술 냄새가 피어올랐다. 굳이 청년이 친절하게 확인시켜 주지 않아도 누구든 알 수 있을 정도로.

"헤헤……."

소취개는 비굴하게 웃었다. 노골적으로 비굴한 표정을 짓는 것보다 한 수 위의 방법이다.

어딘지 모르게 어눌해 보이는 웃음을 지으며 소취개는 양손을 내밀었다.

아주 잠시 장년인과 눈이 마주쳤다.

장년인의 왼쪽 뺨에 길게 나 있는 흉터가 실룩거린다.

쐐액!

순간 손바닥이 화끈거렸다.

뭔가가 손바닥 위를 스치고 지나간 것이다. 얼마나 화끈했는지 손 떨림이 잠시 멎을 정도였다.

소취개는 황급하게 손바닥을 눈앞으로 가져갔다.

아무런 이상이 없었다.

아니, 뭔가 이상하긴 했다. 하지만 상처 같은 것은 전혀 없었다. 대체 무슨?

당혹스런 표정을 감추지 못한 채 소취개는 고개를 들었다.

장년인이 웃고 있었다.

그리고 그의 손에는 팔랑거리는 연검이 들려 있었다.

갑자기 장년인의 입에서 호통 소리가 나왔다.

"야, 이놈아! 어르신이 네놈의 더러운 손바닥을 씻겨주셨는데 고맙다는 인사는 못할망정 그런 해괴한 눈빛으로 날 쳐다봐?"

어리둥절한 소취개는 다시 손바닥을 보았다.

아닌 게 아니라 깨끗해져 있었다.

거지의 몸에서 비교적 깨끗한 부분을 꼽으라면 손을 말할 수 있다.

자주 씻어서 그런 것은 물론 아니다.

그나마 손이 깨끗한 이유는 온갖 물건을 매만지기 때문이다.

상식적으로 생각하자면 갖은 물건을 만지는 손이 가장 더러운 것이 정답이다.

그러나 거지에게는 그런 상식이 통하지 않는다. 가끔씩이라도 씻는 일반인의 손보다 거지의 온몸이 더욱 다양한 물건과 접촉을 가졌지 않겠는가.

그래서 갖은 물건을 만지느라 때가 쌓일 시간이 부족한 손이 그중에서 비교적 깨끗한 편이라는 말이다.

하지만 역시 그것은 비.교.적.이다. 절대적인 기준으로는 깨끗할 턱이 없다.

그런데 지금 소취개의 손바닥은 하얗게 변해 있었다.

지금껏 단 한 번도 경험해 본 적 없는 일이라 눈치를 늦게 챈 것이다.

이것이 어찌 된 일일까? 하루 종일 뜨거운 물에 푹 불려놨다가 씻어야 간신히 벗겨져 나갈 때가 다 어디로 갔단 말인가?

마치 면도칼로 때 부위만 골라서 벗겨낸 것 같았다.

소취개의 얼굴이 하얗게 질렸다.

비록 천성이 게을러 무공은 멀리하고 비굴신공 따위나 연마하고 있기는 하지만 명색이 개방의 제자이다. 장년인이 보여준 검술이 범인(凡人)들이 할 수 있는 게 아니란 것 정도는 알 수 있다.

"나이도 몇 살 안 먹은 녀석이 딸기코에 수전증이라니……. 얼씨구, 이건 불똥만 튀어도 바로 불이 붙을 만큼 독한 술이잖아? 대갈통에 피도 안 마른 자식이!"

장년인의 호통은 계속되었다.

옆에서 그것을 쳐다보던 청년이 호리병의 마개를 닫았다. 청년의 입가에 슬며시 미소가 걸렸다.

어찌 된 영문인지는 모르겠지만 청년이 보기에는 연검의 장년인, 공손찬이 저 꼬마 거지를 마음에 들어하는 것 같았다.

연진우는 허리띠에 호리병을 단단히 매달았다.

처음에는 어린아이가 술병을 가지고 다니는 게 보기 좋지 않아서 빼앗은 것이었지만 지금은 공손찬의 장난에 보조를 맞춰주기 위해서였다.

소취개는 반항할 엄두도 내지 못했다.

처음 만나자마자 제압당한 것은 이미 기억도 하지 못한다.

지금 소취개의 머리 속에는 손바닥의 때만 절묘하게 벗겨낼 정도의 무시무시한 검술밖에 남아 있지 않았다.

어느 정도의 공력을 회복한 공손찬과 무공이 더욱 증진된 연진우가 산을 내려와 가장 먼저 찾아갈 곳은 정했다.

만약 연진우 혼자였다면 꽤 혼란스러워하며 헤맸을지도 모른다.

그러나 연진우는 혼자가 아니었다.

비록 창강자가 어디론가 사라져 버리긴 했지만 그의 곁에는 공손찬이 있었다. 육칠 할 정도 회복한 공력만으로도 충분히 강호의 절정고수 반열에 들 만한 무공을 지닌, 연진우보다는 풍부한 경험을 가진 그가 곁에 있었다.

공손찬의 의견은 이랬다.

숭산에서 있었던 일의 배후에는 전륜궁과 정의맹 양측이 모두 관련되어 있는 것으로 보인다. 또한 연진우 개인적으로도 천산이살과 맺은 은원이 있으니 전륜궁 쪽의 일을 먼저 파헤쳐 보는 것이 좋을 듯하다.

전륜궁을 목표로 정했다면 전련궁에 대한 정보가 필요했다.

그동안 강호에서 전륜궁의 실체에 가장 가까이 간 문파가 개방이다. 그 외중에 많은 개방도들이 희생되었다고 한다. 운룡신개 고전이 전륜궁이라면 이를 가는 것도 그런 이유 때문이리라.

개방을 통한다면 전륜궁의 정체가 무엇인지 모두 알아내지는 못한다 할지라도 최소한 전륜궁 소속의 사람 한두 명은 알아낼 수 있을 것이다. 그리고 그것을 실마리로 삼아 문제를 풀어 나갈 수 있는 것이다.

연진우와 공손찬은 개방을 방문할 것에 합의했다.

그러나 공식적이고 사교적인 방문은 불가능했다.

이미 숭산에서 개방이 수색하고 다니던 것을 목격하지 않았던가. 잘못하다간 알고 싶은 것을 물어보기도 전에 정의맹에 잡혀 들어갈지도 모른다.

방향은 대충 결정이 되었다.

남은 것은 방법에 대한 고민이었다.

꽤 오랜 시간을 고민했지만 뚜렷하게 이거다 할 만한 답이 떠오르지 않았다.

연진우보다 강호 경험이 많을지는 몰라도 계획을 짜고 상황을 만들어가는 데는 공손찬 역시 초보나 다름없었다. 젊은 시절부터 무도(武道) 그 자체에 미쳐 있던 사람이니 오죽하겠는가.

고민고민하던 두 사람은 결국 처음의 결론으로 돌아갔다.

일단 아무 곳이나 한 군데 깨부수고 들어가는 쪽으로.

그리고 딸기코의 거지 소년 소취개는 운 나쁘게도 두 사람이 그런 결정을 내린 직후에 만난 첫 번째 거지였다.

"여기에서 분타주를 만날 수 있다고?"

"그렇구말구요. 제가 감히 어떻게 검선 어르신께 거짓말을 아뢰겠습니까?"

다 허물어질 것 같은 사당 앞에서 소취개가 과장된 몸짓을 하며 공손찬의 물음에 답했다.

듣고만 있던 연진우는 쓴웃음을 지었다.

어느새 공손찬의 호칭은 검선으로 바뀌어 있었다.

본래 연진우가 알던 공손찬은 농담 같은 것은 잘하지 못하던 사람이었다. 타고난 성품이 그래서인 까닭도 있겠지만 그간 살아온 환경이 그다지 밝지 못해서일 것이다.

그런데 어찌 된 일인지 꼬마 거지를 상대로 웃기지도 않는 농짓거리를 쉬지 않고 계속하고 있었다.

"저 아이가 마음에 드시는 모양입니다?"

꼬마 비렁뱅이의 귀에는 들리지 않을 정도의 작은 목소리로 연진우가 속삭였다.

공손찬이 대답했다.

"아까 저놈이 쓰던 권법, 조악하긴 하지만 취권(醉拳)이었어."

"그거야 저 어린놈이 술에 취해 우연히 비슷하게 흉내 낸 걸지도 모르지 않습니까?"

연진우의 말에 공손찬은 가볍게 코웃음을 쳤다.

"흥! 취권은 그렇게 간단한 게 아니야. 단순히 취기를 빌어서 흐느적거리는 게 취권이라면 뭐 하려고 죽자 사자 무공을 익혀? 그냥 고주망태가 되도록 술이나 퍼 마시고 있을 것이지."

연진우는 공손찬의 얼굴을 보았다.

아주 짧은 시간이 지난 후 공손찬이 다시 입을 열었다.

"큰놈이랑 좀 닮은 것 같기도 하고……."

"어이, 아무래도 포위된 것 같지?"

"그거야 생각하기 나름이겠죠."

사당 안에서 짧은 문답이 오가고 연진우와 공손찬은 소취개를 째려보았다.

이미 두 사람에게서 멀리 피한 소취개는 혓바닥을 쑥 내밀었다.

연진우는 자신들을 포위하고 있는 십수 명의 거지들을 쓱 훑어보며 담담한 어투로 말했다.

"이런 일 정도는 당연히 있을 거라고 생각하지 않았습니까?"

"그야 그렇지."

하지만 공손찬은 기분이 별로 좋지 않은 것 같았다. 그 표정을 본 소취개가 남의 집에 마구잡이로 쳐들어간 쪽이 더 무례한 것이 아니냐는 질문을 하고 싶을 정도로.

"분타주는 어디서 만날 수 있지?"

연진우의 짤막한 물음에 거지들의 얼굴색이 변했다.

"여기가 어딘 줄 알고……!"

"나이도 얼마 되지 않아 뵈는 녀석이……!"

"다리몽둥이를 분질러 놔야 정신을 차리겠구나!"

'저건 전륜궁의 첩자가 분명해' 등등 험악한 말이 자기들끼리 오갔다. 그러나 듣고 있는 연진우와 공손찬은 웃을 뿐이었다.

"공손 선배, 어떻게 해야 좋을까요?"

"뭘 고민을 해, 내가 알아서 할 테니 가만 있어봐."

공손찬이 웃으며 한 걸음 앞으로 나섰다.

"맞고 시작할까? 하다가 맞을까?"

거지들의 얼굴색이 붉으락푸르락해졌다.

"감히 개방을 뭘로 보고……!"

상대를 조롱하여 감정을 동요하게 만드는 것이 목적이었다면 공손찬의 행동은 소기의 목적을 달성했다.

싱글거리는 공손찬의 입에서 한마디가 더 흘러나왔다.

"맞고 시작하겠다는 거구만."

어느새 공손찬의 손에는 하늘거리는 연검이 들려 있었다.

거지들의 얼굴색이 흙빛으로 변했다.

저 외모에 연검, 뭔가 생각이 나는 것 같다는 표정이었다. 하지만 이미 공손찬이 맞고 시작하자며 자신의 의지를 분명하게 표현한 후였다. 맨주먹도 아닌 검(劍), 그것도 연검으로 어떻게 사람을 때릴 수 있느냐는 거지들이 고민할 문제가 아니다. 공손찬이 달리 고수겠는가?

연진우는 눈을 동그랗게 떴다.

대부분은 공손찬의 연검에 얻어맞고 바닥을 뒹굴었지만 제법 숨겨둔 한 수가 있는 거지가 두어 명쯤 있었다. 공손찬도 한두 번은 당했을지 모를 그런 매서운 수를 숨겨둔.

박달나무 몽둥이에 어깨를 얻어맞을 뻔한 공손찬은 숨을 몰아쉬며 씨근덕거렸다. 지금 그의 머리 속에는 연진우가 자기를 어떻게 볼까 하는 생각이 가득했다.

'안 그래도 지놈 무공이 늘었다고 자랑하는 놈한테 이런 약한 모습을 보이다니…….'

때마침 연진우의 목소리가 들려왔다.

"지치신 것 같은데 좀 도와드릴까요?"

"필요없어!"

공손찬은 고함을 빽 질렀다.

"후욱!"

호흡을 가다듬고 검을 쥔 손에 힘을 줬다.

아직도 멀쩡히 서 있는 거지들의 눈빛이 변했다. 공손찬이 지금 무언가를 할 듯한 기세를 풍기기 때문이다.

연검이 꼿꼿하게 선다. 기(氣)가 주입된 것이다. 검을 든 공손찬의 눈이 이글거렸다.

거지들은 놀란 기색을 감추지 않았다. 연검에 기를 주입하여 휘청거리지 않도록 하는 것은 그리 특별하지 않았다. 연검을 쓰는 사람이라면 누구든 할 수 있는 것이고, 또한 해야 하는 것이기 때문이다. 연검을 다루는 기술을 가진 문파라면 어디든 결정적인 순간에 상대를 찌르는 초식을 가르친다. 그리고 그 최후의 일격을 위해선 반드시 연검을 굳건하게 세우는 법을 익혀야만 한다.

하지만 지금 공손찬이 하고 있는 것은 의미가 조금 다르다.

연검을 세우는 것, 어느 정도의 내공과 요령이 있으면 가능하다. 결코 무슨 특별한 비술 같은 것은 아니다.

다만 이것은 아주 짧은 순간 동안만 가능하다는 단점이 있다.

사실 단점이라고 할 만한 것도 아니다. 굳이 검에 무한정 공력을 주입시켜 가며 직선 형태를 유지할 필요가 없다. 연검의 독특한 장점 중에 하나인 예측 불허의 공격으로 상대를 몰다가 마지막 순간에 검에 힘을 주면 그것으로 충분하다. 지금까지 거지들을 두들겨 패는 것도 이렇게 해서 한 것이었다.

그런데 지금 공손찬은 아예 내력을 주입한 상태를 계속 유지하고 있었다.

적어도 연진우가 아는 공손찬은 그리 심후한 내공을 가진 사람이 아니었다.

내상을 온전히 회복시키지 못한 것도 문제지만 기본적으로 그는 내공보다는 검술의 수행에 더욱 중점을 둔 사람이었다. 검을 세워 칼등으로 거지들을 두들긴 것도 그런 수행의 일환이었다. 너무 오랫동안 검을 잡지 않았다가 다시 잡느라 여러 가지로 위기를 많이 겪었기 때문이다.

"잠깐만요."

공손찬이 뭔가를 하려 할 때 연진우의 목소리가 날아와 그를 방해했다.

"왜 그래?"

공손찬의 볼멘 음성.

이미 상당수가 바닥에 널브러져 처음의 모양을 잃어버린 포위망 한가운데로 뚜벅뚜벅 걸어나간 연진우가 조용하게 속삭였다.

"저자들 제가 아는 얼굴입니다. 개방의 고 방주와 함께 다니던 자들이 왜……?"

그렇다. 박달나무 몽둥이를 든 채 예상 밖의 실력을 발휘하던 사람들은 바로 개방 방주의 직속 부하였던 것이다.

하지만 공손찬은 그러거나 말거나이다.

"알았으니까 비켜."

착각이었을까? 공손찬의 목소리가 미미하게 떨렸다.

연진우는 내심 고개를 끄덕였다. 여지껏 거지들과 싸웠을 뿐만 아니라 지금 검에다 퍼붓고 있는 내공이 만만치 않다. 내공이 장기가 아닌 사람이 내공으로 싸운 셈이 되었다. 안정적인 것이 오히려 이상하게 느껴질 상황이다. 대체 공손찬은 무슨 속셈일까?

공손찬의 눈이 강렬하게 빛나며 검신이 부르르 떨린다.

연진우는 검에서 뜨거운 바람이 나오는 것 같다는 느낌을 받았다.

마침내 공손찬의 신형이 튕겨나가려는 순간 중후한 목소리가 들려왔다.

"멈춰!"

목소리를 들은 연진우의 이마에 주름살이 생겼다.

저놈들을 보았을 때 행여나 그가 있지나 않을까 걱정을 했었는데 걱정을 시작한 지 얼마 되지도 않아 그 걱정이 사실이 되어버렸다.

어둠 속에서 나타난 두 사람.

지금까지 사당의 한쪽 구석에 쪼그린 채 불안한 눈빛을 하고 있던 소취개의 얼굴에 화색이 돌았다. 그를 구원해 줄 수 있는 사람이 나타난 것이다.

"분타주님……."

그러나 소취개에게 분타주라고 불린 나이 든 거지는 연진우와 공손찬만을 노려보며 호통을 쳤다.

"웬 놈들이 이 난리를 치는 거냐?"

처음에 연진우가 의식했던 목소리는 아니다.

일단 검을 거두며 포권을 한 공손찬이 입을 열었다.

"무례히 군 것을 용서해 주시오. 우리는 본래 귀 방에 부탁이 있어 찾아온 것인데 저기 저 소형제가 우리를 함정에 빠뜨려 부득이하게 손을 쓰게 된 것이오."

공손찬이 뭐라뭐라 변명을 하였지만 분타주의 얼굴에 떠오른 노기는 사라지지 않았다. 하지만 분타주 역시 쉽게 뭐라 하지는 못했다. 공손찬의 무위(武威)를 두 눈으로 보았기 때문이다. 최소한 자신보다는 강해 보였다. 그리고 옆에 서 있는 청년도 만만치 않은 기도를 풍기고 있었다.

"무례하구나. 네놈이 누구길래?"

분타주 옆에 서 있던 장년 거지가 고함을 질렀다.

공손찬은 저놈이 누군가 하고 고개를 갸웃거렸다. 나이로 보아서는 분타주보다 젊은 것 같은데 풍겨지는 기도가 만만치 않았다.

연진우가 나지막이 속삭였다.

"저자가 개방의 방주인 운룡신개 고전입니다."

"……."

공손찬이 뜨악한 얼굴로 연진우를 쳐다보았다.

개방 방주와 마주치게 되다니…….

'차라리 잘된 건지도 몰라.'

연진우는 앞으로 한 걸음 나서며 내심으로 중얼거렸다. 어차피 정보를 얻기 위해 개방엘 온 것이다. 만약 분타주의 권한 밖에 있는 정보라면 차라리 방주와 직접 만난 이 자리에서 담판을 짓는 것이 나을지도 모른다.

"고 방주님, 저를 기억하시겠습니까?"

정중한 연진우의 말투에 고전은 얼굴을 찌푸린 채 한참을 생각에 잠겼다.

한참을 고민하였지만 도저히 누군지 알 수 없다는 표정을 지었을 때 박달나무를 들고 공손찬과 싸웠던 거지 하나가 엉거주춤한 자세로 고전에게 뭐라고 말을 했다.

그제야 고전의 얼굴에 가득하던 주름살이 사라졌다.

"아, 이제 알겠다. 그런데 네 사부는 어떡하고 저런 자와 함께 다니는 거냐?"

고전의 말투에는 반가움이 진하게 배어 있었다.

비록 연진우가 사용한 무공의 연원을 알기 위해 과격한 방법을 쓰긴

했으나 한상욱과 대결하던 중 은연중에 상대에 대한 존경심이 생긴 것
이다.

연진우는 일이 좀 쉽게 풀릴 것 같다는 생각을 하며 말했다.

"그렇지 않아도 그것 때문에 도움이 필요해서 개방을 방문하였습니
다."

갑자기 고전의 눈꼬리가 올라갔다. 반가운 마음에 잠시 잊고 있던
사실이 다시 떠오른 까닭이다.

"방문? 일방적으로 쳐들어와 무력을 행사한 것을 방문이라고 할 수
있는 건가?"

"그것은……."

연진우의 이마 위로 식은땀이 흘렀다. 딱히 계획을 세우고 자시고
할 능력이 없어서 그냥 쳐들어왔다고는 말할 수 없었다.

어떻게 대답해야 할지 모르고 연진우가 고민하고 있을 때 공손찬이
나서서 역으로 질문을 던졌다.

"그렇다면 우리가 숭산에 있을 때 왜 사람들을 풀어 우리를 찾아다
녔소?"

"……."

이번에는 고전이 아무 말도 하지 못한 채 인상만 썼다. 분명 뭔가가
있는 표정이었다.

세 사람 사이에 침묵이 머물렀다. 그리고 잠시 후 고전이 먼저 입을
열었다.

"무엇이 필요해서 온 것이냐?"

그의 질문은 공손찬을 향하지 않았다. 연진우 쪽이 조금 상대하기
쉽다고 느낀 것일까?

“알고 싶은 것이 있어서입니다.”

여전히 연진우는 공손했다.

“그게 네 사부와 관련된 일이냐?”

“그렇습니다.”

실종된 사부를 찾기 위한 것이니 충분히 그렇다고 대답할 수 있을 것이다.

“좋아, 개방에서 알고 있는 것이라면 얼마든지 대답해 주지. 단…….”

너무도 선뜻한 대답에 연진우가 반색을 한 것도 잠시 고전은 이내 말에 단서를 달았다.

“나의 삼 장을 받아내면 말이야.”

*　　　*　　　*

공동파(崆峒派)!

구파일방의 한 문파이다.

오랜 전통을 가졌을 뿐만 아니라 당대 최강으로 일컬어지는 오대존자(五大尊者) 중 한 사람, 창궁 진인이 공동파의 제자이다.

따라서 당대에 공동파의 명성은 소림이나 무당의 그것에 견줄 수 있을 만큼 대단히 높았다. 그렇기에 감히 공동파에 찾아와 말썽을 부리는 사람은 없었다.

간혹 세상을 떠돌며 자신의 무공을 내보이려는 낭인들이 있다. 그러나 그들 또한 할 수 있는 최선의 예의를 갖추어 도전을 요청한다. 그렇지 않고 무작정 날뛰었다가는 영영 매장되어 버릴 수가 있기 때문이다. 그것이 바로 구대문파의 힘이다.

하지만 지금 이 사람은 그런 것에 대한 상식이 전혀 없는 것 같다.
상식. 그렇다. 이것은 상식이다.

강호에서 죽지도 살지도 못하는 꼴이 되고 싶지 않다면 구대문파와
척을 지지 마라!

칼밥을 먹고 사는 사람이라면 누구든 아는 상식인 것이다.
정말로 이 사람은 그런 기본적인 상식이 없는 것일까?
그게 아니라면 구대문파를 무시할 수 있을 만큼의 자신감이 있는 것
일까?
"무슨 용무로 본 파를 방문하신 것입니까?"
중년 남자의 얼굴은 딱딱하게 굳어 있었다.
깡마른 체구에 어울리는 신경질적인 얼굴을 가지고 있는 남자다.
그의 얇은 입술이 파르르 떨리고 있다.
"너한테는 용무 없어!"
우습지도 않게 무시를 당한 남자는 억지로 아랫입술을 깨물었다.
저런 시비에 일일이 대응하다간 신경이 남아나지 않는다. 안 그래도
신경을 많이 써서 속이 좋지 않은 판국에 저런 미친 녀석의 도발에 넘
어가서는 안 된다.
마음을 다잡은 남자는 아랫배에 힘을 준 채 다시 입을 열었다.
"이곳은 공동파입니다. 무례히 행하실 것이라면 일찌감치 돌아가시
는 게 좋을 것입니다. 그렇지 않는다면……."
"않는다면?"
갑자기 말허리를 끊겨 버린 남자는 당황했다.

자기보다 머리통 하나하고도 절반 정도는 큰 불청객이 고개를 숙이고 눈을 마주쳐 온 것이다. 눈알 굴러가는 소리가 들릴 정도로 가까이에서 그 얼굴을 마주한 남자가 당황한 것은 당연한 일인지도 모른다.

얼굴을 아주 가까운 거리로 붙이고 잠시 눈알을 부라리던 거한이 소리를 버럭 질렀다.

"너랑은 할 얘기가 없다니까! 아니면 니가 창성(蒼筬)을 불러와!"

안 그래도 당황해 있는 상태였던 남자는 완전히 혼란 상태에 빠져 버렸다. 거한의 목소리가 너무 커서 머리가 윙윙 울렸다. 하지만 그것만으로 남자의 정신 상태가 완전한 혼란에 빠진 것은 아니었다.

창성?

작금의 공동파에서 창자배의 도호를 쓰는 사람은 그리 많지 않다.

그리고 창성이라는 도호를 쓰는 사람은 단 한 사람뿐이다. 적어도 남자가 아는 수준에서는.

"설마 파문이라도 당했다고 이야기하지는 않겠지?"

우렁차게 터져 나오는 거한의 목소리에 남자는 인상을 찡그렸다.

고막이 찢어져 나갈 것만 같았다.

목소리만 큰 게 아니다. 그 안에 담겨 있는 내용은 정말 파격적인 것이었다.

파문이라니.

장문인을 파문시킬 수 있는 문파가 얼마나 있겠는가?

그것도 구대문파의 선두를 다투는 공동파에서.

"표정을 보니 아직 있는 모양이군."

거한은 남자의 멱살을 가볍게 잡았다.

찍소리 한 번 못 내보고 멱살을 잡힌 남자는 복잡한 머리 속을 다시

금 정리해 보려 했다.

하지만 지금 당장 그 모든 것을 정리한다는 것은 불가능했다.

일단은 자신의 몸 상태부터 점검해 볼 일이다.

조금 전까지만 해도 땅에 두 발을 딛고 서 있었는데 지금은 하늘을 날고 있다. 자신의 경공술 경지로는 꿈도 못 꿀 만큼 놀라운 비행을 하고 있었다.

"으악!"

남자의 입에서 비명이 나왔다.

그리고 그의 귓전에 거한의 우렁찬 음성이 들려온다.

"창서엉, 나와라! 안 나오면 다 때려부수고 찾아간다!"

창강자의 목소리가 공동파를 두들겼다.

2. 위기의 남자

강호무림에서 구대문파는 영원히 지지 않는 아홉 개의 별이다.

수없이 많은 문파가 생겼다가 없어지고 샛별 같은 고수가 한 시대를 풍미하고 사라져 가도 이것들은 모두 구대문파 밖의 일일 뿐이다.

적게는 수백 년에서 많게는 천 년이 넘는 세월을 굳건히 지켜온 구대문파.

그들이 무림의 세파에 흔들리지 않고 고고한 자세를 지녀올 수 있었던 이유는 무엇보다도 그들이 가지고 있는 정통성(正統性)에 기대고 있는 바가 크다고 할 수 있다.

정통의 기준에 대해서는 실로 다양한 의견이 있을 수 있겠지만 강호에 몸담고 있는 문파의 정통성은 간단히 두 가지가 있느냐 없느냐의 문제로 귀결된다.

첫째는 문파가 추구하는 정신적인 가치이다.

이것은 곧 협(俠)을 추구하느냐 하는 것과 같은 말이다. 강호에 별과 같은 고수들이 있고, 허다하게 많은 무리들이 무공을 익히지만 그중에 자신이 아닌 남을 위해 살고자 무공을 닦는 사람이 얼마나 되겠는가? 피땀 흘려 익힌 무공으로 남을 돕는 일에 다시금 목숨을 걸려 하는 자가 몇이나 되겠는가?

비록 근자에 와서 많이 퇴색되기는 하였으나 협이야말로 가장 고귀한 정신적 가치이니, 불가에서 말하는 자비(慈悲)를 무인의 언어로 통변한 것이 곧 협이라 할 수 있을 것이다.

둘째 기준은 정통무공(正統武功)이다.

기실 이것이야말로 강호인들이 가장 존경하는 동시에 두려워하는 구대문파의 저력이다.

구대문파는 비록 어느 때에 인재가 없어서 세력이 잠시 위축된다 하더라도 걱정하지 않는다. 오랜 세월 체계를 이루어온 그들만의 정통무공은 얼마든지 세대를 건너서 계승, 발전될 수 있다.

그런 구대문파의 무공은 정통의 절학이기에 무공 자체의 고하를 논하지도 않는다. 단지 누가 얼마나 깨달아 익히느냐 하는 것이 문제가 될 뿐이다.

그렇기에 구대문파에 겉으로 드러나지 않은 고수가 얼마나 많은지는 누구도 정확히 알 수 없다. 설사 그 문파의 장문인이라 할지라도.

수십 년 동안 소림사의 불목 하니(절에서 밥을 짓고 물을 긷는 일을 맡아서 하는 사람)로 살던 사람이 알고 보니 엄청난 고수였더라 하는 이야기는 이미 너무도 유명한 일화이다.

감숙성(甘肅省) 공동산(崆峒山).

옛날 황제(黃帝)가 은자인 광성자(廣成子)를 찾아가 지혜를 구하였다는 전설이 전해지는 곳이다.

전설에서도 드러나듯이 공동산은 지혜를 닦고 마음을 가다듬는 수양을 하기에 아주 적합하다. 당연히 여러 계열의 수련자들이 산으로 모여들어서 나름대로의 공부(功夫)를 쌓아 나갔고, 그 와중에 서로의 술법을 겨루어보고 연구하는 일이 자연스레 일어났다.

오랜 세월이 흘러 공동산의 수련자들은 공동파라는 이름을 함께 사용하였다. 수련자들의 다수가 도가 계열의 공부를 하던 사람이라 공동파는 자연스럽게 도가의 문파가 되었다. 구대문파의 일좌를 차지하는 공동파는 이렇게 시작되었다.

그런데… 지금 공동산은 몹시 소란스러웠다.

대체 무슨 일이 생겼길래…….

"창성!"

쩌렁쩌렁하게 울려 퍼지는 목소리. 바로 창강자의 목소리다.

창성이라는 사람을 찾는 그의 외침은 온 공동산을 뒤집어놓았다.

덕택에 조용하던 공동산이 소란스러워졌다.

경전을 공부하고 부적술을 배우던 도사들, 웃통을 벗어젖히고 무공을 연마하던 도사들… 모두 너나 할 것 없이 무슨 일이 생겼는지 헐레벌떡 달려나왔다.

뎅— 데엥—

뛰어나오던 공동파 문인들의 얼굴색이 변했다.

지금 울리는 종소리는 집령탁(集令鐸)의 소리였다. 반 장(丈)이 넘는 길이에 어른 두 명이 손을 잡아도 껴안을 수 없는 큰 종, 공동파에 대적이 들이닥쳤을 때가 아니면 결코 울리지 않는다는 그 집령탁이다.

그런데 지금 근 백 년 동안 울린 적이 없었던 집령탁이 요란스럽게 울부짖고 있었다.

삽시간에 공동파의 대연무장(大演武場)은 도사들과 속가제자들로 가득 찼다. 오직 장문인만이 칠 수 있는 집령탁이 울리면 누구든 하던 일을 멈추고 즉시 대연무장에 모여야 하는 것이 공동파의 율법인 까닭이다. 하지만…….

"저 사람은 누구야?"

이제 갓 스물이 되어 보이는 청년 하나가 옆에 선 청년에게 속삭였다. 그들은 모두 관부에 몸을 담고 있는 무관(武官)의 아들들로 속가제자의 신분으로 공동파에서 무공을 배우고 있는 자들이다.

"니가 모르는 걸 내가 어떻게 알겠어?"

함께 서 있던 청년은 쏘아붙이듯 짧게 대답하며 앞에 선 사람을 쳐다보았다. 칠 척 장신에, 양 어깨는 태산을 엎어놓아도 든든할 만큼 넓고 굳건해 보였다. 멀리서 보아도 한눈에 느껴질 만큼 압도적인 기도를 풍기고 있는 저 사람은 누굴까?

"누구지? 입성을 보니 본 문의 어르신인 것 같은데 한 번도 뵌 적이 없는 분이잖아."

"글쎄 나도 모른다니까!"

다시 한 번 동료의 말에 퉁명스럽게 대꾸한 청년은 나름대로 앞에 서 있는 도사의 정체를 생각해 보았다.

'집령탁은 오직 장문인만이 칠 수 있는 것이다. 그것을 울렸다는 것은 저 사람이 장문인과 동급의 인물이라는 이야기인가? 아냐, 장로라 하더라도 집령탁만큼은 어쩔 수 없다고 들었어. 그럼 누구지?'

생각에 빠져 있던 청년은 문득 생각이 들어 자신의 사부인 함허자의 얼굴을 바라보았다.

함허자의 얼굴은 딱딱하게 굳어 있었다. 공동삼협이라고 일컬어지는 함진, 함건, 함차에 비하면 손색이 있지만 다른 함자배의 도사들보다는 월등한 경륜을 지녔다고 평가받는 함허였다. 그런 그의 얼굴이 딱딱하게 굳어 있는 것, 결코 이번 일이 좋은 일이 아니라는 것은 확실해졌다.

그때까지도 집령탁의 소리는 멈추지 않았다. 거구의 도사는 계속해서 집령탁을 두들기고 있었다. 가만, 집령탁을 두들긴다?

쇠붙이를 녹여 모양을 만들고 매달아 소리를 내는 것을 종(鐘)이라고 부른다. 그러나 종이라고 하여 모두 같은 종은 아니다. 매달아놓고 때려서 울리는 것을 범종(梵鐘)이라 하며, 안에 추가 매달려 있어 그것으로 종의 내벽을 쳐 소리를 내는 것을 탁(鐸)이라 한다.

이름에서도 드러나듯 공동파의 집령탁은 '탁'이다.

물론 탁이라고 해서 두들겨 소리를 내지 못하는 것은 아니나 공동의 집령탁은 결코 그럴 수 없는 물건이었다.

중차대한 순간이 왔을 때를 대비하여 만든 물건이기에 집령탁은 실수로 잘못 울리거나 하는 일이 있어서는 안 된다. 그래서 처음부터 범종(梵鐘)이 아닌 탁(鐸)의 형태로 만들되 밖에서는 무슨 수를 써도 울리지 않도록 특수하게 제조되었다. 그리고 종의 아랫부분을 봉인하여 결정적인 때가 왔을 때 장문인이 손수 봉인을 뜯고 종을 울리도록 하였다.

청년의 관심은 괴도사에게서 집령탁으로 옮겨갔다.

거리가 멀어 명확히 볼 수는 없었으나 봉인이 뜯겨진 흔적은 보이지 않는 것 같았다.

하지만 집령탁은 외부에서 주는 자극으론 결코 소리가 나지 않는다
고 하였는데…….

생각이 헝클어진 청년은 얼굴을 찡그렸다.

혼자서 고민하던 청년은 옆의 동료가 소매를 잡아당기는 것을 느끼
곤 인상을 더욱 험악하게 일그러뜨렸다.

그러자 소매를 잡아끈 청년은 당황한 표정을 지으며 허겁지겁 손가
락질을 했다.

혹시나 하여 고개를 돌려보니 사부의 얼굴이 밝아져 있는 것을 볼
수 있었다.

'무슨?

어느새 종소리가 멈춰 있었다.

거구의 괴도사 앞에 한 사람이 나선 것이다.

청년은 나지막하게 중얼거렸다.

"장문인……."

창강자는 종 치기를 멈추었다. 그는 공동파에서 유년기와 소년기,
청년기를 보냈다. 아직까지도 공식적으론 파문을 당하지 않았으니 여
전히 공동파의 제자임에는 틀림없었다. 매사에 멋대로인 그도 집령탁
을 치는 것은 망설임 끝에 결정한 행동이었다. 이렇게라도 하지 않으
면 저 능구렁이는 자기 처소에서 절대로 나오지 않았을 것이기에.

"이게 무슨 짓이오?"

서릿발 같은 목소리. 최고의 전성기를 누리는 공동파 장문인의 내공
실린 목소리다.

창강자는 코웃음을 쳤다. 공동파 장문인 창성 진인의 육성 내공이

실린 목소리도 그에겐 전혀 위협이 되지 않았다.

하지만 창성 진인도 표정의 변화를 보이지 않는다. 그는 여전히 매서운 눈으로 창강자를 노려보았다.

대연무장에 적막이 감돈다. 삼백 공동문도의 시선은 집령탁을 사이에 두고 마주 선 두 사람에게 집중되어 있었다.

적막 가득한 대연무장…….

"흠!"

누군가 목이 메었던지 가볍게 헛기침을 했다.

창성 진인은 뒤늦게 깨달았다는 듯 내공을 돋우어 그들에게 소리쳤다.

"모두들 돌아가 하던 수행에 열중하거라!"

삽시간에 육백 개의 눈동자는 방금 헛기침을 한 사람을 향해 원망의 눈빛을 날렸다. 모두들 들어가라고 하는 것을 보아하니 생각했던 큰 위기가 닥친 것은 아닌 것 같았다. 그렇다면 재미있는 구경을 할 수도 있을 기회를 헛기침 한 번 때문에 날려 버린 것이 아닌가.

"아니, 왜 제자들의 눈과 귀를 막으려 하는 거요? 감추어야 할 사실이라도 있는 모양이지?"

창강자가 더욱 우렁찬 목소리로 말했다.

말의 내용은 창성 진인을 향한 것이나 실상은 장문인의 명령을 따라 각자의 위치로 돌아가려는 제자들을 향해 있었다.

공동 제자들은 평소와 같은 어조로 말했음에도 그 목소리가 드넓은 대연무장을 가득 메워 버린 창강자의 심후한 내력에 감탄하였다. 견문이 짧은 젊은 제자들은 알 수 없는 노릇이지만 저런 공력은 강호를 통틀어보아도 보기 드문 진기한 것이었다.

하지만 조금 생각이 있는 축에 드는 자들은 창강자의 말에 담긴 뜻 때문에 이상한 느낌을 받았다.

창강자의 말은 창성 진인이 뭔가를 감추기 위해 제자들을 흩으려 한다는 뜻이었다.

지금껏 표정의 변화를 억누르고 있던 창성 진인의 얼굴에 노기가 떠올랐다.

"뭣들 하느냐? 장문인의 영이 떨어졌는데도 움직이지 않다니!"

조금 전의 목소리와는 수준이 다른 엄청난 공력이 실린 목소리가 제자들에게 날아들었다. 내력이 약한 자들은 가슴이 울렁거리고 다리에 힘이 빠졌다.

"어서 가지 못할까!"

다시 한 번 창성 진인의 목소리가 울려 퍼지는 사이 대연무장에 있던 제자들은 거의 모두 사라졌다.

장내에 남은 사람은 창강자와 창성 진인, 그리고 늙은이 여섯 명과 칼날 같은 기세를 뿜어내는 중년 도사 아홉이었다.

"무슨 일로 본 파를 방문한 것이오?"

창성 진인은 더 이상 억지로 온화한 표정을 짓지 않았다. 그는 불쾌감이 그대로 드러나는 얼굴을 하며 창강자에게 물었다.

그러나 창강자는 묻는 말에는 대답하지 않고 주위를 둘러보며 딴소리를 하였다.

"저들로 나의 입을 막으려는 거요?"

창강자는 손을 들어 젊은 도사들을 가리켰다. 처음부터 그 자리에 있었는지, 아니면 사람들이 흩어질 때 자리를 잡은 것인지는 몰라도 그들은 창강자를 묘한 모양으로 둘러싸고 있었다. 한 명씩 팔각형의 꼭 지점을 차지하고, 나머지 하나가 팔각형 안으로 들어와 창성 진인의 옆에 나란히 서 있었다.

"질문에 대답하시오."

다시 창성 진인의 목소리가 들려왔다.

잠시 무슨 생각을 하는 척하던 창강자는 활짝 웃으며 입을 열었다.

"이사형(二師兄), 정말 이러기요?"

창성 진인의 얼굴이 미미하게 떨렸다. 아주 잠시 동안.

그 잠깐의 흔들림이 지나가자마자 그는 소리쳤다.

"네 이놈! 네놈으로 인해서 본 문과 종남파가 원수가 된 것 때문에 문중의 선인들을 뵐 면목이 없다! 지금껏 무얼 하느라 이제야 나타났는지는 모르겠지만 옛정을 생각하여 못 본 척해 줄 테니 썩 이 자리에서 물러가 하산하거라!"

창강자의 얼굴이 시뻘겋게 달아올랐다.

하나 창성 진인의 이야기는 끝나지 않았다.

"이 길로 산을 내려가거든 다시는 본 문을 찾지 마라! 그리고 네놈이 도사 복장을 하고 순박한 양민들을 우롱하는 것까지는 내가 일일이 쫓아다니며 감시할 수 없지만, 네가 공동파입네 하고 떠들고 다닌다는 소문이 퍼지면 용서하지 않을 것이야! 알겠느냐? 이후로는 네가 공동파에 머무른 시간이 있었다는 것 자체를 잊어버리는 게 좋을 것이야! 육장로는 장문령을 받들라!"

"예!"

지금껏 두 사람을 보고만 있던 여섯 명의 늙은이들이 일제히 고개를 숙이며 대답했다.

창성 진인은 그런 그들과 창강자를 쓱 훑어보곤 다시 입을 열었다.

"공동 장문인 창성은 허운 진인(虛雲眞人) 문하의 창강을 파문한다! 이 시간 이후로 공동의 적(籍)에서 창강이라는 이름은 존재하지 않는다! 일장로!"

"옛!"

"지필묵을 가져오라!"

일장로는 명을 받는 즉시 지필묵을 대령했다. 창강자가 나타났다는 이야기를 들을 때부터 이런 상황을 준비했던 모양이었다.

지필묵을 받아 든 창성 진인은 먹도 제대로 갈리지 않은 먹물을 붓에 묻혀 종이 위를 휘저었다.

휘갈겨 쓰여진 글씨 가장자리로 물기가 그대로 번져 나간다.

대충 쓰기를 마친 후 창성 진인은 종이에 내력을 실어 창강자에게 휙 날려 보냈다.

창강자는 한 손으로 종이를 잡아채었다.

어지럽게 쓰여진 글의 가장 오른쪽에는 조금 큰 글씨로 '파문장(破門狀)' 이라는 글씨가 뚜렷하게 쓰여져 있었다.

"하하하!"

갑자기 창강자가 웃음을 터뜨렸다. 그리고는 손에 쥐고 있던 파문장을 갈기갈기 찢어버렸다.

"이……."

몇몇 장로들이 노한 표정을 지었지만 그뿐이었다. 실제로는 무슨 행동을 하지 않고 표정만 그렇게 지어 보였다.

"나를 파문한다고? 나를? 일신의 영달을 위해 사제를 팔아먹고 다른 문파를 음해하는 공작이나 벌이던 자들이 나를 파문한다고? 하하하!"

창성 진인은 더 이상 창강자의 말을 듣지 않았다. 그는 고개를 가로 저으며 냉정하게 말했다.

"가시오. 이제 더 이상 당신은 공동의 문인이 아니니 떠나지 않는다면 본 문을 상대로 싸움을 걸려는 것으로 알겠소."

그러나 창강자는 들은 척도 하지 않고 여전히 거칠게 웃기만 했다.

"나를 파문… 나를 파문……."

왜일까? 그의 중얼거림과 웃음 속에서 슬픔이 느껴지는 것은…….

한참을 웃고 있는 그를 바라보던 창성 진인은 중년 도사들에게 가볍게 손짓을 하였다.

그러자 지금껏 날카로운 예기를 뿜어대기만 하던 그들에게서 냉막한 살기가 풍겨지기 시작했다.

"오호라! 이제는 죽여서 입을 막겠다? 좋다, 어디 한번 재주가 있거든 해보거라."

차라리 잘되었다는 듯한 창강자의 말이 끝나기도 전에 창성 진인과 장로들은 진에서 몸을 피했다.

장문인과 육장로가 진 밖으로 빠져나간 것을 확인한 중년 도사들은 일제히 검을 뽑아 들었다.

"복마검진(伏魔劍陣)을 복원하였나 보군. 그래, 떠나 있는 시간 동안 공동파의 무공이 얼마나 발전하였는지 보여주겠다니 보지 않을 도리가 없지."

창강자는 이글거리는 눈으로 창성 진인을 노려보며 또박또박 내뱉었다. 그와 동시에 두 주먹을 단전 가까이로 끌어당기며 기를 모았다.

"오라!"

                    *   *   *

　고전은 침착한 눈으로 연진우를 바라보고 있었다. 그러나 그의 속마음은 적지 않게 동요하고 있다.

　괄목상대(刮目相對)라는 말이 이처럼 적합하게 느껴지는 경우는 드물었다. 처음에 보았을 때도 또래에 비해 뛰어난 무공을 가졌다고 생각했다. 훌륭한 스승 아래서 기초를 충실히 닦았기에 훗날 크게 발전할 수 있을 것이라는 기대도 했었다.

　과연 연진우는 엄청나게 발전해서 나타났다. 고전이 예상한 폭을 훨씬 넘어버릴 정도로.

　삼 장을 받아내면 원하는 것을 말해 주겠다!

　말을 내뱉은 고전 자신도 왜 그런 이야기를 했는지 알 수가 없었다. 막상 말을 해놓고 보니 연진우의 기도가 만만치 않다는 생각이 들 뿐이었다.

　연진우는 조용히 호흡을 고르고 있었다. 상대는 운룡신개 고전이다. 천하제일방의 방주라는 직함의 힘을 빌지 않더라도 충분히 압박감을 줄 수 있는 상대다. 수비에 치중하며 허점을 노리는 것도 아닌, 맨몸으로 그의 삼 장을 받아낸다는 것이 가당키나 할까?

　그럼에도 불구하고 연진우의 안색은 변함이 없었다. 특별한 자세를 취하여 공력을 모으는 것 같지도 않다.

　하지만 바로 그 점 때문에 고전은 섣불리 공격하는 것을 꺼려하고 있었다. 자신을 앞에 두고 이 정도로 평상심을 유지할 수 있다면 결코 무명의 애송이라고 무시할 수 없다.

　물론 연진우를 감당할 수 없다고 생각지는 않는다. 아무리 발전하였다고 해도 아직은 아니다. 다만 얼마만큼의 힘을 쓸 것이냐가 문제였다.

한 사람은 공격하고 한 사람은 공격을 받기만 하는 것도 일종의 대결이다. 이런 대결에서 승리하기 위해서는 무작정 모든 힘을 다 써서는 안 된다. 상대의 힘을 정확히 측정하고, 최소한의 힘으로 제압하는 것이 진정한 승리이다.

한편 그 광경을 옆에서 바라보고 있는 공손찬은 온몸의 털이 곤두서는 듯한 느낌을 받았다.

비가 지독하게 오던 그날, 연진우는 악귀의 몰골로 무공을 펼쳤었다. 공손찬이 섬뜩하게 느낄 정도로 처절한 칼부림을 했다.

이성을 잃고 본능만으로 폭주하는 상태, 가지고 있는 모든 재주를 오로지 '생존'에 걸고 풀어내는 모습이었다.

그때 공손찬은 보았다. 연진우라는 어린 녀석이 가지고 있는 무궁무진한 저력을.

그 후 몇 가지 사건이 발생하여 그 일을 잊고 살았다. 생각할 틈이 없었다고 하는 편이 정확하겠다.

창강자에게 치상(治傷)의 요결을 배우고 어느 정도 내상을 회복한 후에 그때의 일을 생각했다. 그리고는 연진우와 한번 겨루어보고 싶다는 생각도 하였다.

왜 그런 생각이 들었는지 그 당시에는 이유를 알 수 없었다.

그런데 지금 연진우와 고전을 보니 알 것도 같았다.

연진우에게서는 묘한 느낌이 풍겨진다. 무공을 익히는 사람, 그중에서도 평범의 선을 뛰어넘은 사람들만을 자극하는 그런 느낌이다.

누가 더 강한지 겨루어보고 싶다는 그런 느낌.

실제로 공손찬은 연진우가 자신보다 강할 것이라고는 추호도 생각하지 않는다. 그리고 그것은 고전 역시 마찬가지다.

그러나 그렇다고 비교해 보고 싶은 감정이 사라지는 것은 아니었다. 절대로 지지 않을 자신이 있는 데도 묘한 위화감이 들기 때문에 오히려 더 겨뤄보고 싶어진다.

호흡을 가다듬던 연진우는 눈을 절반쯤 감았다.

고전, 사부와 대등하게 겨루었던 인물이다. 그동안 무공이 급증하긴 했지만 당해낼 수 있을지 자신이 없다.

눈을 감아도 주위에 흐르는 기의 흐름을 느낄 수 있었다. 고전이 운기하는 것도 느껴진다. 전력을 다해 싸워도 승산이 거의 없다. 이런 상황에서 평상심을 유지하는 것이 가능할까?

연진우는 해냈다.

이때 놀라운 일이 연진우의 내부에서 벌어지기 시작했다.

주변에 흐르는 기의 흐름이 갑자기 느껴지지 않았다. 그 대신 몸속을 흐르는 도도한 진기의 흐름만이 더욱 선명하게 느껴졌다. 이미 임독양맥이 트인 상태라 거칠 것 없이 힘차게 흐르고 있다.

자신에게 무슨 일이 벌어지고 있는지도 모르는 채 연진우는 계속해서 내부를 관조했다.

기의 흐름이 조금 전과 다르게 느껴졌다.

그동안 느끼지 못했던 흐름이 생겨난 것이 아니다. 존재해 왔던 흐름이 더욱 자세히 보이기 시작한 것이다.

고전과 한 삼 장의 약속도 잊은 채 연진우는 그것을 보는 데 더욱 집중했다.

그러나 '그것'의 정체가 무엇인지는 알 수 없었다. 집중하면 할수록 '그것'은 더욱 모호하게 느껴졌다.

텅!

하복부에 묵직한 느낌이 전해왔다.

그제야 연진우는 고전과 자신이 대치하고 있는 상황이라는 것을 상기했다.

하지만 이상하게도 통증이 느껴지진 않았다. 기의 흐름에도 아무런 문제가 없었다. 외려 더욱 활기 차게 흐르는 것 같았다.

반쯤 감겨 있던 연진우의 눈이 빛난다.

조금 전의 충격 덕분에 다르게 느껴지지만 정체를 알 수 없던 '그것'을 정확하게 인식할 수 있게 되었다. 이전에는 그저 하나의 흐름으로 인식했던 기(氣)였지만 그 안에 다양한 성질을 포함하고 있다는 것을 비로소 깨닫게 되었다.

연진우의 눈이 크게 뜨였다.

지금은 고전과 대적하는 데 온 정신을 모아야 할 때다. 깨달음의 기회가 이런 때 찾아온 것이 심히 아쉽기는 하지만.

한편 고전과 공손찬, 그 외의 개방 방도들은 굉장히 당황하였다.

멍청하게 서 있던 연진우에게 고전이 장을 날렸다. 하지만 북을 두드리는 것 같은 맑은 소리가 울려 퍼질 뿐 연진우는 단 한 걸음도 움직이지 않고 처음의 표정을 그대로 유지했다.

아무리 손에 사정을 두었다고 해도 고전의 장에 정면으로 버틴다는 것은 보통 일이 아니었다. 그리고 그 맑은 소리는 뭐란 말인가?

가장 놀란 사람은 고전 본인이었다.

연진우의 몸에 손바닥이 닿는 순간 허공에 대고 장력을 격출하는 느낌을 받은 것이다.

고전은 입술을 깨물었다.

육성 공력을 써서 그런 낭패를 보았다. 인정하고 싶지 않지만 저 애송이의 무공이 자신에게 필적하는 것인지도 모른다.

'이번에는……'

고전의 손에 공력이 모인다. 그리고 바람을 가른다.

이때는 연진우도 조금 전처럼 멍청하게 있지 않았다. 할 수 있는 한 최대한의 힘을 모아 내장을 보호하려 했다.

펑!

연진우의 입에서 핏물이 분수처럼 뿜어졌다. 그리고 몸뚱이가 허공으로 날아갔다.

공손찬이 다급하게 연진우에게로 달려갔다.

입에서 토한 피로 붉게 물든 얼굴 사이로 연진우의 눈이 빛났다.

"괜찮습니다."

가볍게 웃기까지 하는 그를 보자 공손찬은 아무 말도 않고 뒤로 물러났다.

"이제 한 번 남았습니다."

손을 들어 피를 쓰윽 닦으며 연진우가 말하자 고전은 눈살을 찌푸렸다.

'대체 저놈은……'

속으로 중얼거리던 고전은 양손을 전중혈 바로 앞에서 교차시켰다.

"헛!"

몇몇 거지들이 놀란 나머지 헛바람을 삼켰다.

공손찬도 눈을 치켜뜨며 고전에게 뭐라 말하려 했다.

하지만 연진우가 가볍게 손짓하며 그를 말렸다.

'바보 같으니, 저건……'

'알고 있습니다.'

공손찬은 고전의 자세가 무엇을 의미하는지 알려주려 했다. 그러나 그를 바라보는 연진우의 눈빛은 그것을 거절하고 있었다.

"으음……."

공손찬은 침음성을 흘렸다. 굳이 개방 방주에게만 전해지는 항룡십팔장(降龍十八掌)을 써야만 할까?

논리적으로는 이해가 되지 않지만, 몸은 이미 움직이고 있었다.

양강(陽剛)하기로 천하에 으뜸이라는 항룡장의 공격이 연진우에게로 날아들었다.

공손찬은 두 손이 땀으로 축축하게 젖는 것도 모른 채 그 광경을 바라보았다.

텅!

실상은 지극히 짧은 순간이었지만 바라보는 모든 이들에게는 영겁과도 같은 시간이 흘러갔다.

여기저기서 경악성이 터져 나왔다.

고전이 입가로 피를 흘리며 한 걸음 물러선 것이다.

공손찬도 믿을 수 없다는 표정으로 연진우를 바라보았다.

연진우는 그저 담담히 미소 짓고 있을 뿐이었다.

첫 장을 받을 때는 내부의 상태 변화에 주목하느라 미처 방비할 틈이 없었다. 그럼에도 불구하고 아무런 피해를 입지 않았다.

두 번째 장을 받을 차례가 되었을 때는 전신의 공력을 모두 집중하여 방어했음에도 불구하고 피를 뿜으며 허공으로 날아갔다.

피를 토하고 크게 손해를 보았을 때에야 비로소 연진우는 깨닫게 되었다. 자신이 기의 성질(性質)에 주목하였을 때 몸속에서 저절로 일어났던 현상을.

그것을 깨닫게 되자 세 번째 공격도 능히 감당할 자신이 생겼다.

과연 그러하여 항룡장으로 공격한 고전이 되려 뒤로 물러났다. 반탄력이 워낙 강해서 더 물러나야 하지만 억지로 버티는 바람에 피를 토했다.

연진우는 무엇을 깨닫게 된 것일까?

기의 성질을 볼 수 있게 되자 연진우는 혼원기공의 내공이 가지고 있는 열네 가지의 특성을 생생하게 느낄 수 있게 되었다.

이것은 파옥권의 열네 가지 요결과 동일한 것으로 구(构), 루(摟), 조(刁), 나(挪), 채(採), 붕(崩), 벽(劈), 괘(掛), 점(粘), 고(靠), 점(黏), 섬(閃), 등(騰), 진(進)들로 이루어져 있다.

고전이 항룡장을 날렸을 때, 루(摟), 진(進), 붕(崩)의 특성이 적절히 배합되어 항룡장의 힘을 역으로 돌려보냈다.

내면을 관조하며 기의 특징을 인식하자 외부의 공격에 가장 적당한 방식으로 기가 스스로 움직인 것이다.

옛사람이 말하기를 무공을 아무리 배워도 올바른 용법을 모른다면 모두가 허익이라고 했다. 연진우가 얻은 심득은 공력의 올바른 사용법이었다. 이루 말할 수 없을 정도로 심오한.

연진우가 가벼운 미소를 지으며 입을 열었다.

"삼 장을 다 받았습니다."

그러니 너도 약속을 지키라는 말이리라.

고전은 입가에 묻은 핏줄기를 훔치며 쓴웃음을 지었다. 항룡장까지 쓰고도 이런 창피를 당하다니… 그러나,

'저 녀석은 진짜야. 그동안 무슨 일이 있었는지는 몰라도 진짜로 강해졌어.'

"약속은 지킨다."

천하제일방의 방주가 내뱉은 말이었다. 약속을 어길 것이라 생각한 사람은 없었다.

"다행이군요."

미소가 채 지워지지 않은 얼굴을 하며 연진우가 말했다.

고전은 밖으로 표시는 내지 않았지만 이루 말할 수 없는 수치심에 진저리를 쳤다.

"알고 싶은 게 뭐냐?"

퉁명스런 고전의 질문에 연진우는 공손찬을 흘끗 쳐다보았다.

…….

연진우는 공손찬의 미묘한 눈빛을 보곤 자리를 옮길 것을 제의했다.

"사람이 적은 곳으로 가는 게 어떻겠습니까?"

물론 고전이 거절할 까닭이 없었다.

*　　　*　　　*

창강자는 혼탁한 눈빛으로 창성 진인과 장로들을 훑어보았다.

그의 머리는 산에 살 때처럼 헝클어지고 옷은 갈가리 찢어졌다. 하지만 태산과도 같은 기도는 여전하여 그의 눈길을 받은 공동파의 원로

들은 저도 모르게 눈을 내리깔았다.

"흥!"

짧게 코웃음을 친 창강자는 경멸의 눈빛을 던지며 그들에게 말했다.

"장문인이 파문하였으니 이제 나는 공동파의 문도가 아니오. 나를 파문하지 않았다면 문규에 따라 나의 은원을 해결하려 했지만 이제는 그러지 않겠소."

서슬 퍼런 그의 말에 창성 진인과 장로들의 안색이 새파래졌다. 공동파가 배출해 낸 역대 최고의 권사(拳士)를 적으로 돌려 버린 것이다.

'설마 구궁검수가 패할 줄이야……'

창성 진인의 새파란 얼굴은 땅바닥에 엉망으로 구겨진 남자들을 향해 있었다. 복마검진이라면 충분히 상대할 수 있을 것이라 생각했건만 처음부터 계산 착오였다.

"마음 같아선 오늘 당장 공동산을 쑥대밭으로 만들고 내가 당한 일의 책임을 묻고 싶지만……"

창강자의 말은 계속되었다.

"나를 길러주신 사부님과 사숙조의 은혜를 생각하여 오늘은 이 젊은 놈들을 훈계하는 것으로 그치겠소. 그러나 분명히 말해 두는데, 앞으로 강호에서 이 가모(柯某)는 공동파의 버릇없는 것들을 가만히 놓아두지 않겠소."

"저, 저런……"

장로 중 몇몇이 듣다 못해 신음 소리를 내며 앞으로 나서려 했다. 그러나 그들은 창성 진인의 손짓을 보고는 다시 멈춰 섰다.

"할 말은 그게 다요?"

어느새 표정 관리를 마친 창성 진인, 과연 구대문파의 장문인은 아무나 하는 것이 아닌가 보다.

"흥!"

잔뜩 흥분해 있던 창강자는 코웃음으로 대답을 대신했다. 공동산에 올라온 진짜 목적이 무엇이었는지조차 잊어버린 듯.

"그러면 이제 하산해 주시오."

그쯤하고 공동파에서 사라져 달라는 내용의 말이건만 창성 진인의 행동에는 기품이 있어 보인다. 속 모르는 사람들은 저런 외양만을 보고 명문대파의 전통이 어쩌고 하겠지만 창강자에겐 역겨운 가식덩어리로 보일 뿐이었다.

"가야지, 물론 가야지. 하지만."

창강자의 눈이 번뜩인다.

그는 손가락 마디를 뚝뚝 꺾으며 오른발을 한 발짝 내디뎠다.

고개를 건들거리고 손마디를 꺾는 등 저잣거리의 건달들이나 할 법한 불량한 행동을 하며 다가오는 창강자, 그를 마주 대한 공동파의 장로들은 자기도 모르게 자신들이 위축되는 것을 느꼈다.

"종남파 양 장문인의 일에 대한 흑막을 알아야겠어. 그것 때문에 내가 이 모양 이 꼴이 되었잖아."

창강자가 이빨을 드러내며 씨익 웃었다. 끈적끈적한 살기가 잔뜩 묻어나는 웃음이다. 그리고 그 웃음 뒤로 귀기 어린 기도가 풍겨오기 시작했다.

"장문인……."

지필묵을 가지고 왔던 일상도가 어두운 안색으로 나직하게 중얼거렸다.

창성 진인은 잠시 생각하는 듯하더니 곧 고개를 끄덕였다.

일장로가 장문인의 허락을 받아내자 나머지 다섯이 움직이기 시작했다.

그들의 움직임을 본 창강자는 귀찮다는 표정을 지었다.

"제기랄, 언제부터 공동파에 검진이 이렇게 많아진 거야? 언제부터 공동파가 머릿수로 밀어붙이는 전법을 쓰게 된 거지? 검종(劍宗)은 다 이런 거야?"

마지막의 검종 운운하는 말에 장로들의 얼굴이 달아올랐다.

그들은 검을 뽑아 들었다. 소리없는 발검. 과연 일 파의 장로다운 솜씨였다.

"크크. 그래, 젊은 놈들이 복마검법의 심오한 이치를 제대로 알았을 리는 만무하니 싸움이 싱거웠지. 늙은이들은 조금 다르겠지? 멋지게 놀아보자고!"

말을 하는 동시에 창강자의 두 발이 어지럽게 움직였다.

"과연……."

싸움에 끼어들지 않고 한발 물러서 있던 창성 진인이 두 눈을 가늘게 뜨며 감탄했다.

"육장로들을 상대로 우세를 보이다니, 과연 권종(拳宗)의 호랑이답군."

그러나 실제 창강자를 상대로 생사를 넘나드는 싸움을 벌이고 있는 장로들에겐 한가하게 감탄할 여유가 없었다.

'원래 그 무공이 비범하기는 했지만 그래도 이 정도는 아니었는데…' 라거나 '대체 그동안 무슨 기연을 얻었길래 이리도 강해졌단 말인가? 오늘 우리 육장로가 크게 낭패를 당하겠구나' 하는 식의 감정이 그들 사이에 교차되고 있었다.

"하앗!"

창강자의 기합 소리와 동시에 여섯 자루의 장검이 한 지점에 모아졌다. 창강자의 손끝에.

맨손으로 검의 끝 부분을 모아 쥔 그는 몸을 부르르 떨었다.

"검을 놓으시오!"

비명 소리 같은 외침이 창성 진인의 입에서 터져 나왔다.

육장로는 앞뒤 잴 것도 없이 검을 쥔 손에서 힘을 뺐다.

그와 동시에 여섯 자루의 검은 먼지가 되어 허공에 흩날렸다.

삽시간에 검을 빼앗긴 장로들의 얼굴은 사색이 되었다.

"오행절맥수(五行絶脈手)……."

공동파 최고의 절학 중 하나가 펼쳐진 것이다.

물론 장로들과 장문인 역시 오행절맥수를 알고 있다. 그러나 그들 중 누구도 오행절맥수를 대성한 이가 없었다. 아니, 익힌 사람이 없다고 하는 편이 정확하겠다.

대성하지 못한 오행절맥수를 사용하게 되면 진원이 손상당한다. 그렇기에 오행절맥수를 익히려는 사람은 얼마 되지 않았다.

창성 진인의 미간에 주름이 잡혔다.

'하지만 아무리 오행절맥수라도 저런 위력이…….'

원래 오행절맥수는 생물에게 유효한 것이다. 오행절맥수 자체가 다섯 가지의 기운으로 상대의 경맥을 상하게 하는 무공이니 당연한 말이다.

그런데 창강자는 강철로 만들어진 검을 가루로 만들어 버렸다.

생각할 수 있는 가능성은 단 한 가지다.

경맥을 절단하는 정도로 사용되던 오행기공이 상상을 뛰어넘는 수

준이 되어 강철을 부술 수 있게 된 것이라고.

'내가 나서야 하나?'

창성 진인은 검을 뽑았다.

장문인이 나서자 장로들은 뒤로 물러났다.

오행절맥수가 공동파 권법의 최고봉이라면 검종에도 그에 상응하는 최고의 검법이 있다.

복마심검(伏魔心劍)!

창성 진인의 신형이 아지랑이처럼 아른거린다.

그에 발맞추어 창강자의 움직임도 빨라졌다.

무당파의 모든 무공은 유능제강(柔能制剛)에서 출발하고 화산파의 무공은 연환결(連環缺)에 요체가 담겨 있다. 태극혜검(太極慧劍)과 태극권(太極拳)은 동일한 원리로 전개되며 이십사수매화검법(二十四手梅花劍法)에 담긴 이치와 명령장법(冥靈掌法)에 담긴 이치가 같다.

쾌(快)와 환(幻).

공동파 무공의 뿌리를 이루는 두 글자이다.

쾌와 환의 원리는 갓 입문한 사람이 배우는 초보적인 보법에도 담겨 있고 공동파의 문도라면 누구나 배우는 복마검법에도 있다.

그리고 그 정점에 다다른 무공이 복마심검과 오행절맥수이다.

공동파의 두 축을 이루는 검종과 권종 최고의 절학이 맞부딪치고 있다.

두 사람의 움직임은 갈수록 빨라져 장로들의 눈으로도 알아보기 힘들 정도가 되었다. 공중과 지상을 넘나드는 격투에 두 사람의 몸은 보이지도 않는다. 다만 빛살 같은 강기(罡氣)만이 폭죽처럼 터져 나올 뿐이었다.

그 순간 창강자의 손이 위에서 아래로 움직였다.

하늘과 땅을 어지럽히던 검의 변화가 갑자기 사라졌다.

그리고 침중한 신음 소리가 이어졌다.

"으……."

얼굴이 새파랗게 질린 창성 진인이 바닥에 쓰러져 있다.

도복 위로도 알아볼 수 있을 정도로 가슴이 움푹 패어 들어갔다.

창강자는 천천히 호흡을 가다듬고 그를 보았다.

오행절맥수의 일 초가 위에서 아래로 미끄러지며 그의 가슴을 정면으로 두들긴 것이다.

잠시 침묵을 지키던 창강자가 입을 열었다.

"이제 말해 줬으면 하는데, 왜 나를 음해하려 했는지."

"하, 하하……."

창성 진인은 허탈하게 웃었다.

"협박하는 건가, 공동 장문인의 생명을 놓고?"

"좋을 대로……."

"구대문파의 자부심이… 그런 걸로 깨어… 지지 않는다는 것 정도를 알고 있잖아?"

호흡이 가빠오는지 창성 진인의 말은 띄엄띄엄 들려왔다. 무심한 얼굴로 그런 그를 바라보는 창강자, 그리고 창강자를 노려보는 육대장로의 시선이 허공에서 어지럽게 교차했다.

"생명에는 지장이 없을 거야. 경맥을 다치게 한 건 아니니까."

창강자의 그 말에 육대장로의 안색이 변했다.

가볍게 기를 움직여 본 창성 진인의 얼굴도 아주 약간 변했다.

"대단… 하군. 칼날처럼 예리하게 경맥을 매만지는… 오행절맥수를
이렇게 둔하게 사용… 할 수 있다니……."

창성 진인의 말은 창강자에 대한 칭찬이었다.

종류가 다른 기운을 상대의 몸에 스며들어 가게 하고, 원하는 부분
을 원하는 만큼만 상하게 하는 것은 무척이나 힘든 일이었다. 오행절
맥수를 대성하였다는 말은 세상에서 가장 가늘고 예리한 소도(小刀)를
가진 것과 같다는 이야기다.

그런데 창강자는 작고 날카로운 칼로 바위를 으스러뜨렸다. 조금씩
잘라내는 것이 아니라 쇠망치로 내려친 것처럼 압도적인 힘으로 눌러
버렸다. 예리함의 극에 이를 때까지 갈고닦은 후 둔함으로 돌아가 버
린 것이다.

쾌와 환의 공동 무공, 창강자는 그 정점을 뛰어넘었다. 어차피 이제
는 더 이상 공동파의 제자가 아니기도 하지만…….

"대사형에게 가보면 알 수 있을 거야."

창성 진인의 말에 창강자의 눈이 번뜩였다.

"대사형? 창궁… 을 말하는 건가?"

"그래, 그 사람……."

조금씩 작아지는 창성 진인의 목소리, 창성 진인은 마지막 힘을 쥐
어짜 내듯 느릿하게 말했다.

"정의맹으로 가보면… 궁금해하던 것을 다 알게 되겠지……. 장로
들은… 길을 막지 말고… 그냥 보내주시오."

창성 진인은 눈을 감으며 중얼거렸다.

"졸리는군. 죽지는 않는… 다고 했으니 조금… 자야겠어."

창강자가 떠난 공동산에는 적막이 감돌았다.

얼마의 시간이 지난 후 눈을 뜬 창성 진인이 입을 열었다.

"마음에 담아두지 마시오. 우리가 손해 볼 것은 없소."

여섯 명의 장로들은 의혹이 가득 담긴 눈으로 창성 진인을 보았다.

창성 진인은 긴 한숨을 내쉰 후 이야기를 계속하였다.

"이제부터 저자는 천하무림을 상대해야 할 거요. 대사형이 깊이 관련된 일이니 정의맹이 움직일 테고. 아! 종남파에 전갈을 보내어 그가 사라진 방향을 알려주어야겠군."

3. 날은 저물어…

짙은 구름에 별빛조차 보이지 않는 어두운 밤하늘, 잠시 동안 구름 사이로 달이 드러나 희끄무레한 빛을 뿌리다 사라진다.

달빛 아래에 드러난 것은 웅장하게 지어진 건물이다. 신양 표국(信陽鏢局)이라는 현판이 달린.

신양 표국, 하남성의 삼대표국 중 하나인 이 거인은 깊이 잠들어 있었다. 누구도 신양 표국의 숙면을 방해하지 않고 있다. 담 안쪽에서 검은 그림자가 뛰어나올 때조차 아무 소리가 나지 않았다.

그림자는 하나가 아니다.

큼지막한 짐을 어깨에 들쳐 업고 있는 그림자 하나와 방금 건너온 담벼락 안쪽의 동정에 귀를 기울이는 그림자, 그리고 첫 번째의 그림자에게 업혀 있는 그림자까지 모두 셋이다.

그림자들은 달리기 시작한다. 아무런 소리도 나지 않게.

그 모든 것들이 이루어지는 동안 신양 표국은 여전히 잠자고만 있었다.

"무슨 이유로 이러는 거요?"

송충이 같은 눈썹에 네모 각진 턱이 인상적인 중년인이 물었다. 그러나 누구도 그의 물음에 답해주지 않았다.

"당신들 누구요?"

다시 물어보았지만 마찬가지로 대답하는 사람은 없었다.

중년인의 얼굴이 붉게 달아올랐다. 신양 땅에서 그의 말을 이렇게 무시하는 사람은 거의 없었다. 적운수(赤雲手) 오능(吳菱), 한 사람의 무인으로, 그리고 신양 표국의 국주로 하남 무림인들의 존경을 받고 있는 이름이다.

"도대체 왜 나를……."

그때였다. 처음으로 그들의 목소리가 들려왔다. 오능을 향한 것은 아니었지만.

"무슨 일이 있나요?"

"별거 아니야."

"별거 아니라뇨? 시끄러운 소리가 들리는데요."

"거참, 아무것도 아니래두. 계속 귀에 거슬리는 소리를 내면 이빨을 다 분질러 버려."

자신을 납치해 온 두 사람의 대화를 들으며 오능은 화가 머리 꼭대기까지 치밀어 오르는 것을 간신히 참았다. 강호의 일류고수라고는 할 수 없더라도 나름대로 상당한 무공을 갖춘 표두, 표사들이 우글거리는 신양 표국에 침입하여 자신을 납치할 수 있는 능력을 가진 사람들이다.

그리고 오능은 그들의 정체를 이미 알고 있었다. 둘 다는 몰랐지만 최소한 젊은 쪽의 정체는 확실히 알고 있었다. 자신이 다른 사람들에게 감추고 있던 또 하나의 신분 때문이다.

그가 소속되어 있는 단체에서는 이미 연진우를 요주의 인물로 분류해 놓고 행적을 추적하고 있었다. 낮지 않은 지위에 있는 오능이 연진우의 용모를 알아보는 것은 당연했다.

오능의 머리는 어지러울 정도로 빠르게 회전했다. 가능한 경우의 수를 최대한으로 보고 생각을 정리했다. 그리고 한 가지의 질문이 해결되지 않으면 나머지도 해결될 수 없다는 것을 깨달았다.

과연 저들은 신양 표국의 오능을 찾아온 것일까, 전륜궁의 하남성 책임자인 오능을 찾아온 것일까?

"오능⋯⋯."

연진우 옆에 서 있던 남자가 말을 걸어왔다.

휘릭―

오능의 뺨에 핏물이 흘러내리기 시작했다.

"여러 말 하게 하지 마라."

오능은 처음으로 긴장했다.

사실 납치되어 왔을 때도 크게 걱정하지는 않았다. 막혀 있던 혈도만 풀면 이들을 제압할 자신이 있었기 때문이다.

죽일 생각이었다면 여기까지 데려오지도 않았을 테니 시간을 끌면 모든 일이 순탄하게 풀리리라 생각했다. 본신의 무공에 대한 절대적인 자신감도 있었기 때문이다.

그런데 방금 뺨에 긴 상처를 남긴 일검을 보니 생각이 달라졌다. 연검을 사용하는 중년의 고수는 숭산에서 죽은 것으로 보고되었던 공손찬이었다.

"전륜궁 하남 분타주 오능, 맞나?"

공손찬의 거친 말투에 오능은 천천히 고개를 끄덕였다. 다 알고 찾아온 것일 텐데 서툴게 거짓말을 해봐야 소용없으리라.

"그러면 하남성의 지리에 대해서도 잘 알고 있겠군."

"대충은……."

공손찬의 입가에 차가운 미소가 걸렸다.

"하남성 등봉현(登封縣)에서 서북쪽으로 삼십 리쯤 가면 뭐가 나오는지 알고 있겠지?"

오능은 대답하지 않았다.

그런 오능을 가만히 쳐다보던 공손찬의 호흡이 조금씩 가빠졌다. 공손찬은 왼발을 들어 오능의 어깨에 얹었다. 그리고 힘껏 떠밀었다. 오능의 몸이 뒤로 벌러덩 넘어갔다.

"숭산(嵩山)을 모른단 말이야?"

물론 오능이 숭산을 모를 리가 없다. 그가 하남성의 책임자가 아니라도 숭산을 모를 수는 없다. 중원무림의 태두인 소림사가 위치한 곳을 모른다는 것이 말이 되겠는가.

쉭—

공손찬의 연검이 허공을 갈랐다.

땅바닥에 넘어져 드러누운 형상이 되었던 오능은 빳빳하게 세워진 연검이 심장을 향해 조금씩 파고들어 오는 것을 바라보았다.

검은 속도가 거의 느껴지지 않을 정도로 아주 느릿하게 움직였다. 오능이 숨을 몰아쉬느라 가슴이 약간 들썩거릴 때를 제외하고는 아주 느리게 살 속으로 파고들었다.

그때 연진우가 나섰다. 아무래도 자식들이 얽힌 일이라 공손찬이 지나치게 흥분하는 것처럼 보였다.

"숭산 소실봉(少室峯) 중턱에 살던 아이들의 행방을 알고 싶어. 모른다고 하지는 않겠지?"

물론 질문하는 사람이 연진우로 바뀌었다고 가슴팍의 검이 제거되지는 않았다.

오능은 두 눈을 질끈 감았다. 죽는 것은 두렵지 않았다. 전륜궁의 간부들 중 죽음을 두려워하는 사람은 없었다. 세속의 풍진(風塵)에 더럽혀지는 것을 더 두려워한다면 모를까.

"나무아미타불(南無阿彌陀佛)……."

뜻밖의 소리가 오능의 입에서 흘러나왔다.

두 눈을 감은 채 처연히 염불을 외는 그의 얼굴은 지극히 평화로워 보였다.

의외의 상황에 당황한 연진우는 공손찬 쪽을 보았다.

"벌써 죽였다는 말이야?"

공손찬의 눈에는 핏발이 서 있다. 아들이 죽었을지도 모른다는 생각 탓에 그는 오능의 표정을 살필 여력이 없었다.

"에잇!"

감겨 있던 오능의 두 눈이 둥그렇게 뜨였다. 나지막이 염불을 외던 입에서 피가 흘러나왔다.

연진우는 검이 오능의 심장 깊숙이 밀려 들어간 후에야 간신히 공손찬의 손을 잡을 수 있었다. 흥분한 공손찬은 연진우가 말릴 틈도 없이 손에 힘을 줘버린 것이다.

"아미타불… 아이가 셋이었지요?"

연진우는 두 손으로 오능의 왼쪽 가슴을 움켜쥐었다. 양손 사이로 피가 샘솟듯이 흘러나오고 있다.

가슴과 입으로 피를 토해내던 오능이 쓴웃음을 지었다.

"아이들… 그 아이들은……."

"뭐? 빨리 말해라!"

공손찬은 고함을 버럭 질렀다. 그의 얼굴은 눈물로 범벅이 되어 있었다. 조금 전 분노와 광기에 젖어 있던 얼굴에 슬픔까지 더해졌다.

피를 토하면서도 처연한 얼굴을 하던 오능, 불성을 갈고닦은 그인지라 삶에 미련은 없었지만 공손찬의 얼굴에서 깊은 슬픔을 발견하였다.

'처음부터 아무 상관 없는 아이들을 납치한다는 게 나빴어.'

보살은 마땅히 보시를 행해야 할 것이니 색(色)에 머물지 말고 보시할 것이며, 성(聲)·향(香)·미(味)·촉(觸)에 머물지 말고 해야 한다. 보살은 당연히 이와같이 베풀어야 하되 결코 상(相)에 머물지 말아야 한다. 상에 머물지 않고 보시하면 그 복덕을 어찌 헤아릴 수 있으랴.

갑자기 오능의 머리 속으로 경문의 한 부분이 스치듯 지나갔다.

사바 세계의 잘못을 바로잡고 중생을 계도하기에는 불법이 너무도 무능하다고 여겨졌던 젊은 날, 불경을 쥐었던 손으로 칼과 몽둥이를 집어 들었다.

지나간 삶에 대한 후회는 조금도 없었다. 그런데 자식 잃은 아비의 눈을 보자 왜 케케묵은 경전의 한 자락이 떠오르는 것일까? 이 상황과 무슨 상관이 있다고……

법에 걸맞는 생활의 바탕이 되는 것이 보시(布施)라 배웠다. 재물로 베풀고[財施] 진리를 나누며[法施], 마음을 편히하고 아름다운 행동을 함으로 타인의 마음에 평안을 가져다 주는 것[無畏施]들이야말로 자비를 실천하는 가장 기본적인 행동이라 배웠다.

그 후 비록 마음 공부를 버리고 주먹을 선택하기는 했지만 오능은 지나온 삶이 나름대로 보시의 삶이었다고 생각했다.

그러나 모양, 소리, 향기, 맛, 감촉[色聲香味觸] 어느 것에도 머물지 말라고 하였던 경전의 가르침에서는 벗어났던 것을 깨달았다. 눈으로 보고, 귀로 듣고, 코로 냄새 맡으며, 혀로 맛보고, 몸으로 느끼는 것, 그 모든 것에 얽매이지 말라고 하였건만 자신은 스스로 경계를 지어놓고 살아왔다.

누구나 지나온 생의 닦아온 습관에 따라서 선호하는 경계가 있고 싫어하는 경계가 있기 마련이다. 편안하고 아름다운 모습을 보면 같이 편안함을 느끼고 웅장하고 장엄한 모습을 보고는 경외감을 느끼기도 한다. 그리고 더러운 모습이나 참담한 모습을 보면 불쾌감을 느끼기도 한다.

분별하는 것이야 선악 개념에 따라서 다르게 느끼고, 보는 사람의 마음에 따라서 또 다르게 느끼겠지만, 어찌 됐든 그것을 보고 좋아하기도 하고 싫어하기도 하는 것이다.

오능은 자신의 마음이 얼마나 편협하였는지를 깨달았다.

어떤 수단을 선택하였는가가 문제가 아니었다. 문제가 되었던 것은 스스로 경계를 가르고 경계 밖의 것을 멀리하려 했던 자신이었다.

하지만 아직도 공손찬에게 진실을 알려주는 것에 주저함이 있었다. 수십 년간 옳다고 믿어왔던 가치, 전륜궁에 대한 소속감 등이 그의 발목을 잡았다.

'얽매여 무엇하리. 다 썩어 없어질 것들인데.'

자식 잃은 아비의 눈에서 조그마한 깨달음을 얻은 오능은 피 섞인 기침을 내뱉으며 마음을 정했다. 이것이 살아서 하는 마지막 보시라고 생각하며……

"아이들은… 궁(宮)에……"

오능은 말을 맺지 못한 채 연거푸 기침을 했다. 그때마다 핏물이 함께 토해졌다.

"궁, 전륜궁……"

그러고는 숨을 거두어 버렸다.

연진우와 공손찬은 발걸음을 재촉했다.

아이들이 살아 있다라는 이야기를 들은 공손찬은 적지 않게 들뜬 표정으로 달리고 있었다.

그들이 향하고 있는 곳은 어디일까?

오능은 아이들이 전륜궁에 있다고 하였는데, 과연 그들은 전륜궁이 어딘 줄 알고 이리도 열심히 달리고 있는 것일까?

그들은 남으로, 남으로 달리고 있었다.

절세의 경공술을 펼친 두 사람은 하남성 아래에 위치한 안휘성에 접어들었다.

안휘성의 지세는 남쪽이 높고 북쪽이 낮다.

남쪽에서 북쪽으로 환남산지가 있는데 북동쪽으로부터 구화산, 황산, 천목산 등이 벽돌을 쌓은 모양으로 이어져 있다.

특히 인간선경(人間仙境)이라고까지 불리우는 황산의 경치는 대단히 유명해서 대시인 이백과 두보 등에게 칭송받았다.

명나라 때의 저명한 지리학자이며 여행가였던 서하객(徐霞客)은 삼십여 년 동안 중국의 산하를 두루 유람한 후 '오악(五岳:태산, 항산, 숭산, 화산, 형산)을 보고 돌아온 사람은 보통의 산 따위로는 성이 차지 않는다. 그러나 황산에서 돌아온 사람은 오악조차도 눈에 차지 않는다'라고 말하였다.

실제로 황산의 바위, 소나무의 형상은 아름답기 그지없어 어떤 것은 사람의 모양, 어떤 것은 동물, 그리고 어떤 것은 사물의 형상으로 보인다.

그러면 안휘성에 유명한 산이 황산뿐인가?

황산의 남쪽에서 멀지 않은 곳에 있는 제운산은 도교의 사대명산 중 하나이다.

그리고 황산의 서북쪽에 있는 구화산은 아흔아홉 개의 봉우리 곳곳에 폭포와 소나무, 대나무가 있고 명승고적이 많기로 유명한 곳이었다.

하지만 구화산은 아름다운 경치뿐만 아니라 불교의 사대명산 중 하나로도 유명하였다. 황산을 인간선경이라 한다면 구화산은 불국선성(佛國仙城)으로 일컬어진다.

당연히 구화산에는 절간이 많이 들어서 있었다.

그중에서도 구화산의 중심에 위치한 화성사(化城寺)는 더욱 각별한 의미를 가졌다.

이 절은 구화산 불교의 시초가 된 곳으로, 신라의 왕족 김교각으로 부터 시작되었다.

김교각은 당고종 영휘 사 년에 바다를 건너 구화산에 와 이곳의 경치가 아름다운 것을 보고 은거해 있으며 아흔아홉으로 귀천하기까지 칠십오 년간 도를 닦았다고 한다.

그는 불교에 조예가 깊고 학식이 풍부하여 이백과 친근한 사이였다. 김교각이 사망한 후 이백은 시를 지어 그리움을 표시했다.

그가 도를 닦을 때 인근의 주민들은 그의 언행에 감동하여 그가 불법을 가르칠 수 있는 절을 지어 바쳤다. 그 절이 바로 화성사이다.

김교각이 천명을 다하였을 때 당나라의 인사들은 그의 육신이 불경에 나오는 지장보살(地藏菩薩)과 같다고 여겨 그를 김지장이라고 불렀으며, 그 이후 구화산을 중심으로 불교가 크게 융성하였다. 훗날 여러 황제들이 구화산에 절을 지어주었고, 그로 인해 지금도 구화산에는 절간이 수풀처럼 우거져 있다.

연진우, 공손찬은 구화산의 명소인 화성사로 다가가고 있었다.

소림사 정도, 아니, 그 이상으로 거대한 규모를 가진 화성사에는 이상하게도 문지기가 없었다.

절간에 문지기가 없는 것과 있는 것 중에 어느 쪽이 더 자연스러운 것인가?

연진우의 머리 속에 자연스레 의문이 스치고 지나갔다.

그와 동시에 소림사에서 겪은 낭패가 생각났다. 불도를 닦는 승려라는 작자들이 남의 말은 들을 생각도 하지 않고 다짜고짜 무공을 사용하는 그 행태라니…….

그에 반해 화성사의 모습은 평온함 그 자체였다.

문지기가 없을 뿐만 아니라 사찰 전체의 분위기가 그러했다. 바삐 오가는 승려도 없고 참배객도 없었다. 연진우와 공손찬을 아는 사람이 없을 것임에도 불구하고 간간이 스치는 화성사의 승려들은 환히 웃는 얼굴로 합장을 해 보였다.

일단 인사를 받았는데 어쩌겠는가. 연진우, 공손찬도 어정쩡한 자세로 답례를 했다.

승려는 여전히 환히 웃으며 그 자리를 떠났다.

"조용하군."

공손찬이 속삭였다. 사찰 전체의 분위기가 그래서인지 공손찬도 목소리를 죽여 이야기하고 있었다.

"그러게 말입니다. 하지만 겉으로 드러난 모습만 가지고 어찌 판단하겠습니까."

연진우의 대답에 공손찬이 다시 속삭였다.

"그건 어디까지나 개방에서 알려준 게 사실이라는 전제 아래에서만 성립되는 거야. 개방 방주라는 작자가 우리를 골탕 먹인 걸 수도 있지."

연진우는 긍정도 부정도 하지 않았다.

"전륜궁의 총단은 정확하게 파악하지 못했지만 각 지역 분타의 위치는 어느 정도 알아냈다."

고전이 씹어뱉듯 말하자 연진우는 반색을 했다.

"그게 어딥니까? 일단 그것이라도……."

"어디가 알고 싶은 건데? 설마 중원 전역에 있는 전륜궁의 조직도를 모두 내놓으라는 말은 아니겠지?"

“그것은……."

연진우가 우물거리자 공손찬이 나섰다.

“모두는 필요없소. 전륜궁의 총단과 하남성 분타만 알면 되오.”

그 말에 고전은 연진우를 흘낏 보았다.

연진우가 고개를 끄덕이고 있었다.

“좋소, 하지만 아까도 말했듯이 총단의 위치는 정확하게 파악하지 못했소.”

“정확하게 파악하지 못했다면 대충 짐작 가는 곳을 알려주시오. 설마 천하의 개방이 그 정도도 생각해 보지 않았다고는 믿고 싶지 않구려.”

“뭐, 못 알려줄 것도 없지만 함부로 남의 집에 뛰어들어 낭패나 당하지 않을까 걱정이 되어서 말이오.”

고전과 공손찬의 대화에는 가시가 돋혀 있었다. 만난 것은 이번이 처음이지만 서로에 대한 소문만큼은 오랫동안 적지 않게 들어왔었다. 실제로 마주치게 되니 좋은 상대가 될 것 같다는 승부욕이 그들을 자극한 것이다.

“일단 알려주십시오.”

보다 못한 연진우가 다시 끼어들자 두 사람 사이의 긴장이 깨어졌다.

“적운수 오능, 하남성 삼대표국의 하나인 신양 표국의 표국주요. 소림의 속가제자였지만 기연을 만나 자신만의 독특한 장법을 익혀 적운수라는 별호를 얻었소. 하지만 우리가 파악한 바에 따르면 그의 진정한 신분은 전륜궁의 하남 분타주요.”

“확률은?”

짤막한 공손찬의 질문에 고전은 가볍게 눈을 흘겼다. 곱지 않은 감정이 담긴 시선을 받았지만 공손찬은 꿈쩍도 않았다. 고전은 불쾌함이 잔뜩 담긴 말투로 대답했다.

"십 할(十割)! 믿지 못할 것이면 왜 개방에 온 거요?"

"아니, 혹시 잘못해서 엉뚱한 사람의 집에 찾아가 행패를 부릴까 걱정이 되어서 말이오. 혹시 아오? 그 집 어린아이들에게 무공을 써야 할 일이 생길지."

그제야 고전은 공손찬이 저러는 이유를 알았다. 자신이 연진우에게 손을 너무 과하게 썼다고 저러는 것이다.

잠시 부끄러운 생각이 든 고전은 공손찬의 말에 대꾸하지 않고 다음 이야기로 넘어갔다.

"전륜궁의 총단은, 물론 이것은 아직 추측이지만… 구화산의 화성사에 있는 것으로 보이오."

"구화산?"

"화성사?"

고전이 말을 하자마자 연진우와 공손찬이 동시에 한마디씩 했다. 구화산 화성사라…….

연진우는 손가락으로 뒤통수를 긁적였다.

'황산에서 멀지 않은 곳이군.'

황산에는 유무용의 신창문이 있다. 그리고 자신이 죽인 노산의 형 노광도 있다.

'홍염 형은 산에 있을까?'

갑자기 홍염에 대한 그리움이 사무쳤다. 함께 무공을 배울 때는 경쟁 상대로밖에 생각하지 않았는데 막상 강호에 나와보니 그만큼 가까웠던 사람도 없었다.

연진우가 딴생각을 하는 줄 모르는 고전은 이야기를 계속했다.

"전륜궁의 모든 사람들은 구화산 화성사를 중심으로 움직이고 있소. 모든 정보가 그곳으로 흘러가고, 모든 행동 방침이 그곳에서 흘러나오고 있소. 현실적으로 총단일 가능성이 가장 높은 곳은 바로 그곳이오."

이번에는 공손찬도 확률 문제를 꺼내지 않았다. 그가 말한 것은 다른 문제였다.

"화성사는 참배객이 많기로 유명한데 그런 곳에 한 문파의 총단이 있을 거라는 게 가능하오?"

"개방에서는 그렇게 믿고 있소."

고전은 짤막하게 응답했다.

"개뿔… 믿긴 뭘 믿어! 멍청한 거지 같으니!"

공손찬은 자리에 없는 고전을 두고 빈정거렸다. 그러나 허술한 표정을 지으면서도 그의 눈은 주위를 빈틈없이 살펴보고 있었다.

그것은 나란히 걷고 있는 연진우도 마찬가지였다. 겉으로 드러난 모습만이 진실일 수는 없는 법이다. 칼날에 목을 얹어놓고 사는 강호에서는 더욱더 그렇다.

"하하하하!"

어디선가 웃음소리가 들려왔다. 고요하기만 하던 사찰에 전혀 어울리지 않는 소리였다. 그것도 한두 사람의 것이 아니라 수십 명의 소리였다. 하지만 주위를 지나가는 승려들은 전혀 신경을 쓰지 않는 것처럼 보였다.

잠시 눈빛을 교환한 두 사람은 바삐 걸음을 옮겼다.

처음의 웃음 이후로 계속해서 웃음소리가 들려왔기 때문에 찾아가는 것은 어렵지 않았다.

그들이 도달한 곳은 절의 중앙에 위치한 건물이었다. 강법당(講法堂)이라는 현판이 달린.

"불법을 가르치는 곳인가?"

공손찬은 고개를 갸우뚱하며 중얼거렸다.

그럴듯한 이름의 건물이긴 하지만 지금 안에서 들려오는 웃음소리와는 어울리지 않는 이름이었다. 불가의 사찰에서 이런 숨넘어가는 웃음소리라니…….

이마에 주름살을 열심히 더하고 있던 공손찬을 뒤로하고 연진우는 강법당의 문을 살그머니 열었다.

대부분 남루한 차림새를 한 남녀노소가 백여 명 가까이 있었다. 그리고 강단에는 울퉁불퉁하게 생긴 중년 승려 하나가 손발을 휘적거리며 뭐라고 외치고 있었다.

"불도가 뭐니 어쩌구 하는 이야기는 더 안 할게. 뭐, 위대한 진리는 범우주적이다라는 이야기를 아무리 해봐야 너희 같은 무지렁이들이 알아들을 리 없을 테고……."

거침없는 말투의 중년 승려를 바라보는 연진우의 눈살이 찌푸려졌다.

'저자는 승려의 신분이라면서 어찌 사람들을 저리 쉽게 무시한단 말인가?'

하지만 이상한 것은 사람들의 반응이다. 못생긴 승려에게 욕을 먹으면서도 그들의 표정은 즐겁기 짝이 없었다. 왜일까?

"범우주고 나발이고 떠들어대지만 결국은 간단해. 불도라는 건 사람을 행복하게 하자는 것이거든. 믿는 사람이 종이 되게 하자고 하는 게 아냐. 그런데 이 망할 놈의 세상엔 얼토당토 않은 개소리를 늘어 놓으며 니들을 자기 종으로 만들려는 개 아들놈들이 널리고 널렸어."

'개 아들' 이라는 부분에서 다시 한 번 폭소가 터졌다. 연진우도 어느새 승려의 이야기를 듣고 있었다.

그는 얼굴이 시뻘게지도록 목청 높여 외쳤다. 두꺼운 회색 승복 위로 땀이 배어 나온다.

"좋아들하지 말어! 지 멋대로 믿고 잘 배우고 행하지도 않으면서 지가 하는 일이 안 풀린다고 투덜대는 버러지들, 그런 것들은 믿는다고 말할 자격도 없는 것들이야. 그러니까 귓구녕 후비고 똑똑히 들으란 말이야."

이상한 강법회였다. 말하는 이는 불경을 말하기보다 크고 작은 삶의 이야기를 주로 하였고, 말하는 단어의 태반은 욕설이었다.

그러나 연진우는 그의 이야기를 들으며 주위 사람들의 반응을 이해할 수 있었다.

중년 승려의 말에는 부조리한 현실에 대한 노골적인 조롱이 있었다. 그것은 관에 억압받고 쪼들리는 생활 속에서 시달리는 민초들의 가슴에 통쾌한 웃음을 던져 주었다.

부처와 수보리가 어쩌구 했다는 식의 가르침이 아니라, 그들의 삶에 밀착된 이야기들을 예로 들어 경전의 이치를 설명하는 그의 목소리에는 강력한 흡인력이 있었다.

"다 들었으면 떡이나 한 덩어리씩 처먹고 꺼져."

승려는 마지막으로 그 한마디를 하곤 손을 휘휘 저었다. 그러자 십수 명의 건장한 승려들이 김이 무럭무럭 올라오는 쟁반을 들고 나타나 좌중의 사람들에게 하나씩 나누어 주었다.

연진우도 얼떨결에 그것을 하나 받았다.

"뭐냐?"

언제 온 것인지 공손찬의 갑작스런 목소리에 연진우는 들고 있던 것을 떨어뜨릴 뻔했다.

"간 떨어지는 줄 알았습니다."

통명스런 연진우의 목소리, 공손찬은 어처구니없다는 표정으로 반문했다.

"왜 이래? 옆에 나란히 서 있은지가 얼마나 지났는데."

그랬던가?

연진우는 고개를 갸웃거렸다.

하지만 공손찬은 다시 재촉한다.

"빨리 펴봐. 뭐가 들었길래 사람들이 저렇게 좋아하는지."

아닌 게 아니라 강법당을 떠나는 사람들의 표정은 말로 표현하기 어려울 정도로 밝았다.

그들을 바라보던 연진우는 조심조심 보퉁이를 펴보았다.

"배고픈데 잘됐군."

공손찬이 중얼거렸다.

보퉁이 안에서 나온 것은 밀가루로 반죽하여 화덕에 구운 떡이었다. 별미라고는 할 수 없지만 몇 년째 흉년이 계속되고 있는 요즘에 남자 팔뚝만한 구운 떡은 한 식구가 하루를 버틸 수도 있는 음식이었다.

“이걸 사람들한테 다 준단 말이지? 말하는 내용을 보니까 이번이 처음도 아닌 것 같고…….”

공손찬의 말에 연진우는 고개를 끄덕거렸다.

“다음 조가 들어오는 모양이네요.”

과연 연진우의 말대로 아까와는 또 다른 사람들이 백 명가량 몰려왔다.

거의 끝날 때 들어갔던 앞의 강법회와는 달리 이번에는 처음부터 있게 되었다.

강법회는 꽤 길었다. 거의 한 시진하고도 절반(약 세 시간)이 흐른 후에야 끝이 났다. 하지만 그 시간 동안 연진우는 지루함을 느끼지 못했다. 무능한 주제에 탐욕만 가득한 관리들을 욕하는 것을 들으며 기뻐하고 즐거워하는 사람들의 모습이 재미있어서였다.

“어이, 정신 차려.”

공손찬이 옆구리를 푹 찔렀다.

정신을 차려보니 이미 몇 차례의 강법회가 지나간 후였다. 물론 매번 사람들이 나갈 때마다 구운 떡을 나누어 준 것에는 변함이 없었다.

시간이 꽤 흐른 후 넓은 법당에 남아 있는 사람은 열변을 토하던 중년 승려와 연진우, 그리고 공손찬 세 사람뿐이다.

중년 승려는 지친 안색이다. 잠시도 쉬지 않고 몇 시진이나 목이 터져라 떠들어댔으니 지치지 않으면 더 이상하겠지만.

“따라오시오.”

초췌한 얼굴의 승려가 몸을 돌리며 말했다.

연진우는 의아한 마음이 들었지만 공손찬이 고개를 끄덕이는 것을 보고는 그냥 그의 뒤를 따랐다.

승려는 법당 아래로 사라졌다.

가까이 가서 살펴보니 바닥에 아래로 통하는 구멍이 나 있었다.

연진우와 공손찬은 혹시나 구멍에 무슨 함정이 있는지 살핀 후에야 구멍 속으로 들어갔다.

연진우의 눈이 번뜩였다.

동굴에 내려가자마자 색다른 느낌이 온몸을 엄습했다. 평온하기만 하던 절의 분위기와는 다른 자극적인 느낌이 왔다.

함께 가는 공손찬도 그것을 느꼈는지 얼굴에 긴장감이 어렸다. 어둠 중에 풍겨지는 이 끈끈한 살기는 어디서 온 것일까?

걸음은 계속되었다.

이미 먼저 출발한 중년 승려는 보이지 않았다.

두 사람은 거의 반 시진 가까이나 어둠 속을 걷고 있었다. 서로 간에 말 한마디도 없이 움직이고 있다. 이런 어둠 속에서 함부로 소리를 내는 것처럼 어리석은 일도 드물 것이기에.

지하로 내려가는 계단은 생각보다도 훨씬 크고 깊었다.

소나무 기름으로 태우는 등잔불이 여기저기 밝혀져 있었고 불빛이 미치지 않는 곳은 음산하기까지 했다.

얼마나 걸었을까?

이윽고 두 갈래로 나누어진 동굴이 나타났다.

'어디로 가야 하지?'

고민하는 연진우의 어깨를 툭 치는 사람이 있었다. 공손찬이었다.

그의 손은 오른쪽을 가리킨다.

순간 연진우의 뇌리를 스치는 생각이 있었다.

'그렇군. 먼지가 쌓이지 않은 쪽으로 가야겠군.'

어둠 속이라 한눈에 알아보기는 어렵지만 공손찬이 가리킨 방향은 그렇지 않은 곳에 비해 훨씬 깨끗했다. 조금 전에 사람이 지나가면서 먼지를 조금이라도 쓸어냈다는 이야기이다.

그때다!

갑자기 은은한 울림이 지하 저편에서 들려왔다.

그리고 순식간에 눈앞이 환해졌다.

약한 빛에 익숙해져 있던 연진우, 공손찬은 손으로 눈을 가렸다. 물론 눈을 가리면서도 빛 속에 드러난 상대의 위치, 숫자를 파악하는 일은 빠뜨리지 않았다.

'넷…….'

확실치 않다. 넷으로 보이는가 하면 다섯인 것 같기도 하였다.

잠시 후 빛에 눈이 익숙해지자 분명하게 보였다.

다섯 명의 승려가 서 있었다.

하나같이 체격이 크고 정광이 번뜩이는 눈빛의 승려 넷과 목이 터져라 열변을 토하던 못생긴 승려가 함께 서 있었다.

"잘 찾아왔구려."

중년 승려, 법당에서 불을 뿜듯 외칠 때와는 사뭇 다른 목소리다.

"당신들도 전륜궁의 사람이오?"

공손찬이 물었지만 아무도 대답을 하지 않았다. 연진우는 저것을 무언의 긍정이라고 생각했다.

하지만 이상하다. 저들의 입장에서 보자면 연진우와 공손찬은 자신들의 본거지에 침입한 사람들이다. 그런데 다섯 명의 승려들에게선 적의가 느껴지지 않았다.

'기분 탓인가?'

중년 승려의 강법회에 어느 정도 마음이 풀어진 것일까? 그들이 적의를 가지지 않은 것인지, 아니면 자신의 감각이 둔해진 것인지 혼란스러웠다.

"나는 상보주(象寶主)요. 그리고 이들은 사륜지주(四輪之主)요."

중년 승려의 말에 공손찬이 나지막한 소리로 연진우에게 속삭였다.

"상보는 뭔지 몰라도 사륜 어쩌고 하는 건 전륜궁과 관련이 되어 있다는 거겠지?"

연진우는 고개를 끄덕였다.

공손찬은 잘 몰랐지만 지금 저 중년 승려가 이야기한 것은 불교 용어에서 나온 말이다.

그나마 연진우는 형량보 덕택에 불교에 대한 지식이 어느 정도 있었다.

안 그래도 전륜궁이라는 이름을 들었을 때부터 희미하게 짐작 가는 부분이 있었다.

오능이 죽어가며 염불을 왼 것이나 절을 본거지로 삼고 활동을 한다는 것에서 심증이 더욱 굳어졌었다.

"전륜궁은 전륜성왕을 받드는 곳이오?"

갑작스런 연진우의 말에 공손찬은 이게 무슨 소리인가 하는 반응을 보였지만 다섯 명의 승려는 은은하게 미소 지었다.

"역시……."

연진우가 고개를 끄덕이며 중얼거리자 공손찬이 볼멘소리로 물었다.

"전륜성왕은 또 누구야?"

"천축의 신화에 나오는 임금입니다. 정법(正法)으로 온 세계를 통솔

한다고 하지요. 그에게는 일곱 가지 보물[七寶]이 있는데 그것을 일컬어 윤보(輪寶), 상보(象寶), 마보(馬寶), 여의주보(如意珠寶), 여보(女寶), 장보(將寶), 주장신보(主藏臣寶)라고 합니다. 그중에서도 윤보는 하늘에서 받은 금은동철의 네 가지로, 그것을 이용해 사방에 위엄을 떨치고 삿된 무리들을 굴복시킨다고 합니다."

"흠, 그러면 저기 사륜지주라는 네 명이 그런 역할을 하는 사람들이란 말이지?"

"그것까지야 제가 어떻게 알겠습니까만……."

"맞소."

미처 연진우의 말이 끝나기도 전에 중년 승려의 목소리가 끼어들었다.

"전륜궁의 가장 기본이 되는 골격은 칠보에서 따왔지요."

'이상하다. 물론 조금만 생각해 보면 충분히 추측해 볼 수 있는 내용이기는 하지만 굳이 우리에게 말하는 까닭이 무언가? 우리는 저들의 적수가 아니란 말인가?

연진우가 의문을 품고 있을 동안 공손찬의 목소리가 그들에게로 날아갔다.

"전륜궁의 사람들인 것을 시인하니 더 이상 긴말하지 않겠다. 내 아이들을 돌려다오."

처음에는 반존대를 하던 공손찬의 말투가 어느새 호전적으로 변했다.

뜻밖에도 중년 승려는 선선히 고개를 끄덕였다.

"그래야지요. 아무 상관 없는 어린아이를 끌어들인 것에는 빈승 역시 깊이 후회하고 있습니다.

“흥…….”

공손찬은 대답 대신 코웃음을 쳤다.

하지만 중년 승려는 기분 나빠하는 기색을 하지 않은 채 말을 계속했다.

“이곳을 떠나 올라가시면 바로 아이들을 만나실 수 있을 겁니다.”

너무도 선선한 대답에 공손찬은 미심쩍은 눈으로 그를 바라보며 물었다.

“잡아갈 때는 언제고 후회하니 마니 하는 거지?”

중년 승려는 처연한 눈으로 공손찬을 바라보았다.

“말하자면 긴데… 듣겠소?”

연진우와 공손찬, 거의 동시에 고개를 끄덕이다.

“음…….”

한숨을 쉰 중년 승려는 입술을 달싹거렸다.

“왜 우리가 이곳 구화산에 자리를 잡았는지 아오?”

알 턱이 없다. 연진우, 공손찬은 그의 말을 기다렸다.

“구화산은 지장보살을 모시는 곳입니다. 효도를 다하고 고난을 짊어지며 질병을 없애는 지장보살을. 이런 지장보살을 숭앙하는 자들은 대부분 위로받을 곳조차 없는 민초들인데, 우리의 정한 뜻이 그와 비슷해서 이곳 구화산 화성사에 자리를 잡았소.”

강호에 널리 이름이 알려진 전류궁, 하지만 진정한 목적이 무언지에 대해서는 알려진 바가 거의 없다.

기껏 알려진 것이라고는 그들이 중원 상권의 삼 분지 일을 손에 넣고 있다는 정도다.

실제로 상인들이 이구동성으로 말하기를 큰돈과 이권이 걸린 일에는 전륜궁이 항상 배후에 있다고 한다.

그렇다면 왜 정도 무림인들은 전륜궁을 은근히 주적(主敵)으로 생각하고 무림맹을 설립하였는가? 그것도 정의맹(正義盟)이라는 이름으로…….

사람들은 말한다. 돈이 곧 정의라고.

정의맹은 처음에는 전륜궁이라는 신비의 조직이 무슨 일을 저지를지 모르니 미리 대비를 해두자는 사람들의 모임이었다. 하지만 모임의 덩치가 커지자 그것을 유지하기 위한 자금이 필요했다.

결국 정의맹은 전륜궁이 이미 하고 있던 각종 이권 사업에 끼어들게 되었고, 그 와중에 전륜궁과 충돌이 생기게 되었다.

혹시 있을지 모를 전륜궁의 위협에 대비하기 위해 만든 정의맹이 전륜궁을 먼저 도발한 셈이었다.

그러나 전륜궁은 지금껏 뚜렷한 행동을 하지 않았다. 정의맹이 무슨 일을 벌이든 그들은 밖으로 드러나는 움직임을 보이지 않았다.

물론 자잘한 충돌은 어느 정도 있었다.

그 와중에 목숨을 잃는 사람도 있었지만 그것 역시 정의맹 쪽에서 먼저 싸움을 걸어온 경우가 태반이었다.

과연 전륜궁은 무엇을 위해 모인 자들인가?

상권을 움켜쥐고 천하를 좌지우지하고 싶은 상인들의 결속체?

아니다, 가끔씩 드러나는 전륜궁의 실력은 그들이 가진 무력(武力)을 단편적으로나마 보여준다.

강호에 떠도는 소문으로는 전륜궁에 구대문파의 장로들과 버금가는 무공을 가진 고수들이 수두룩하다고 한다. 근거를 알 수 없는 뜬소

문이기는 하지만, 어디 아니 땐 굴뚝에 연기가 나겠는가. 그런 소문이
돈다는 이유만으로도 전륜궁은 신비와 두려움으로 둘러싸인 존재였
다.

4. 물결 따라 흘러가니…

연진우, 공손찬은 상보주의 입술을 주목했다.

"전륜궁을 만든 사람들은 불가와 도가의 인물들이었소."

이미 어느 정도는 짐작하고 있었던 듯 연진우와 공손찬은 고개를 끄덕였다.

"나는 현실 앞에 무력한 불문에 염증을 느꼈소. 입으로는 도리를 떠들지만 실제로 그것이 민초들의 삶에는 아무런 도움이 되지 못한다는 것에 분노마저 느꼈소. 그런데 나만 그런 것이 아니었소. 그런 이들이 모여 만든 곳이 전륜궁이오."

상보주는 입술을 달싹거렸다. 이미 지상의 법당에서 장시간을 떠드느라 입 안이 건조해진 모양이다.

"우리의 이상은 간단하오. 현실적인 힘을 얻어 굶주린 백성들을 먹이고 그들의 억울함을 풀어주는 것이오."

“현실적인 힘?”

연진우가 중얼거리듯 묻자 상보주는 여유있게 대답했다.

“그 현실적인 힘이 위협이 된다고 생각한 사람들이 정의맹을 만들었지요. 아니, 어쩌면 그것을 기회 삼아 자신들의 세력을 구축하였는지도 모를 일이고…….”

공손찬은 고개를 끄덕였다. 특별히 도발을 해오지 않는 전륜궁을 ‘가상의 적’으로 정한 것은 정의맹 쪽이었다. 크고 작은 충돌로 사람들이 제법 다쳤다고는 하지만 그것 역시 대부분 정의맹의 과실에서 시작된 것이었다.

어쩌면… 상보주의 지적이 옳은지도 모른다.

정의맹은 몇 사람의 세력 구축을 위해 발생한 조직인지도…….

“위에서 사람들에게 떡을 나눠 주는 것을 보았소?”

보기만 했겠는가? 지금도 연진우의 손에는 구운 떡을 싼 보퉁이가 들려 있다.

연진우는 보퉁이를 손가락으로 톡톡 건드렸다.

그것을 본 상보주의 얼굴에 못생긴, 하지만 친근한 미소가 걸린다.

“몇 년째 흉년이 들었지만 세금은 갈수록 늘어나는 게 백성들의 삶이요. 얼마 안 남은 곡식만 가지고는 도저히 살아갈 수 없어서 나무 껍질을 벗기고 풀뿌리를 캐서 끓여 먹고 있소. 그래서 우리는 그들에게 떡이라도 몇 덩어리씩 나눠 주고 있는 거요.”

나무 껍질과 풀뿌리를 이야기할 때 상보주의 얼굴에는 비통함이 떠올랐다. 비참한 생활을 하고 있는 백성들의 사정을 알면서도 크게 도움이 되지 못하는 자신에 대한 감정이 복잡하게 뒤엉킨 얼굴이다.

“별것 아닌 떡이지만 그거라도 나누어 주려면 돈이 만만치 않게 드오. 그래서 전륜궁에선 일찌감치 장사에 뛰어들었다오.”

무림인들이 직접 장사를 하는 경우는 드물다. 표국업을 제외한 순수한 의미에서의 장사는 상인들에게 맡겨둔다. 무림인들이 하는 것은 그들을 보호해 주고 보호비를 받는 것이다.

우습게도 협행을 한다고 떠드는 정파가 보호하는 것은 힘없고 가난한 민중들이 아니라 거대한 재산을 소유한 대상인들이었다.

“세상의 부자들은 가난한 사람이 사라지는 것을 원치 않소. 가난한 이들이 많으면 많을수록 부유한 자가 더욱 부유해질 수 있기 때문이오. 그런 이들에게 우리 전륜궁은 눈엣가시였겠지. 그래서 그 상인들은 자신들을 보호해 주던 문파에 정보를 흘렸소. 전륜궁은 무림의 질서를 어지럽히는 사마외도의 무리다라고…….”

뜻밖의 이야기였다.

상보주의 말대로라면 정의맹은 상인들이 자신의 이익을 보호하기 위해 정보를 흘린 결과로 조직된 것이었다. 그리고 앞서 말했던 것, 몇 사람의 세력 구축을 조직하기 위한 것이었다는 말도 사실이라면… 정의맹은 상인과 무인들의 이해 관계 속에서 탄생한 무력과 금력의 혼혈이었다.

“그래서 우리도 자신을 보호하기 위한 힘을 가지기로 했소. 그것을 위해 여기 네 분 형제들께서 고생이 많으셨지.”

상보주는 사륜지주에게 합장을 하며 고개를 숙였다. 그들 역시 미소 지으며 상보주에게 맞절을 했다.

“그동안 본 궁은 방어 외에 다른 목적으로 무력을 사용하지 않았소. 우리와 충돌이 생겨 사상자를 낸 문파도 있지만 그것은 그들이 우리를 먼저 공격하였기 때문이었소. 하지만 그런 소극적인 생각에 반대하는 무리도 만만치 않게 있소.”

갑자기 상보주의 얼굴이 어두워진다.

“그날 숭산에…….”

그의 입에서 숭산이라는 단어가 흘러나오자 공손찬의 표정이 딱딱하게 굳어진다. 드디어 듣고 싶었던 이야기가 나온다.

“정의맹주의 이복 동생이 숭산을 오를 것이라는 정보가 입수되자 강경파들은 그를 인질로 잡아 정의맹주와 담판을 지어야 한다고 주장하였소. 뜻밖에도 강경파의 숫자가 더 많았기에…….”

연진우가 침을 꿀꺽 삼켰다.

정의맹주의 이복 동생? 설화… 그 맹랑한 소녀 언설화를 말하는 것인가?

그날 숭산에 그리도 많은 무인들이 있었던 것은 자신을 노리고 한 행동이 아니었다는 말인가?

“한데 우리가 입수한 정보는 반쪽짜리였소. 어리석게도 우리는 이복 동생이 남자일 것이라고만 굳게 믿었었소.”

상보주는 허탈한 웃음을 짓는다.

“그리고 그것 말고도 우리의 실수는 미리 숭산 아래에 자리 잡고 기다리다가 공손 시주와 시비를 붙게 된 것이었소. 덕분에 목표물을 상대하려고 배치시켰던 인원들의 상당수가 공손 시주에게 당하고 말았지요.”

못생긴 승려의 자조적인 웃음 앞에 공손찬은 여전히 딱딱하게 굳은 표정을 하고 있다.

“혹시나 공손 시주를 위협하는 데 도움이 될까 하여 공손 시주의 영식(令息)들을 납치하였소. 하지만 변명의 여지 없이 우리가 잘못한 것이오. 공손 시주, 내가 이렇게 사과하니 본 궁의 과실을 용서해 주시오."

갑자기 바닥에 엎드려 피가 날 정도로 세게 땅 위에 머리를 박는 상보주, 그러나 공손찬의 반응은 냉랭했다.

"아이들이 무사하다면 아무 말 하지 않겠지만 터럭 한 올이라도 상하였다면 내 목숨을 걸고서 그대들과 싸울 것이오."

상보주가 자리에서 일어났다.

"그것은 걱정하지 않아도 되오. 영식들은 그동안 편안한 잠자리에서 자고 좋은 것을 먹으며 지냈소."

"흥, 그걸 내가 어떻게 믿을 수 있소?"

찬바람 소리가 날 정도로 냉랭한 공손찬의 말에 상보주는 빙그레 웃었다.

"직접 보시면 되지 않습니까?"

그의 말이 끝나자마자 아이 셋이 그들이 있는 지하 석실로 들어왔다.

"아버지!"

어리둥절한 표정으로 들어섰던 아이들 중 하나가 공손찬을 보곤 반색을 하며 달려들었다.

공손찬도 다급하게 달려가 아이들을 한꺼번에 모두 끌어안았다.

"아버지……."

아이 셋이 울먹거렸다. 공손찬도 말을 하지 못했다.

평범하게 살기로 결심하고 평범한 여인을 만나 혼인하여 살았다. 하지만 아내는 평범한 놈팡이를 만나 멀리멀리 달아나 버렸고, 공손찬은 혼자서 세 아이의 아비, 어미 노릇을 다 해야만 했다. 정이 깊은 것은 당연한 말이다. 더구나 생사도 알지 못한 채 몇 개월 동안 찾아다녔으니 그 감격이 오죽할까.

"잠깐만… 똑바로 서보거라."

마음을 진정시킨 공손찬은 아이들 하나하나의 등줄기에 손을 대고 내력을 주입시켜 몸 상태를 살펴봤다. 혹시나 무슨 금제라도 당하지 않았을까 걱정이 되어서.

한편 그 광경을 지켜보던 연진우는 가슴 한 켠이 아릿해지는 것을 느꼈다.

'아버지……'

함께 마지막 사냥을 나갔을 때의 기억이 생생하다.

아버지가 호랑이에게 처참한 몰골로 죽었던 그때의 기억.

아버지를 추억하려 할 때면 항상 그 일이 생각난다. 그래서 의도적으로 아버지를 잊고 살려 하였다.

하지만 연진우는 아버지를 잊을 수 없었다.

헉헉거리며 힘들게 산길을 달릴 때 흘끗흘끗 뒤를 돌아보며 보내주었던 그 흐뭇한 미소.

죽을 것이 뻔함에도 아들을 밀쳐 내고 호랑이의 눈에 단창을 꽂으며 도망치라고 부르짖던 목소리.

아버지를 생각하면 눈물이 왈칵 솟는다.

지금은 아버지보다 훨씬 빠르게 달릴 수 있지만 그것을 보여 드릴 수가 없다.

그깟 호랑이 한 마리쯤 무기를 쓰지 않고 맨손으로도 때려잡을 수 있건만…….

'아버지……'

이 하늘 아래에 이미 아버지는 없다. 아무리 불러보아도 대답이 돌아오지 않는다.

그래서 연진우는 힘든 여정을 떠났다.

자신에게 아버지의 눈빛을 보여주었던 어떤 남자를 찾는 여정을…….

어린 시절에는 자신보다 훨씬 크고 강했던 아버지를 잃어버렸다. 그리고 지금은 사부를 잃어버렸다.

이제는 더 잃고 싶지 않다. 연진우는 강해졌다. 반드시 사부를 찾고야 말리라는 각오가 가슴속에서 꿈틀거리고 있다.

"사부님이 사라지신 것도 당신들이 한 짓이오?"

연진우가 표정을 굳히며 입을 열었다.

그의 말에 상보주의 안색이 조금 변했다. 뒤에 서 있던 사륜지주의 얼굴도 변했다.

"그가 설마 누구에게 당할 위인이라고 생각하시오?"

가까스로 표정을 다잡은 상보주는 약간 차가운 어조로 말했다.

갑작스런 그의 변화에 당황한 연진우는 역시 차가운 어조로 맞부딪쳤다.

"누가 알겠소? 비겁한 암수를 써서 사부님을 음해하였는지."

"그런……."

상보주가 주먹을 틀어쥐고 떨리는 목소리로 말했다.

"그대의 사부님은 훌륭한 무인이었소. 우리는 무인의 예로 그분을 대하였고, 그분 역시 우리를 무인으로 대접해 주었소. 시주의 말은 우리를 협잡이나 일삼는 비겁한 소인배로 취급하는구려."

연진우는 긍정도 부정도 하지 않았다.

상보주의 말은 그럴듯했다.

하지만 숭산 아래에서 진을 치고 있던 자들이 전륜궁의 무리였다는 것이 확인된 순간부터 뭔가 이상하다는 생각이 들었다. 공손찬이 해주었던 이야기 때문이다.

신분을 감추고 왕팔이라는 이름으로 살아갈 때 갑자기 들이닥친 괴한들로 인해 숭산 아래의 장터는 엉망이 되었다고 했다.

어렵게 사는 백성들을 돌보는 것이 목적이라고 하면서 영세한 길거리 상인들의 자리마저 빼앗는 것은 앞뒤가 맞지 않는다.

대답없이 의미심장한 미소를 짓는 연진우를 본 사륜지주의 얼굴에 음침한 빛이 떠올랐다.

사륜지주, 행색은 불자의 것이지만 풍기는 기도는 지극히 패도적이다. 불문의 무공에도 패도적인 것이 있긴 하다. 하지만 사륜지주의 기도에는 불문무공만의 독특한 느낌이 전혀없다.

모든 것을 파괴하기 위한 힘이 넘실거리는 상태.

사륜지주의 몸에서 구름처럼 피어오르는 기도는 점점 커져 갔다.

이윽고 그들의 기운은 아지랑이와 같은 형태로 유형화되었다.

아이들과의 해후를 기뻐하고 있던 공손찬의 표정이 파랗게 질렸다. 그는 팔을 벌려 세 아들을 껴안았다.

사륜지주의 몸에서 피어오르는 기도는 어지간한 고수라 할지라도 감히 정면으로 받아낼 수 없는 것이었다. 무공도 모르는 아이들이 잘못 접했다간 큰일이 생길 수도 있다.

그러나 네 사람의 패도적인 기세를 곧바로 접하면서도 연진우는 전혀 위축되지 않았다. 오히려 그들의 강한 기도 앞에서 더욱 당당해졌다.

그들 다섯 사람의 사이에 보이지 않는 회오리바람이 일어났다.

이것은 실제로 내공을 사용하여 겨루는 것은 아니지만 오히려 그보다 더욱 많은 정신력을 소모하는 싸움이다.

연진우의 옷자락이 펄럭였다. 기세를 떨치기 위해서 공력을 순환시키고 있기 때문이다.

굵은 땀방울이 그들의 이마 위에 돋아나고 이내 수증기가 되어 무럭무럭 피어올랐다.

그들이 벌이고 있는 싸움은 내공 대결이 아닌 동시에 내공 대결이었다.

상대와 충돌하는 것은 자신의 기세이지만, 그 기세를 뿜어내기 위해서는 끊임없이 운기(運氣)를 계속해야 하기 때문이다.

다행하게도 이러한 방식의 싸움은 직접적인 내공의 대결에 비해 연진우에게 약간의 이득이 있었다.

만약 내력으로 직접 겨룬다면 연진우는 네 사람의 공력을 한 몸으로 받아내야만 했다.

사 대 일의 싸움. 말은 쉽지만 시험 삼아 시도해 볼 만한 것은 아니다. 상대가 강호의 삼류무사들이라 할지라도 여럿이서 달려들면 두려운 법이다. 절정고수 네 사람과 순수하게 힘으로 겨룬다는 건 죽지 못해 안달인 사람이나 내릴 선택이다.

하지만 지금처럼 내공으로 직접 충돌하지 않고 기세로 상대하는 것은 사뭇 다르다.

연신우는 네 사람의 힘을 합친 걸 받아낼 필요가 없다.

비록 그들이 한마음으로 기세를 발하고 있지만 그것들은 각각의 경로를 따라 연진우에게 전달되거나 허공으로 흩어져 버렸다.

살인적인 기세 속에서 연진우가 가장 먼저 할 일은… 가만히 버티고 서 있는 것이었다.

연진우는 당당한 모습으로 그들의 기세에 정면 대응했다. 혼원기공에 오행절맥수의 일부가 접목된 내공을 지닌 연진우는 사륜지주의 기세가 가진 방향과 한계를 명확하게 알 수 있었다. 얼마만한 힘으로 어디를 자극할 것인지를 아는 데 두려워할 이유가 없다.

그리고 그 반대로 연진우는 가장 적절한 방향으로 기세를 조절하여 뿜을 수 있다. 상대의 숫자가 많지만 그런 것은 중요하지 않았다.

다섯 사람의 옷자락이 금방이라도 찢겨져 나갈 것처럼 미친 듯이 펄럭이는 와중에 연진우는 엉뚱한 생각을 한다.

'이거… 생각보다 재미있군.'

실타래처럼 복잡하게 얽히고설킨 기세의 소용돌이 속에서 연진우는 힘을 더하여 네 사람을 공격하는 데 사용하지 않고 얽힌 실타래를 풀어내는 일을 시작하였다.

다른 사람들이 연진우의 속마음을 알았다면 기절초풍할 일이다.

한 명도 아닌, 네 명이나 되는 고수를 상대로 무공을 시험해 보다니.

연진우가 새로운 발견에 관심을 기울이는 동안 자신들이 내뿜던 기세가 가닥가닥 흐트러지는 것을 깨달은 사륜지주는 크게 놀랐다.

하지만 그렇다고 여지껏 발산하던 기세를 일시에 거두어들일 수는 없다. 기세의 발산에는 내력의 발산과 비슷한 부분이 많아 잘못하다가는 자신이 크게 다칠 수 있기 때문이다.

"그만두는 게 좋을 것 같소."

상보주의 목소리가 네 사람을 구했다. 연진우와 사륜지주는 천천히 기세를 거두어들였다.

애초에는 상대를 견제할 목적으로 시작한 것이었는데 연진우의 저항이 상상외로 거세서 처음의 의도보다 훨씬 위험한 대.결.이 되어버렸다.

사륜지주는 연진우를 경계하는 눈빛으로 바라봤다.

근래에 무공이 급증하였다는 첩보를 듣긴 했지만 이 정도일 것이라고는 생각도 못했다.

그렇다고 방심한 것은 아니었다. 전력을 다한—비록 실제로 손발을 부딪쳐 가며 겨룬 것은 아니었지만—대결이었다.

"사부님을 만났소?"

연진우의 질문에 사륜지주 중 한 사람이 고개를 끄덕였다.

"무, 물론……."

"그러면 지금 어디에 계신 줄도 알고 있소?"

앞서 대답했던 사람은 아무 말도 못한 채 머뭇거렸다.

상보주가 급히 나서서 그를 대신해 이야기를 했다.

"우리는 모르오. 어떤 이유로 우리를 찾았는지 모르나 그는 어느 날 갑자기 이곳을 찾아와 사륜지주와 더불어 무공의 이치를 토론하였소. 그리고는 어디로 간다는 말도 남기지 않고 서둘러 떠났소."

하지만 연진우는 그의 말을 믿지 않는 눈치다. 잠시 침묵하던 연진우는 눈동자를 반짝이며 물었다.

"천산이살을 아시겠지요?"

"천산이살?"

상보주의 얼굴이 거무스름하게 변색됐다. 뭔가 대단히 거리끼는 것을 이야기하는 표정이다.

아들들과의 해후를 기뻐하던 공손찬도 그들의 이야기에 귀를 기울이기 시작했다.

"천산이살? 네 사부의 실종에 얽혔다는 그놈들을 말하는 거야?"

"……."

연진우는 대답 대신 고개를 끄덕여 보였다.

그들을 보고 있는 상보주의 눈에 오만 감정이 교차한다.

"아무래도 오해가 있는 것 같은데……."

"오해는 무슨! 내가 이 두 귀로 똑똑히 들었소. 그들은 무슨 궁주의 부탁으로 움직이는 것이었소. 설마 현 무림에 전륜궁 말고 또 다른 궁이 존재하는 건 아니겠지?"

감정이 격앙된 연진우, 쌀쌀맞긴 했지만 그래도 공손했던 말투가 거칠게 변했다.

"으음……."

상보주의 얼굴에 고민하는 기색이 역력했다.

잠시 신음하던 그가 결국 입을 열었다.

"본 궁의 강경파에 대해서는 간단하게 이야기했소만… 천산이살은 그들 강경파에 고용되어 움직이는 용병들이오."

"용병?"

연진우가 되뇌였다. 무엇으로 그들을 고용했다는 말인가? 재물이나 명예로?

"그들은 마도의 맥을 잇고 있는 자들이어서 밝은 곳에선 살 수 없는 자들이었소. 정의맹의 눈을 피해 그들을 숨겨줄 수 있는 세력은 본 궁밖에 없어서 우리를 찾아왔던 거요."

"보호해 주는 조건으로 부려먹은 거요?"

공손찬의 목소리에는 비아냥거림이 섞여 있었다. 결국 입으로는 그럴 듯한 이상을 주절거리지만 너희의 실체는 아이를 납치해 가면서까지 목적을 달성하려는 무리가 아니냐 하는 의도가 담긴 목소리였다.

"부정하지 않겠소. 하나 그들은 단순히 마도 무공의 맥을 이었다 뿐이지 악한 인간은 아니오."

천산이살을 상대해 보지 못한 공손찬은 가만히 듣고 있었지만 연진우는 참지 못해 나섰다.

"그런 사람이 객잔을 하고 있는 노인 내외를 죽이고 다른 사람들에게 독수를 휘두른단 말이오?"

그들에게 생명의 위협을 받은 경험이 있던 연진우는 쉴 틈 없이 상보주를 몰아붙였다.

"지독스런 독에 내 온몸을 상하고 몸의 뼈마디는 자근자근 부러졌었소. 그들을 만난 이후로 사부님과 헤어져 지금까지 그분을 찾고 있소. 천산이살을 고용한 사람들이 전륜궁의 강경파라면 그들을 만나게 해주시오."

상보주는 회색 눈동자로 연진우를 바라봤다.

"이미 본 궁에서 강경파의 대부분은 자취를 감춘 지 오래요."

"……?"

연진우의 눈에 의문이 걸렸다. 공손찬 역시 마찬가지다.

"그들의 주력이라 할 수 있는 젊은 무인들은 대부분 죽었소."

더듬더듬 말하는 상보주의 얼굴은 무겁게 가라앉아 있었다.

"극단적인 편에 서 있긴 했지만 그들이 전륜궁의 미래였다는 사실에는 변함이 없소. 그런데 전륜궁의 미래가 단 하루 만에 전멸하다시피 했소."

상보주는 무슨 말을 하고 싶은 것일까?

기다려도 듣고 싶은 대답이 나오지 않자 연진우는 발끈했다.

"그래서 만날 수 없다는 말이오?"

이 말에 상보주는 허탈한 미소를 지으며 사륜지주를 바라봤다. 그들 역시 비슷한 미소를 지으며 고개를 가로저었다.

그제야 상보주가 대답했다.

"아니, 만날 수는 있소. 하지만 만나면 죽소!"

밑도 끝도 없는 상보주의 선언에 연진우는 어리둥절한 표정을 지었다.

"숭산에서 우리와 싸웠던 자들이 당신이 말하는 전륜궁의 미래였소?"

무언가 짐작한 듯 공손찬이 묻자 상보주는 들릴락말락한 목소리로 혼자 중얼거렸다.

"청년들은 현존하는 미래이거늘… 젊은이들이 있기에 세상을 바꿀 희망을 품었는데 그들을 칼받이로 쓰다니……."

연진우는 그가 무슨 말을 하는지 귀를 기울였다. 그리고 알아들은 몇 마디의 말로 대강 상상해 보았다.

'그날 우리와 싸웠던… 아니, 내가 이성을 잃고 폭주했을 때 죽였던 이들은 전륜궁에서 장기적인 안목으로 준비시켰던 청년들이었다. 그런데 전륜궁의 강경파가 설화를 인질로 잡기 위해 그들을 대거 투입했다. 그리고 그들은 운 나쁘게도 거의 전멸되다시피 했다. 나에 의해…….'

상황은 대충 짐작이 갔지만 왜 자신이 강경파를 만나면 죽는지에 대한 의문은 여전히 남아 있었다.

이윽고 상실감에서 벗어난 상보주가 얼굴 근육을 실룩거리며 이야기를 계속했다.

"강경파의 사람들은 자기들이 수많은 젊은이들을 사지로 몰아넣은 것은 생각하지 않고 있소. 그들이 생각하는 것은 연 시주가 젊은이들을 도륙했다는 것뿐이오."

도륙(屠戮)!

연진우의 마음이 무거워졌다.

그날 숭산에서 첫 살인을 했다. 한두 명이 아니었다. 최소한 수십, 많게는 백여 명 이상을 베어넘겼다. 마치 짐승을 죽이듯(屠戮)……. 그리고 그날의 충격으로 연진우는 백치의 생활을 했었다.

아직도 연진우의 마음에는 그날의 빚이 남아 있다. 이성을 잃고 폭주하지만 않았더라도 그런 일은 없었을지 모른다는.

어두워진 표정을 하고 있는 연진우의 어깨 위로 공손찬의 손이 올려졌다.

"네가 그러지 않았다면 우린 둘 다 죽었다."

하지만 공손찬의 말은 위로가 되지 못했다. 아직 연진우는 그 정도로 뻔뻔해지지 못했다.

내가 살기 위해 남을 죽인다는 것, 강호에 몸을 담고 살아가는 자들에겐 당연한 일일지 모른다. 하나 연진우의 몸은 그런 논리를 거부하고 있는 것이다.

대강 마음을 정리한 연진우가 질문을 던졌다.

"객잔의 주인 내외에게서 얻으려 했던 것이 뭐였소?"

상보주와 사륜지주, 다섯 사람의 얼굴이 표나게 변했다.

그나마 그중에서 가장 표정 관리에 능숙하고 언변이 좋은 상보주가 다시 입을 열었다.

"그것은 본 궁의 은밀한 행사이기 때문에 말해 줄 수 없소. 한 시주와 연 시주께서 그날, 그곳에 있다가 복잡한 일에 얽힌 것에 대해선 사과드리겠소."

"조금 듣기론 노인 부부가 지키고 있던 것은 천년지로(千年之路)에 관한 것이라고……."

"으음……."

상보주는 나지막이 신음을 흘렸다.

"소림사의 혜주 상인을 만났소."

이번에는 좀 더 놀란 표정이다. 그들의 변화를 살핀 연진우는 조심스럽게 말을 계속했다.

"비록 상인께선 이 일로 전륜궁의 사람들과 마찰이 생기거든 가급적 먼저 피하라고 하셨소. 하지만 사부님이 실종된 마당에 어찌 피하기만 하겠소?"

"음……."

냉랭한 연진우의 목소리에 상보주는 신음 소리만 냈다.

혜주 상인을 들먹거린 것은 확실히 효과가 있었다.

"시주……."

쓰고 싶지 않은 패였지만 연진우가 저렇게 나온다면 할 수 없는 일이다. 상보주는 말을 이었다.

"그대를 만나고 싶어하는 사람이 기다리고 있었소. 하던 이야기는 그와의 만남 후로 미룹시다."

*　　　*　　　*

연진우를 포섭할 것.

불가능할 경우에는 죽일 것.

단, 본 궁의 행사임이 드러나지 않도록 다른 사람의 손을 빌어서 처리한 후 강호에 소문을 낼 것.

"그대를 만나고 싶어하는 사람이 기다리고 있었소. 하던 이야기는 그와의 만남 후로 미룹시다."

자신에게 떨어졌던 명령을 되새긴 후 상보주는 연진우에게 말했다.

그는 대답을 기다리지 않고 일행을 밖으로 안내했다.

화성사의 하늘에는 이미 밤이 찾아와 있었다.

그 하늘에 구름이 흩어지고 있다.

바람은 하늘의 네 귀퉁이를 채우듯 복잡한 움직임을 한다. 그러나 그 바람은 눈에 보이지 않는다.

연진우는 문득 자신이 전혀 다른 곳에 와 있다고 생각했다.

월아산의 자락에서 늘 보았던 중원의 하늘이었건만 지금 이곳에서 보는 하늘은 전혀 달랐다.

여기는 다른 세상인가?

아니면 내가 달라진 것인가?

그의 상념은 딱딱한 목소리에 의해 멈췄다.

"반갑다고 해야 하나?"

얼음장처럼 차가운 얼굴, 목소리의 주인은 감정의 변화를 읽을 수 없는 그런 얼굴을 하고 있었다.

연진우는 그를 보며 벼락을 생각했다.

하늘에서 땅으로 떨어지는 벼락. 지상의 무엇이든 파괴할 만큼 강한 힘을 가진 존재.

눈앞의 사내는 벼락과 같은 느낌을 준다. 지상의 힘이 아닌 천상의 힘, 그런 압도적인 힘을 가진 것 같은 인상을 준다.

"저자는 누군가?"

아이들에게서 잠시 멀어진 공손찬이 연진우에게 물었다.

연진우는 씁쓸한 미소를 지으며 대답했다.

"제가 죽인 사람의 형입니다."

공손찬의 이마에 주름이 잡혔다. 연진우가 죽인 사람은 적지 않다. 그중 대부분이 전륜궁의 사람이었으니 화성사에 연진우가 나타난 것을 알고 복수하러 왔을 수도 있다. 하지만 연진우가 상대의 정체를 안다는 것은 이미 전부터 그를 알고 있었다는 말이다.

그럼에도 불구하고 공손찬은 남자의 정체를 짐작할 수 있었다.

그가 들고 있는 병기를 보았기 때문이다.

섬뜩할 정도로 차가운 기도를 풍기는 남자의 손에는 장창이 들려 있었다.

공손찬은 창두에 달린 검정색 수실을 쳐다보았다.

'상중(喪中)이라는 건가?

아우의 죽음에 조의를 표하는 듯 창끝에 매달린 검은 수실은 바람에 흔들리며 묘한 느낌을 자아냈다.

"저 사람, 전륜궁의 사람인가?"

공손찬의 말에 연진우는 고개를 가로저었다. 물론 시선은 정면의 남자를 향한 채로.

"아닙니다. 신창문의 제자입니다."

“으음······.”

과연 공손찬이 짐작한 바가 맞았다.

그도 연진우가 정의맹에서 탈출할 때의 이야기를 들었다. 그때 연진우가 노산을 살해하고 나왔다는 것도.

정의맹에서 연진우를 어떤 의도로 데려갔었는지는 모르겠지만 결과적으로 연진우는 신창문과 원한을 쌓게 되었다.

정의맹을 제외하고 정파무림에서 단일문파로 가장 강한 힘을 가진 곳은 공동파와 신창문이다.

소림과 무당의 양대문파가 있다고는 하지만, 오늘날 창궁 진인과 유무용이라는 절정고수를 배출해 낸 두 문파의 명성에는 미치지 못한다.

그리고 정의맹 안에서도 그 두 사람의 입지는 상당하다.

어찌 보면 정파, 아니, 정의맹은 맹주인 언극린과 공동의 창궁 진인, 그리고 신창문의 유무용, 이 세 사람에 의해 움직이고 있다.

연진우가 죽인 것은 그런 유무용의 막내 제자이다.

또한 그런 그에게 복수하겠다고 나선 사람은 죽은 자의 친형이다.

연진우는 말없이 자세를 취했다.

바보가 아닌 이상 연진우도 상황이 뭔가 이상하다는 것을 모를 리 없다. 어찌 전륜궁과의 일에 노광이 끼어든단 말인가? 어찌 알고······.

그러나 언젠가는 반드시 맞딱뜨려야 했을 일이다. 특히 이 사람과는 더욱 그랬다.

그 마음을 짐작한 것인지, 아니면 원래 성정이 그래서인지 노광도 말없이 창을 쥐었다.

슉!

생각을 할 틈은 없다. 손발이 저절로 춤을 추기 시작했다.

피잉!

팽팽한 소리와 함께 다시 한 번 노광의 손에서 날카로운 공격이 뿜어졌다.

'왜 피하지 않는 거지?'

한순간이나마 노광의 냉정한 눈에 의문의 빛이 떠올랐다.

'무공이 급증했다고 하던데 나 정도는 상대가 안 된다는 건가?'

카캉!

일격을 교환한 후에야 노광은 그럴지도 모른다는 생각을 하게 되었다.

연진우의 양손과 자신의 한 창이 부딪친 결과는 예상 밖이었다. 아무리 주먹을 단련한 권사라 해도 어떻게 창을 쥔 자신의 팔뚝이 저려오고 손아귀에 힘이 풀릴 수 있단 말인가?

'어떻게 된 거지?'

생각은 나중에라도 할 수 있다. 그럴 기회만 온다면.

노광은 저린 손을 다잡으며 연진우의 연환격을 마주쳐 가야 했다.

캉!

이번에는 연진우의 얼굴에 핏기가 가셨다.

뿐만 아니라 뒤로 두 걸음 물러서는 동작에 균형마저 흩어졌다.

하지만 노광 역시 그 틈을 노리고 쳐들어갈 형편이 못 되었다. 그 역시 주춤거리며 뒤로 한 걸음 물러선 것이다.

힘과 힘의 충돌!

육체와 병기(兵器)의 한계를 뛰어넘은 두 사람의 격돌이다.

연진우의 눈에 의아함이 떠오른다.

'황산에서의 대결에서는 이 정도로 강하지 않았었다. 지금 이 사람

은 강호의 일류고수다. 나로서도 승리를 장담할 수 없는…….'

이해할 수 없는 일이다. 기연을 얻어 과거와는 비교할 수도 없을 만큼 고강한 무공을 가지게 된 연진우와 대등하게 겨룰 수 있다니.

한편 노광의 얼굴은 분노로 떨리고 있었다.

아우를 죽인 원수와 싸운다는 것보다, 자신있게 날린 공격을 막아내었다는 것보다 창을 단단히 움켜쥐었던 두 손이 부르르 떨린다는 것이 분노를 북돋우고 있다.

"으아아!"

비명인지 고함인지 모를 소리를 내지르며 그는 사납게 창을 휘두르기 시작했다.

연진우의 눈썹이 꿈틀거렸다.

신창문의 창법에 대해서는 적지 않게 안다고 자부했다.

그런데 지금 노광의 창법은 어딘가 눈에 설다. 많이 본 듯도 하지만 단 한 번도 본 적 없는 것 같기도 하다.

'성진창? 아니… 조금 다른데.'

희미하게 가물거리는 기억은 뇌리에서 금방 지워진다.

어떤 창법인지는 정확히 알 수 없어도 그 안에 담긴 살의(殺意)는 충분히 전달되어 왔다.

매 일격을 교환할 때마다 가슴속에 조금씩 쌓이는 진동과 그로 인해 흐트러지는 기식(氣息)이 그것을 증명해 주고 있었다.

어떻게 된 것일까?

노광이 펼치는 창법의 정체를 알아차린 연진우는 속으로 고개를 갸웃거렸다.

사실 지금의 공격은 창법이라고 부르기도 민망한 것이다.

구궁의 보법을 밟으며 팔방을 공격하는 것!

그것도 오직 찌르기의 방법으로.

철저하게 실용적인 목적으로 정리된 창법이다.

하지만 그것은 군문에서나 사용될 법한 창법이다. 상승무공이 격돌하는 무림고수들 간의 대결에서는 통하기 어렵다. 연이어지는 뒷수가 부족하기 때문이다.

그런데 노광은 그런 단순한 공격으로 상승무공의 효과를 내고 있다. 창을 들고 생각할 수 있는 가장 단순한 동작들, 복잡하고 오묘한 변화는 눈을 뒤집고 찾아보아도 없는 동작으로 말이다.

여기에 밀리는 연진우는 점점 호흡이 거칠어졌다.

도대체 어떻게 자신이 이 간단한 창법을 격파하지 못하고 있는지 이해가 가지 않았다.

한 번의 패배가 마음속에 부담감으로 작용하고 있는 것인가?

아니다.

연진우는 속으로 고개를 세차게 흔들었다. 그런 것은 아니다.

그럼 무엇 때문에?

'빌어먹을…….'

두 사람의 싸움을 지켜보고 있던 상보주의 얼굴에 낭패한 기색이 떠올랐다.

생각보다 일이 쉽게 되지 않을 모양이다.

연진우라는 애송이의 무공을 너무 낮게 예상한 것이 실수였다.

아니, 낮게 예상했다기보다는 저 정도로 고강할 것이라고는 생각하지 못했다는 표현이 더욱 정확할 것이다.

만약 연진우를 낮게 평가했다면 역천폭잠단(逆天爆潛丹)을 노광에게 주지 않았을 것이다.

그러나 준비를 어찌했든 결과는 생각한 것처럼 나타나지 않고 있었다.

평상시에 사용하지 못하고 있는 잠재 능력을 일순간에 터뜨려 주는 역천폭잠단의 효능에도 불구하고 노광은 연진우를 상대로 대등한 싸움을 하고 있었다.

약의 효력을 누구보다 잘 알고 있는 상보주로서는 이해가 되지 않았다. 단숨에 제압해야 하는데 어찌…….

그는 사륜지주에게 의미심장한 눈빛을 보냈다.

사륜지주 역시 이 상황이 마뜩치 않았는지 상보주의 눈빛을 본 즉시 미미하게 고개를 끄덕였다.

'어쩔 수 없어. 저자는 본 궁의 미래를 짓밟은 자야.'

"빌어먹을!"

노광의 이빨 사이로 욕지거가 흘러 나가는 동시에 그의 창끝이 타원형으로 허공을 그었다. 직선 일변도의 공격에 처음으로 변화가 생긴 것이다.

어쨌든 그 덕에 연진우의 움직임이 일순 정지했다.

"야압!"

우렁찬 기합과 함께 싸늘한 기운을 뿜어내는 창날이 연진우의 심장을 향해 나아갔다.

연진우는 그대로 오른쪽으로 반 걸음을 움직이며 왼팔을 들어 올렸다가 내렸다.

그 동작에 노광의 얼굴엔 철렁하는 기색이 떠올랐다.

팔을 들었다가 내린 것은 의미없는 동작이 아니었다.

"제길……."

연진우의 겨드랑이에 창이 끼어 꼼짝도 하지 못하고 있었다.

노광은 창을 되찾기 위해 가볍게 비틀고 거칠게 흔들었다.

창을 낀 겨드랑이에 더욱 힘이 들어갔다.

그와 동시에 노광은 창을 버리고 땅을 박차며 정면으로 몸을 날렸다.

마보(馬步)를 하고 땅 위에 뿌리 내린 듯 굳건히 서 있던 연진우의 신형이 흔들렸다.

노광은 달려오던 동작 그대로 몸을 날려 강렬한 어깨 공격을 연진우의 가슴에 넣으려 했다.

한쪽 겨드랑이게 창을 낀 채 가슴 부분의 타격을 정확하게 방어할 순 없다.

노광의 속셈을 훤히 알면서도 연진우는 창을 떨어뜨렸다. 뻔히 알고도 그대로 움직일 수밖에 없을 정도로 노광의 움직임은 빠르고 위력적이었다.

하지만 노광은 떨어지는 창을 잡지 않았다.

팽팽하게 부풀어 오른 그의 소맷자락이 연진우의 뺨을 날카롭게 때려 기다란 상처를 만들었다,

그리고 양손이 어지럽게 움직이며 연진우의 가슴을 두들겼다.

짧은 순간이었지만 연진우는 엉망으로 두들겨 맞았다,

하나 그는 미미하게 몸을 움찔거릴 뿐 노광의 공세에서 빠져나오지

않았다.

이상하게도 연진우의 얼굴이 점점 밝아졌다.

맞으면 맞을수록 밝아지는 얼굴이라니…….

반면에 노광의 얼굴은 시꺼멓게 죽어갔다.

공손찬은 저 증세를 알고 있다.

노광은 깊숙하게 파고든 기회를 놓치기 싫어 무리한 공격을 퍼붓고 있는 것이다.

권법으로 일가를 이룰 만큼 깊은 수행을 쌓지 않았던 노광이 진기의 흐름이 끊어질 정도로 무리한 연환 공격을 퍼붓고 있는 것이다.

호흡을 멈추고 기의 흐름을 막은 채 격렬하게 움직이면 몸이 견디지 못한다. 제아무리 천하제일고수라 해도.

새카맣게 변한 얼굴이 그 증거다.

*   *   *

유무용은 산 아래를 내려다보고 있다.

아름답기로 유명한 황산, 그 아래에 오가는 사람들의 모습은 콩알처럼 작게 보인다.

멀리서 그림자가 하나 보인다.

처음에는 파리 똥만하게, 그 다음에는 콩알만하게…….

이제 콩알보다 조금 더 커 보이긴 하지만 아직은 산의 구릉(丘陵)을 따라 보이다 말다 하는 정도다.

하지만 거침없이 오르는 모습을 보니 곧 가까이에서 볼 수 있을 것이 틀림없다.

“왔구나.”

유무용은 제자를 보고 있지 않았다. 뒷짐을 진 채 먼 하늘을 바라보고 있었다.

“갔던 일은 잘 처리됐나?”

“예, 제자가 할 수 있는 만큼은 충분히 했습니다.”

“잘했다. 막내 이야기는 들었겠지?”

“예…….”

그것 때문이었나?

유무용의 태도는 무거웠다.

열 손가락 깨물어 안 아픈 손가락이 없다. 자식이 없는 유무용에게 일곱 명의 제자들은 친아들이나 다름없는 존재이다.

대부분의 부모들에게 그러하듯 유무용에게도 막내는 각별한 의미를 가진 제자였다.

이미 죽어버리긴 했지만…….

홍염은 표정을 일그러뜨리지 않기 위해 무척이나 노력해야만 했다. 그는 천성이 다정다감하여 속마음이 얼굴에 그대로 드러난다. 자칫하다간 사부 앞에서 무례를 범할지도 몰랐다.

슬픔을 억누른 홍염은 기묘한 표정으로 유무용을 바라보고 있었다.

웃는 듯 하지만 실상은 어색하게 굳어 있는 표정.

뭐라 말해야 할지 몰라 그저 입술을 살짝 떼어놓은 채로 눈만 껌뻑이는 표정.

그 앞에 유무용은 뒷짐을 지고 하늘을 바라보고 있었다.

회색 구름이 저편에서 몰려오고 있다.

"비가 오겠군. 엄청나게……."

유무용의 말에 홍염은 잠잠히 침묵할 뿐이다.

무엇을 말하고 싶은 것인지 알 수 없다. 그러니 대답할 수도 없다.

왠지 알 수 없는 것이 목구멍에 치밀어 오른다.

"사부님……."

입 밖으로 튀어나온 것은 고작 이 말이다.

유무용이 고개를 돌려 홍염을 바라본다.

오대존자의 한 사람, 패왕창 유무용의 눈빛은 혼탁했다. 하늘을 가득히 메우기 시작한 먹구름처럼.

구름 사이로 탁한 빛이 뿌려졌다.

"광이가 갔다."

홍염의 눈가가 찌푸려졌다. 사부가 이야기하는 사람은 아마도 바로 아래 사제인 노광이리라.

"일곱째의 복수를 하러 간 것입니까?"

어눌한 홍염의 질문에 유무용은 고개를 가로저었다.

"평소의 목소리, 행동 그대로였다. 변함없이 차가웠지."

홍염은 쓸쓸한 미소를 감추고 이어지는 유무용의 말을 들었다.

"네가 가까이에 있었다면 너를 보냈을 텐데… 아무리 녀석이라고 해도 속마음까지 평정을 유지하진 못했을 거야."

하지만…….

'내가? 과연 나는 진우를 상대로 독수를 쓸 수 있을까? 내가 직접 목격한 것도 아닌, 전해 들은 이야기 때문에 진우와 싸울 수 있을까?'

답답함이 가슴에 가득하다.

한숨도 쉽사리 내뱉지 못하는 그런 답답함이다.

"왜 그러느냐?"

홍염의 마음을 모르는 바가 아닐 것인데 유무용은 묻는다.

산정의 청량한 공기가 두 사람 사이를 헤집고 들어섰다.

그 공기는 침묵을 부르며 제법 오랫동안 머물렀다.

스승은 조금도 움직이지 않고 고요히 침묵하며 제자의 대답을 기다렸다.

"산이의 시신은 어찌하셨습니까?"

여전히 고개를 조아린 채 홍염은 스승의 물음과는 거리가 먼 이야기로 반문했다.

"화장한 후 광이가 유골을 모아 가져갔다. 개방에 도움을 받아 그들이 있는 곳을 알아냈지."

이 말에 홍염은 고개를 주억였다. 유무용이 말하는 그들이 누구인지 홍염도 알고 있다.

"좀 늦긴 했지만 네가 도착하기 조금 전에 아이들을 몇 명 더 보냈다. 설마 그럴 일이야 없겠지만 혹시라도 광이가 감정에 치우쳤다가 무슨 실수라도 할까 봐 걱정이 되어서 말이야."

'잘하셨습니다.'

속으로 생각할 뿐 홍염은 말을 입 밖으로 내지 않았다. 그는 사부의 일처리에 대해 잘하고 못하고를 따지지 않는다. 그저 믿고 따를 뿐이다.

순간 유무용의 눈동자가 무서운 빛을 내뿜으며 존재를 드러냈다.

"이제 움직여야 한다."

"……."

뜬금없는 유무용의 말에 홍염은 어리둥절한 표정을 감추지 못했다.

“너는 천산으로 가라.”

“천산······.”

왜 가라 하는지 이유를 듣지도 못했지만 천산이라는 단어를 듣는 순간 홍염의 심장이 심하게 고동쳤다.

“팔월 보름, 천 년의 길[千年之路]이 열린다. 광이의 손에서 살아남는다면 그 녀석도 그때 천산에 나타날 거다.”

물론 홍염은 사부가 말하는 ‘그 녀석’ 이 누구인지 알고 있다.

하지만 천 년의 길이 무엇인지는 모른다.

“먼 길 다녀오느라 고생 많았다. 내려가 쉬거라.”

마지막 말을 던지고 유무용은 묵묵히 눈을 감았다. 굳게 닫힌 입술은 떨어질 기미를 보이지 않는다.

홍염은 조금 멍한 표정으로 유무용의 모습을 바라보다가 천천히 고개를 들어 하늘을 보았다.

저물어가는 황산의 하늘 위로 일찌감치 달이 그 형상을 드러내고 있었고 헝클어진 바람과 먹구름이 그것을 휘감고 있었다.

홍염의 입 사이로 들릴 듯 말 듯한 나지막한 음성이 흘러나왔다.

“천년지로라······.”

5. 밤은 깊어가고

노광은 거칠게 숨을 몰아쉬고 있었다.

단순히 진기의 흐름이 이어지지 못해서만이 아니다.

연진우가 이상하게 여겼듯이 노광은 신창문의 창법을 사용하지 않고 극히 단순한 기법을 사용하였다.

물론 기법의 극을 깨달으면 단순함으로 돌아간다. 하지만 연진우가 보기에 노광의 그것은 극에 이르러 단순함으로 돌아간 것이 아니었다. 오히려 넘치는 힘을 주체하지 못해 복잡한 변화를 구사할 수 없는 것처럼 보였다. 성진창의 뛰어난 기법을 구사했다면 정말로 무시무시했을 정도의 그런 힘.

반면 거친 숨을 쉬는 노광과 달리 연진우의 얼굴은 더없이 편안했다.

고전과 겨루었을 때 얻은 심득(心得)이 그를 보호해 주고 있는 까닭이다. 강맹하기로 천하에서 제일 간다는 항룡십팔장을 맨몸으로 받아낸 연진우에게 어설픈 주먹 공격이 통할 수 없다는 것을 노광은 몰랐다.

차라리 노광은 창법으로 싸웠어야만 했다.

애초부터 기공의 대결, 주먹의 대결이라면 연진우에게 강점이 있었다. 연진우를 가르친 이의 성명절기가 무엇이던가. 바로 혼원기공과 파옥권이 아니던가.

"노 형……."

"누가 니 형이라는……."

노광은 연진우의 말을 잡아채어 고함을 버럭 질렀지만 기력이 달려 미처 그 말조차 끝맺지 못했다.

연진우의 뇌리에 의문 부호가 떠오른다.

비록 연진우에게는 미치지 못했지만 노광의 공력은 놀라웠다. 이해할 수 없을 정도로 강했던 그 힘은 어디에서 온 것인가?

그리고 또 하나, 아무리 진기가 이어지지 않은 상태에서 무리를 했다고 하지만 지금 노광의 상태는 상당히 심각해 보인다.

"왁!"

노광은 검붉은 핏덩어리를 토해냈다. 그리고 그 자리에 힘없이 무너져 내렸다.

연진우와 공손찬은 거의 동시에 상보주를 쏘아보았다.

상보주의 얼굴에 비열한 미소가 감돌고 있었다.

"역시 임시로 고용한 사람은 신용할 수 없군. 누가 뭐라 해도 본 궁의 행사는 본 궁의 인물들이 치러야지."

고개를 까딱거리기까지 하는 그의 행태를 본 연진우의 눈에 쌍심지가 올랐다.

"축하하오, 연 시주. 신창칠성 중 두 사람을 이기셨으니 강호에 무명을 널리 떨치시겠구려."

"노… 형에게 무슨 짓을 한 거냐?"

유들유들한 상보주의 말에 연진우는 주먹을 부르르 떨며 물었다.

"역천폭잠단이라고 들어보셨소?"

"뭐라?"

노광의 몸을 쓰다듬으며 혈도를 짚고 진기를 주입해 보던 연진우는 화들짝 놀란 표정을 지었다.

그리곤 이내 얼굴을 굳혔다.

역천폭잠단은 일순간에 평상시보다 몇 배나 강한 힘을 발휘하게 해 주는 약이다.

하지만 이름에서도 드러났듯이 이 약의 효능은 역천(逆天), 즉 하늘의 도리를 거스르는 것이다. 그래서 약의 효력이 다한 후에는 폐인이 된다.

상보주가 그것을 모를 리 없었다. 그는 그것을 알면서도 노광에게 역천폭잠단을 복용시켰다.

"조용히 이곳을 떠날 작정이었다면 저놈을 쓸 일은 없었을 게요. 그런데 굳이 역린(逆鱗)을 건드렸으니 빈승은 전력을 다해 시주를 막을 수밖에 없소."

상보주의 목소리는 꽤 쌀쌀맞게 변해 있었다.

공손찬의 눈에 노기가 어렸다.

"애초부터 네놈들이 좋은 놈들은 아니라고 생각했었는데… 아이들 때문에 잠시 내 판단력이 흐려졌었구나."

그것은 연진우도 마찬가지였다. 굶주리는 백성들에게 먹을 것을 주고 마음에 위로가 되는 설법을 베풀던 그의 모습에 적지 않게 호감을 가졌었다. 그런데 지금의 저 언행은 뭔가?

"너희들이 사부님도 해쳤느냐?"

단호한 목소리. 연진우는 더 이상 그들의 말을 믿지 않기로 했다. 그들이 내세우는 이념에 잠시나마 현혹되었던 것이 심히 부끄러웠다. 필요한 것을 알아내고는 미련없이 자리를 떠나리라.

그러나 흥분한 새끼 호랑이는 간교한 늙은 이리를 당해내지 못하는 법이다. 노광을 내세워 연진우를 제압하는 것에는 비록 실패했지만 그를 흥분시켰다는 점에선 충분히 쓸모가 있었다.

"어디로 간다고 말하지는 않았지만 어디로 갔을지는 충분히 짐작할 수 있지!"

짧게 끝나는 상보주의 말에 공손찬은 자신이 나서야겠다고 생각했다.

연진우는 사부와 얽힌 이야기를 하면 이성이 흔들린다. 그만큼 사부를 생각하는 마음이 크다는 뜻이겠지만 강호에서의 만수무강에는 아무런 도움이 되지 않는다. 한 걸음 물러선 곳에 있던 공손찬이 나서는 것이 연진우에게도 이익이다.

"천년지로와 관련된 곳으로 갔소?"

연진우에 비해 그나마 가라앉은 공손찬의 목소리에 상보주는 손가락으로 목덜미를 긁으며 못 들은 척했다.

"천산이살이라는 작자들도 거기에 얽힌 것이겠고……."

혼잣말처럼 중얼거린, 하지만 다른 사람들에게 똑똑히 들릴 만한 공손찬의 목소리에 상보주의 손가락이 멈췄다.

상보주의 뺨이 흐릿하게 떨린다. 놀랐거나 긴장했다는 증거다.

“맞군.”

어느새 공손찬의 목소리에는 확신이 들어차 있다. 그는 상보주를 보며 말하는 것을 멈추고 어리둥절해 있던 연진우에게 설명하기 시작했다.

“천산이살과 대적하게 되면서 사부와 헤어졌다면서? 순전히 우연한 만남 때문에. 하필이면 그날 투숙했던 객잔의 주인 노부부에게 천산이살이 볼일있었다는 게 이유가 됐던 거잖아.”

흥분을 가라앉힌 연진우는 딱딱하게 굳은 얼굴로 공손찬의 이야기에 고개를 끄덕였다.

“천산이살이 노부부에게 노렸던 건 천년지로와 관련이 있는 구리 반지였어. 니가 마지막으로 들은 유언도 그랬지?”

“예.”

그것은 연진우도 생각한 부분이었다. 그렇기에 천년지로에 얽힌 일이 있거든 개입하지 말라던 혜주 상인의 충고를 무시하고 일부러 들먹거렸다.

공손찬이 상보주를 흘끗 쳐다보았다. 흐릿한 떨림은 어느새 제법 커져 있었다.

이야기는 계속되었다.

“강경파니 뭐니 하면서 남의 이야기처럼 하고 있지만 사실은 저 사람도 강경파야. 딱 보면 알 수 있지. 그런데 이상하게도 처음부터 널 해치려고 하지 않아. 이게 냄새가 나. 자기 누리대로라면 넌 저류궁의 미래를 짓밟은 흉적인데 처음엔 좋은 인상만 주고 돌려보낼 것처럼 하다가 니가 천년지로에 대한 이야기를 꺼내니까 갑자기 태도가 돌변했어. 그게 무슨 뜻인 것 같아?”

공손찬은 잠시 침묵하며 연진우의 대답을 기다렸다. 물론 그러는 동안 상보주와 사륜지주가 조금씩 움직이는 것도 놓치지 않고 보고 있었다.

"제가 그 천년지로라는 것에 대해 알지 못하게 한 채로 저를 최대한 이용하려는 심산이었군요. 하지만 제가 천년지로의 실상이 무엇인지 접하게 되면 이용할 수 없을 테니 제거하려고 했던 거구요."

주먹에 우드득 소리가 나도록 손마디를 꺾으며 연진우가 말하자 공손찬의 얼굴에 만족한 미소가 떠올랐다.

"맞아!"

그의 손에도 검이 들렸다. 그는 아이들을 등 뒤로 하고 우뚝 서 있다.

사실 공손찬이 이야기한 것, 그리고 연진우가 대답한 것은 그리 어렵게 생각해 볼 문제가 아니다. 앞뒤의 정황을 알고 있는 사람이 조금만 주의를 기울인다면 충분히 유추해 낼 수 있는 결론이다.

그런데 연진우는 공손찬의 지적이 있은 후에야 뒤늦게 그런 생각을 하게 되었다. 화성사의 분위기 탓이었을까?

"더 이야기할 시간이 없겠는걸."

공손찬의 말이 아니라도 연진우는 이미 다섯 사람을 상대로 싸울 준비를 하고 있었다.

하지만 상황은 그리 낙관적이지 않다.

상대는 다섯, 이쪽은 두 명이다.

둘의 무공이 뛰어나니 어쩌면 다섯을 이길 수 있을지도 모른다. 최소한 몸을 빼낼 수는 있을 것이다.

그러나 그들에게는 지켜야 할 사람이 있다. 무공을 모르는 아이들과 기력이 탈진된 노광을 보호하면서 저들을 상대로 싸울 수 있을까? 흉다길소(凶多吉少)라… 아무래도 큰 손해를 감수해야 할 것이다.

"이렇게까지 되니까 정말 궁금해지는군요."

냉정을 회복한 연진우가 밝은 어조로 공손찬에게 말했다.

그 말에 공손찬은 숨도 쉬지 않고 곧바로 물었다.

"천년지로 말이냐?"

"예."

공손찬은 씨익 웃으며 말했다.

"혹시 아냐, 물어보면 대답해 줄지. 저 사람은 말을 많이 하느라 피곤할 테니 나머지 사람들에게 한번 물어봐."

이빨이 보일 정도로 환히 웃는, 상황과는 도저히 어울리지 않는 표정을 지어 보인 공손찬의 손가락은 사륜지주를 가리켰다.

"…그래도 니 사부를 한 사람의 무인으로 존경했다고 했으니 말이야."

마지막 그 덧붙임에 사륜지주의 얼굴이 눈에 띄게 흔들린다.

"그런… 그, 그것은……."

네 사람이 허둥대는 소리가 뒤엉켰다.

어이가 없는 듯 그들을 바라보던 상보주는 미간을 찌푸린 채 연진우를 노려보았다.

"그런 어리숙한 말장난에 넘어갈 우리들인 줄 아시오?"

크게 기대도 하지 않았던 터라 연진우는 실망도 하지 않았다. 다급한 상황에 어울리지 않는 시시한 농짓거리를 주고받은 것은 빠져나갈 방법을 찾기 위한 시간을 끌기 위해서다.

그런데 사륜지주의 반응은 의외였다. 얼굴을 시뻘겋게 붉히며 변명을 하려던 것을 상보주가 막아버린 것이 아쉽다.

공손찬은 혀를 찼다.

"지하에서 본 당신들의 기세는 불문의 무공이 아니었소. 오히려 패도(覇道) 쪽에 더 가깝다고 할까? 순수한 강함만을 추구하는 무인들이 어쩌다가 저런 간특한 자와 같은 편이 된 거요?"

공손찬의 말에 사륜지주의 얼굴이 다시 시뻘겋게 달아올랐다. 순진한 것인지 단순한 것인지, 몇 마디의 도발에 그들은 동요했다.

'어쩌면 이런 문제가 원래부터 있었던 건지도……'

그들의 마음이 흔들리고 있는 것을 눈치 챈 공손찬은 거기서 멈추지 않고 공세를 계속했다.

"우리를 그냥 보내달라는 것도 아니잖소. 그저 우리가 당하는 이유라도 제대로 알게 해달라는 건데 마지막으로 그 정도는 해줄 수 있지 않소?"

사륜지주는 서로 눈빛을 교환했다.

그 모습에 당황한 상보주가 버럭 호통을 쳤다.

"무슨 생각들 하는 거요? 아무리 어리석어도 그렇지, 저런 말도 안 되는 도발에 순순히 넘어가는 게 부끄럽지도 않소?"

"뭐, 뭐라?"

사륜지주 중 한 사람이 매우 불쾌한 표정으로 맞받아쳤다.

공손찬은 내심 쾌재를 불렀다. 예상 밖의 성과를 얻고 있기 때문이었다.

"그, 그 말은 우, 우리 사, 사, 사, 사륜지주를 우스, 습게 여, 여, 여긴다, 다, 다는 뜨, 뜻인가?"

하마터면 공손찬과 연진우는 웃음을 터뜨릴 뻔했다.

처음의 웅성거림은 허둥대느라 더듬은 거라고 생각했었다. 그런데 지금 보니 그게 아닌 듯하다.

그리고 그나마 대표랍시고 입을 연 사람이 저리 심하게 말을 더듬는 걸 보니 나머지도 불문가지(不問可知)다.

"아니오, 오해요. 내가 왜 그대들을 우습게 여기겠소. 내가 어찌 본궁의 호법들을 우습게 여기겠소."

실수를 만회하려는 듯 상보주의 얼굴에는 전혀 어울리지 않는 미소가 떠올라 있었다. 가뜩이나 보기 싫은 못생긴 얼굴이 더욱 흉하게 일그러진다.

"오… 그러면 저들의 의사를 존중해 주어야겠군."

공손찬의 비아냥거리는 목소리에 상보주의 얼굴이 더욱 일그러졌다.

"그게 무슨……."

"우습게 여기지 않는다는 말은 말짱 거짓말이었군."

그 말의 효과는 대단했다. 사륜지주의 얼굴이 붉으락푸르락해지는 것을 본 상보주는 속으로 이를 갈았다.

'힘만 센 머저리들 같으니라고. 가만히 입 닥치고 있었으면 문제없이 해결될 일을 엉망으로 만들다니…….'

하지만 아무리 속으로 원망을 해도 소용없었다. 말 한 번 잘못해서 다된 죽에 코 빠뜨리게 생겼다.

무공만 강했더라도 저런 멍청한 것들과 같이 일하지는 않았을 텐데… 하필이면 저 머저리들이 호법신공을 얻을 게 무어란 말인가?

사륜지주의 어리석은 행동 때문에 울화통이 치밀었던 적이 한두 번이 아니었다.

그러나 불만은 상보주에게만 있었던 것이 아닌 모양이다.

그동안 자신들을 무시하는 상보주의 처사에 쌓인 것이 많았던지 사류지주의 이번 반항은 제법 무섭다. 제때를 찾지 못해서 탈이긴 하지만…….

하여간 사태를 수습할 방도를 찾아 상보주가 허둥대는 동안 공손찬이 능글맞은 미소를 지으며 사류지주에게 물었다.

"천년지로가 뭐요?"

"그, 그, 그건… 처, 처, 천, 천산에 보, 봉인되, 된……."

"세, 세사, 사, 상을 엎을 수 이, 있는 보, 보물……."

공손찬의 눈썹이 꿈틀거린다.

그런 공손찬을 보며 연진우는 감탄했다. 네 사람이 번갈아가며 한마디씩 뱉어내는 말은 정녕 알아듣기 힘든 것이었다. 하지만 공손찬은 뭔가 알아차렸다는 반응을 보이고 있는 것이다.

"사, 사, 사, 사, 삼보……."

"그만!"

뭔가 더 이야기를 하려 할 때 상보주가 다시 고함을 질렀다.

공손찬은 옳다구나 싶어 다시 사류지주를 부추겼다.

"역시 우습게 여기고 있었어."

사류지주의 눈이 야수처럼 빛났다.

상보주는 더 이상 공손찬의 수작에 놀아나다간 저들을 죽이는 것은 고사하고 잡는 것도 불가능하다고 생각했다.

그의 입에서 부드러운 목소리… 로 들리게 하려고 애를 쓰는 목소리가 흘러나왔다.

"천년지로에 대해선 그쯤 하면 대충 알려준 게 되지 않았소? 이제

할 일이나 합시다."

조금 전만 해도 짐승처럼 눈을 번뜩이던 사륜지주가 어리둥절한 표정으로 서로를 바라보았다. 상보주의 말마따나 자기들이 아는 것은 대충 이야기한 것이다.

"그, 그럼……."

그들이 일제히 한 걸음씩 앞으로 나섰다.

구름 사이로 달이 그 얼굴을 드러내었다. 완전히 모습을 나타내지 못한 채 이지러진 일부분만을 보여주지만.

흉악한 밤이다.

강호에 출도하여 사부와 헤어진 이후 크고 작은 위기를 수없이 겪었다. 살아온 세월은 그리 길지 않지만 생사의 간극을 넘나드는 경험은 결코 적지 않다고 할 수 있었다.

그럼에도 불구하고 연진우는 초조하다.

첫째는 눈앞의 상황이 호락호락하지 않기 때문이다.

기세의 싸움에서는 연진우가 우세를 점했지만 실제 무공으로 겨루었을 때 동일한 결과를 얻는다는 보장은 어디에도 없었다. 기세의 싸움에서는 그들이 다수의 유리함을 살리지 못한 채 일 대 일의 대결을 펼쳤기 때문이다. 어쩌면 일 대 일로도 불리할지도…….

싸울 수 없는 사람을 보호해야 한다는 것도 큰 부담으로 작용한다.

아이 셋에 어른 하나.

문득 연진우가 아래를 내려다보았다.

어둠 속에 쓰러져 있는 노광의 모습이 보인다. 얼굴은 거무죽죽하게 변색되어 있고, 팔다리에 미미한 경련이 조금씩 일어나고 있었다.

그나마 다행이다. 역천폭잠단의 효력이 다한 후에도 저렇게 조금이
나마 움직이고 있다는 것이 사뭇 고무적이다.

그러나 그가 무공을 발휘할 수 없다는 것에는 변함이 없다. 무공은
고사하고 제 발로 움직일 수나 있을는지…….

확실히 힘든 상황이다. 하지만 연진우가 이리 초초해하는 이유는 그
것만이 아니었다.

사부에 대한 소식. 비록 그것이 단편적인 것이지만 한상욱의 소식을
조금이라도 들은 것이 그의 초조감을 부추겼다.

월아산에 돌아간 이후 다시 강호에 나온 이유가 무엇인가? 형량보의
서찰을 소림사에 전달해 주는 것도 있지만 실종된 한상욱의 행방을 찾
는 것이 진짜 목적이 아니었던가.

천산으로 가야 한다!

천년지로에 얽혀 한상욱이 실종되었다면 천산으로 가야 한다. 거기
에는 다른 동기가 없다. 사부를 찾기 위한 여정일 뿐이다. 연진우의 상
황을 안다면 세상을 뒤엎을 수 있는 보물에 욕심을 낸 것이 아니냐고
오해를 할 사람은 없을 것이다.

가야 할 곳이 정해지자 초조해졌다.

그냥 이 자리에 뼈를 묻어도 상관없다는 마음을 가진다면 조금 더
주위를 냉철하게 살피고 지혜롭게 처신할 텐데… 지금은 한시 바삐 이
곳을 벗어나 천산으로 향해야 한다는 생각밖에 없었다. 그래서 더 초
조해진다.

바람이 나뭇가지를 문질러 만들어내는 비명과 같은 소리가 더욱 그
의 기분을 스산하게 만들었다.

약간 창백해진 연진우의 얼굴에 고요의 그늘이 어린다.

의견 일치를 이루지 못하고 있던 다섯 사람의 다툼이 멈추었기 때문이다.

긴장감이 극에 이르렀을 때 연진우의 눈빛은 멍하다.

사륜지주가 일제히 한 걸음씩 앞으로 나온 것을 보며 연진우는 진기를 양손에 끌어올렸다.

삼경이 넘어 사경이 되어가는 시각, 천지의 기운이 한 남자의 몸 안으로 밀려들었다.

그동안 공손찬은 연진우의 저런 모습을 적지 않게 보아왔기에 또다시 위기 상황에서 큰 깨달음을 얻으려 한다는 것을 짐작했다.

아니나 다를까, 연진우는 갑자기 부드럽게 춤을 추기 시작했다.

처음에는 언제 날아올지 모를 연진우의 공격에 방비하던 사륜지주도 그의 동작이 단순한 춤이라는 것을 깨닫고 이상하다는 표정으로 바라보기만 했다.

시작도 끝도 없는 오직 하나 있어
맑은 기운 한 덩어리 번쩍 가르니
날랜 기운 올라가서 하늘이 되고
부드러운 기운 내려와서 땅이 되었네.

하늘땅의 큰문이 활짝 열리니
오르락내리락 절로 그침이 없어
음과 양이 사귀며 제 몸 나누거늘
물과 불, 나무와 쇠, 네 가지 모양이라.

이승과 저승을 나누지 않거니
삶과 죽음을 어찌 가르리.
하늘과 사람이 한자리에 만나면
나와 만물이 더불어 한 몸이라네.

내공의 수련 중에 기가 충만하면 종종 큰 고함을 지른다. 그리고 충
만한 기운이 몸짓을 타고 실타래처럼 풀려 나오기도 한다. 이것을 일
컬어 기무(氣舞), 혹은 단무(丹舞)라고 한다. 연진우의 몸놀림이 바로
단무이다.

공손찬은 연진우가 이번에도 적지 않은 깨달음을 얻게 되었음을 눈
치 챘다.

하지만 살아남아 후일을 기약할 수 있는 상황이 아니라면 당장의 깨
달음이 무슨 소용이 있겠는가? 절정고수들 간의 정당한 대결이라면 승
패의 결과를 바꿀 수도 있겠지만 지금처럼 숫자에서 밀리는 상황에 약
간의 깨달음으로 무엇을 할 수 있을 것인지.

[아이들을 지키십시오.]

공손찬은 경악했다.

전음(傳音)이었다.

강호에 난다 긴다 하는 고수들이 수없이 많지만 그중에서 전음을 구
사할 수 있는 사람은 극소수이다.

전음을 시전하기 위해서는 심후한 내공이 필요하다. 그러나 내공만
깊다고 누구나 할 수 있는 것도 아니다. 이것은 전음이 섭혼술과 마찬
가지로 깊은 깨달음이 있어야만 가능한 것이기 때문이다.

연진우가 얻은 것은 전음술인가?

공손찬의 의문은 머리 속에 남은 채로 입 안에서 맴돌 뿐이었다. 상황이 다급한 까닭이다.

전음술 같은 것으로 사람을 해칠 수는 없다.

물론 연진우가 얻은 깨달음은 전음에만 국한된 것이 아닐 것이다.

그러나 그렇다고 갑자기 무공이 몇십 배 늘어나서 열 손가락으로 강기(罡氣)를 내뿜을 수 있는 신공을 얻었다곤 생각도 하지 않는다. 그런 것은 시장통에서 사람들을 모아놓고 이야기를 파는 자들의 입에서나 나올 법한 말이다.

그때,

"그, 그, 그런……."

갑자기 사륜지주 중 하나가 뭐라 말하려 했다.

"마, 말도 아, 안 되오."

또 한 사람이 말했다.

미처 입을 열지 않은 나머지 두 사람은 상보주를 매섭게 노려보았다.

그들의 갑작스런 행동에 상보주와 공손찬은 당황했다.

[이제 곧 저들이 손을 쓸 것입니다. 그 틈을 타서 아이들을 데리고 자리를 피하십시오.]

귓전에 날아든 연진우의 전음에 공손찬은 대강의 상황이 어떻게 된 것인지 짐작할 수 있었다.

연진우가 전음술을 펼쳐 사륜지주에게 무어라 말을 한 모양이다. 아마도 그것은 조금 전까지 자신이 하던 것과 크게 다르지 않은 말일 것이다. 상보주가 미리 알고 대비할 수 없다는 데에 결정적인 차이가 있기는 하겠지만.

공손찬은 전음술로 사람을 해칠 수 없다는 생각이 틀렸다고 자인했다.

"이게 무슨 짓들이오?"

갑자기 사륜지주가 달려들자 상보주는 다급하게 고함을 질렀다.

"우, 우리를 어, 어떻게 보, 보고⋯⋯."

"웃기, 기지, 지 마. 우, 우리가 보, 본 궁의 사, 사대 호, 호법인 것을 모, 몰랐단 마, 말이야?"

상보주와 사륜지주의 말이 복잡하게 뒤엉켜 있을 때 공손찬은 연진우의 전음을 들었다.

[어서 갑시다!]

공손찬은 아이들을 챙겼다. 막내는 어깨 위에 무등을 태우고 첫째와 둘째는 양쪽 겨드랑이에 꼈다.

바닥에 널브러져 있던 노광을 어깨에 멘 연진우가 눈짓을 하며 몸을 날렸다. 공손찬도 그 뒤를 따랐다.

하지만 사륜지주는 연진우와 공손찬이 가는 것을 보지 못했는지 계속해서 상보주를 윽박지르고 있었다.

참다 못한 상보주가 다시 고함을 질렀다.

"저놈들이 다 도망가잖소. 지금 뭐 하자는 거요?"

그제야 정신을 퍼뜩 차린 듯 사륜지주는 연진우와 공손찬이 사라진 방향을 쳐다보았다.

맨몸으로 간 것이 아니라 움직이는 속도가 그리 빠르지는 않았다.

그들도 몸을 날렸다.

쉬이잉―

바람을 찢는 매서운 파공성이 귓전을 울린다.

보통 사람의 눈에는 소리의 정체가 무엇인지 보이지 않을 것이다. 다만 소리만 들릴 뿐.

소리의 뒤에 남은 것은 경공을 펼쳐 달리는 무림인들의 그림자였다. 너무도 빨라 마치 움츠러들었던 용수철이 튕겨져 나가는 듯하다.

"잔꾀를 부리다니!"

상보주는 불같이 노한 음성을 토해내며 땅을 박차고 날아올랐다. 그러나 연진우, 공손찬과의 거리는 여전히 떨어져 있었다.

반면에 사륜지주는 조금씩이나마 그들과의 거리를 좁혀가고 있다. 무공의 차이가 여실히 드러나는 부분이다.

마침내 뒤에 혼자 남게 된 상보주는 불안한 안색을 감추지 못했다. 행여라도 저 우둔한 자들이 연진우와 공손찬의 세 치 혓바닥에 놀아나게 될 것을 걱정하며.

연진우는 사륜지주의 일장을 맞받지 않고 피하려 했다.

"흥!"

하지만 귓전에 사륜지주의 코웃음이 들리는 순간 뭔가가 잘못되었음을 직감했다.

그를 향해 날아오는 사륜지주의 여덟 손바닥은 돌연 놀랍도록 빨라졌다.

연진우가 서 있는 곳을 향해 날아오는 것이 아니었다. 한 사람의 공격을 피하여 간 곳에선 다른 이의 손바닥이 기다리고 있었다.

비로소 연진우의 등줄기가 축축해졌다.

오늘 밤 노광과의 싸움을 치렀지만 이 정도로 긴장되지는 않았다.

개인의 무공도 강했지만 그들의 합격술은 정말 무서웠다.

연진우는 피할 수 없음을 직감했다.

아이들을 데리고 있는 공손찬이 멀리 갈 수 있도록 뒤에 남아 자리를 지킨 것인데, 혼자서는 감당할 수 없는 합격술이었다.

"하앗!"

연진우는 전력을 다한 일장을 정면으로 쏟아냈다.

펑!

가죽공이 터져 나가는 폭음이 그 가운데에서 울려 퍼졌다.

'윽!'

연진우는 감당할 수 없는 충격이 팔을 타고 내장을 뒤흔드는 것을 느꼈다.

이를 악물었지만 신음 소리가 새어 나간다.

다시 자세를 가다듬을 여유도 없다.

네 사람은 말하는 것보다 손쓰는 것이 능숙하다는 것을 여지없이 보여주고 있었다.

사륜지주는 험악하게 웃으며 다시 연진우를 덮쳐 왔다.

희미한 달빛 아래 네 사람의 승포 자락이 죽음의 손짓처럼 펄럭였다. 그 속에서 연진우를 향해 날아오는 장영(掌影)들은 더없이 흉험하다.

연진우는 그들의 움직임 아래에 자신의 전신이 낱낱이 드러나 있음을 절감했다.

숭산에서의 싸움 이후로 이토록 힘든 싸움은 처음이다.

"대단하군!"

나직한 외침, 동시에 연진우는 양손을 내밀어 그들의 손바닥을 붙잡는 시늉을 했다.

루(摟)자결이다.

본래는 파옥권의 이치였으나 이제는 혼원기공에도 동일하게 적용되는 열네 가지 요결.

연진우는 루자결로 사륜지주의 손을 끌어모았다.

잠깐이지만 그들의 손이 엇갈리며 빈틈이 생겼다.

그 틈을 놓치지 않고 연진우가 일장을 날렸다.

연진우의 손은 사륜지주의 손이 엇갈린 장소를 향했다.

격식없이 단순히 빠르기만 한 손이 그들의 엇갈린 손 위에 포개지자 사륜지주는 몸을 비틀며 뒤로 물러갔다.

이것이 등(騰)자결로, 상대의 기세를 빌어 거꾸로 타고 오르는 수법이다.

하지만 그들이 물러간 속도보다 다시 덮쳐 오는 속도는 더 빨랐다.

잿빛 승포 자락이 어지럽게 펄럭이는 가운데 그들은 어느새 연진우의 코앞에서 공격을 날렸다.

처음처럼 빠르기만 한 공격이 아니다. 빠른 공격, 느린 공격, 단순한 공격, 변화 무쌍한 공격. 각각이 다 달랐다.

이번에는 더욱 감당하기 어렵다.

연진우는 그들의 손을 보며 눈앞이 어지러워짐을 느꼈다.

사신의 숨결 같은 바람이 연진우의 목을 조여왔다.

그때였다.

"멈추시오!"

귀청이 떨어질 것 같은 호통 소리가 벼락치듯 들려왔다.

동시에 다섯 사람의 사이에 희무끄레한 그림자 둘이 비스듬히 날아들었다.

'저건…….'

갑자기 끼어 드는 불청객들의 손에 기다란 병기가 들려 있었다. 그것을 알아본 연진우는 아랫입술을 잘근 씹었다.

사륜지주도 난데없이 무슨 일인가 싶어 공세를 멈추었다.

그들 사이에 선 두 사람의 손에는 장창이 들려 있었다.

"누, 누구냐?"

사륜지주의 물음에 두 사람은 되려 반문했다.

"당신들이 전륜궁의 사람이오?"

사륜지주는 대답하지 않는다.

그런데 갑자기 그들 중 한 사람이 돌발적으로 입을 열었다.

"그, 그, 그러면 어, 어쩔 거, 건데?"

나머지 셋이 책망하는 눈빛을 그에게 보냈다. 그러자 그도 아차 싶었는지 고개를 푹 숙였다. 정의맹이 강호의 밝은 곳을 지배하고 있는 현 무림에서 전륜궁의 인사라는 것을 밝혀서 좋을 것이 없었기 때문이다.

하지만 한번 엎질러진 물을 다시 담을 수는 없는 노릇이다.

"사형!"

둘 중 하나가 갑자기 소리를 질렀다. 연진우의 뒤편에 드러누워 있는 노광을 발견한 것이다.

두 사람의 시선이 연진우에게로 향했다.

"사형을 어떻게 한 거요?"

연진우는 거친 숨을 토해내며 대답했다.

"저들이 노 형에게 역천폭잠단을 먹였소."

“…….”

두 사람의 얼굴이 딱딱하게 굳었다. 그들 역시 역천폭잠단이 무슨 약인지 알고 있었다. 어떤 부작용이 있느냐까지도.

“사실이오?”

서릿발 같은 어조.

이번에도 아까 대답한 사람이 소리를 빽 질렀다.

“왜, 왜?”

이번 것 역시 본인들이 그랬다는 것을 시인하는 반문이었다.

대답을 한 사람은 나머지의 눈총을 받으며 더듬더듬 말을 이었다.

“왜, 왜 저, 저노, 놈들 누, 눈치르, 를 바, 봐야 하, 하, 하는 거요? 다, 다 주, 죽여 버, 버리면 되, 될 걸 가, 가지고.”

셋은 일제히 반색한다.

“오, 오오 그, 그러, 렇군.”

“도, 도, 도, 동륜(銅輪) 지주, 주, 주의 새, 새, 생각이 타, 타, 탁월하군.”

“그, 그러, 러면 되, 되느, 는 걸 괘, 괜히 고, 고민해, 했어.”

창을 쥔 두 사람은 어이없는 눈으로 그들을 쳐다보았다.

세상에 기인이사가 많다고 하지만 저런 이들에 대한 이야기는 들은 적이 없었다.

실체가 드러나지 않고 은근히 백도무림의 두려움의 대상이 되고 있는 전륜궁에 저런 사람들이 있으리라고 누가 생각할 수 있을까?

하지만 두 사람은 긴장을 늦추지 않는다. 사륜지주의 무공이 만만치 않음을 짐작했기 때문이다.

그런데 난데없이 나타난 이 두 사람은 누구인가?

장창을 무기로 쓰는 듯하고 노광을 사형이라 부르고 있다.

바보가 아닌 이상 그들의 정체를 짐작하는 것은 어려운 일이 아닐 것이다.

당연히 연진우도 알고 있었다.

중간 키에 단단한 체격의 심승지(審勝地), 곰보 자국이 박박 얽은 냉덕(冷德). 황산 신창문의 셋째와 여섯째다.

사륜지주의 더듬거리는 소리가 가득한 가운데 밤은 깊어간다.

6. 두 남자는 헤어지고

격돌, 그리고 도주.

천하의 절경 구화산.

그러나 깊은 밤 산중은 으스스한 귀기로 가득하다.

어둠 속이라 보이지는 않지만 심승지와 냉덕의 얼굴은 분노로 일그
러져 있었다. 사람을 폐인으로 만드는 금지된 약물을 사형에게 사용하
였다는 데서 온 분노다.

하지만 두 사람은 오랫동안 유무용 아래서 신창문의 무공을 수행했
던 이들이다. 무공을 익힌다는 것, 그것은 단순한 싸움 기술만을 익히
는 것이 아니었다.

무공을 배울 때 가장 먼저 배우는 것은 마음을 다스리는 방법이다.
그리고 그 다음으로 숨을 쉬는 법을 배우며 두 발로 땅을 딛고 서는 법
을 배운다. 그동안 편안한 음식을 섭취하며 정기를 보하는 것은 기본

이다.

이렇게 하여 무공을 익히기 적합한 몸을 만든 후에야 비로소 본격적인 수행에 들어가게 된다. 소위 말하는 권법을 배우고, 무기를 다루어 상대와 다투는 방법을 단련하는 것이다.

하지만 그런 기술의 기초는 이미 마음을 다스리고 몸을 준비하는 과정에 다 포함되어 있다. 그때가 사람의 몸이 가진 능력을 가장 적절하게 활용할 수 있도록 해주는 준비의 기간인 탓이다.

전통이 오랜 문파일수록 이런 준비의 과정이 체계화되어 있다. 그리고 그들이 펼치는 무공 한 수 한 수에는 그 문파만의 독특한 기세가 그대로 배어 있었다.

신창문도 마찬가지다. 천하에 적수가 몇 없는 절대고수 유무용이 직접 길러낸 제자들은 단순한 무공의 고수가 아니었다. 상황을 정확하게 판단할 수 있는 냉철한 판단력과 움직여야 할 때가 되면 과감히 움직이는 과단성이 있는 사람들이다. 물론 혈육을 잃은 탓에 성급하게 움직인 사람도 있었지만.

심승지와 냉덕의 인상이 굳어졌다.

그들은 절대 바보가 아니다.

사륜지주의 언행이 종잡을 수 없기는 하지만 그들의 무공은 결코 녹록하지 않다는 것을 알 수 있었다. 언뜻 보기는 했지만 그들이 펼치는 합격진은 예사롭지 않았다. 일곱 사형제가 진법을 이루어 싸운다면 한 번 겨루어볼 만할까?

알 수 없는 노릇이다.

이런 상황에서의 가정은 하나 마나 한 것이다. 붙어보기 전에는 알 수 없다.

그리고 적은 저들만이 아니다.

저들이 사형을 저 꼴로 만들었다면⋯⋯. 뒤편에는 막내 사제를 죽인 자가 서 있다. 어쩌면 양쪽이 일당일지도 모른다. 자신들을 혼란스럽게 한 후 공격하려는 수작일지도.

절대 누구도 믿을 수 없다.

양 편이 합공을 하면 여기서 두 사람이 살아 나갈 가능성은 거의 없다.

신중해야 한다!

심승지가 냉덕에게 눈짓을 한다.

우선은 사부의 명에 충실하자는 뜻이다.

사형의 마음을 알아차렸는지 냉덕도 고개를 끄덕였다.

서둘러 황산을 하산하던 노광의 뒷모습을 보며 사부는 그들을 불렀었다. 그리고 오직 한 가지만을 지시했다.

"감정 때문에 서두르지만 않는다면 광이가 크게 실수할 일은 없을 게다. 하지만 만에 하나라도 그런 경우가 생긴다면 너희는 다른 일에 신경 쓰지 말고 광이를 건져 내는 일에 전력을 기울이거라. 그리고 그것도 여의치 않을 경우가 닥친다면 너희 둘이라도 빠져나오거라."

마지막 말은 그리 귀담아듣지 않았다. 그저 제자 걱정을 하는 사부의 뜻이라고만 생각했었다. 이사형이 실수할 일도 드물 것이라 생각했고, 설혹 그렇다 할지라도 자신들이 가세한다면 얼마든지 해결할 수 있으리라는 자신감이 있었다. 패왕창의 제자라는 자부심이 그들 마음속에 있었기 때문이다.

하지만 상황은 그들의 기대대로 움직이지 않고 있었다.

남은 길은 사부의 명령에 충실하는 것뿐인 듯하다.

"우리는 사형을 데리고 떠나겠소."

심승지의 목소리는 단호했다. 연진우와 사륜지주 사이에 무슨 일이 있든 상관하지 않겠다는 태도가 드러났다.

연진우의 뺨이 가볍게 실룩였다.

차라리 잘된 일이다. 노광을 떠안느라 운신이 불편했었다. 믿을 수 있는 사람들이 나타났으니 저들에게 맡기는 것이 상책일 것이다.

하지만 아직 연진우에겐 신창문과 해결해야 할 것이 남아 있었다.

"개인적인 일이 해결된 후 황산을 방문해 벌을 청하겠습니다."

연진우는 벌을 청하겠다고 했다. 비록 문파가 다르기는 하나 유무용은 형량보 아래서 한상욱과 함께 무공을 배웠었다. 연진우는 그런 그의 제자를 죽였다. 어물쩍 넘어갈 수 있는 일이 아니었다.

심승지는 매서운 눈으로 연진우를 노려보았다.

그러나 이내 한숨을 쉬며 고개를 끄덕였다. 우선은 노광을 데리고 이 자리를 벗어나는 것이 급선무였다.

그리고 한 가지! 자리를 벗어나기 위해선 연진우와 협력해야 한다.

"보, 보, 보자 하, 하니까 이, 이것들이……!"

"우, 우리가, 가 누, 누, 눈에 아, 안 보이기라도 하, 하는 거, 거야?"

사륜지주 때문이다.

연진우와 심승지의 대화를 듣고만 있던 그들은 짐짓 흥분한 것처럼 보였다.

연진우는 그들이 이러는 이유를 대강 짐작할 수 있었다. 사륜지주는 무시당하는 것을 싫어했다. 상보주와의 대화를 상기해 보면 알 수 있었다.

이번에는 자신들이 전혀 신경도 쓰이지 않는 듯 안하무인으로 행동하던 심승지와 연진우가 그들을 흥분시켰다. 그래서 그들의 얼굴에 흥분한 기색이 떠올랐다.

무공, 특히 합격의 고수인 그들을 상대로 몸을 빼내는 것은 쉽지 않을 것이다. 일단 이 상황을 타개하기 위해서 잠시만이라도 손을 잡아야 한다.

그런 생각은 거의 동시에 연진우, 심승지, 냉덕 세 사람의 마음에 떠올랐다.

마음이 일면 기(氣)가 움직이는 것이 내가고수의 자연스런 반응이듯 생각이 떠오르자 그들의 몸은 자연스레 움직이기 시작했다.

연진우가 사륜지주의 사이를 갈라놓고 심승지, 냉덕이 병기를 휘두르도록 했다.

사륜지주는 급히 숨을 들이키며 양손을 가슴에 교차시키더니 이내 여덟 개의 손바닥을 거칠게 내밀었다.

웅후한 장력이 밀려든다.

연진우는 망설일 겨를도 없이 짤막한 기합을 뱉으며 주먹을 열여섯 번 내질렀다.

심승지와 냉덕 또한 가만히 있지 않고 창끝에 달린 수실이 어지러운 모양을 그리도록 했다.

일곱 사람의 충돌은 거센 바람을 불러일으켰다. 그 바람은 무서운 힘으로 바닥을 쓸어 휘말아 올렸다. 자잘한 돌멩이들이 허공을 날아다닌다.

사륜지주는 일순 술 취한 사람처럼 자세를 가누지 못하고 뒤로 몇 걸음 물러났다.

비록 연수나 합격의 훈련을 함께한 적은 없지만 셋의 동작은 묘하게 호흡이 잘 맞았다. 연진우는 이미 홍염을 통해 신창문의 무공을 적지 않게 보았던 까닭이다.

그러나 아무래도 정식으로 겨루어서는 승산이 없어 보였다.

아무리 어리숙하다고 하더라도 전륜궁 비전의 합격술을 익힌 자들이었다. 급조된 합공으로 이길 수 있을 리가 만무하다.

애초의 목적에 충실해야 한다!

연진우는 사부의 행방을 알기 위해 구화산에 올랐다. 천산으로 가야 한다는 방향성이 잡혔으니 그리로 가야 한다.

심승지 사형제는 이사형 노광을 데리러 왔다. 노광의 신병은 확보했다. 자신들을 가로막고 있는 사륜지주를 떨치고 가면 된다.

셋의 생각이 다시 일치하는 순간 절묘한 합공이 이루어지고 사륜지주는 주춤거렸다.

"이, 이 마, 망할……."

사륜지주 중 한 사람의 말이 나오는 순간 연진우는 발끝으로 흙과 자갈을 차올렸다.

그것들이 사륜지주의 얼굴 쪽으로 튈 때 세 사람은 각기 몸을 날렸다. 연진우는 연진우대로, 심승지와 냉덕은 노광을 안고서.

사방은 어둠으로 가득하다.

둘씩 갈라져 추격을 시작한 사륜지주는 더듬더듬 욕설을 내뱉었다.

그러나 아무리 욕설을 토해낸다 하더라도 그것 때문에 달아나던 사람이 멈추지는 않는다.

연진우는 거침없이 달리고 있었다.

비록 구화산과 월아산의 지형이 많이 다르기는 하지만 초목이 뿜어내는 기운을 어느 정도 감지할 수 있기 때문에 그렇게 달리는 것이 가능했다.

반면에 사륜지주—중 연진우를 따라나선 두 사람—의 움직임은 그렇지 못했다.

별것 아닌 나뭇가지 몇 개 때문에 거리가 꽤 벌어졌다.

한참을 달리던 연진우 앞에 누군가가 불쑥 나타났다.

공손찬이었다.

연진우는 달리기를 멈췄다. 그리곤 검을 뽑은 공손찬과 함께 뒤로 돌아섰다.

이 인(二人)의 추격자가 달려오고 있었다.

"그 녀석은?"

짤막한 공손찬의 물음. 연진우는 이쪽을 향해 달려오는 추격자들을 바라보며 대답했다.

"신창문의 제자들이 나타나 데려갔습니다. 사륜지주 중 나머지 둘은 그들을 따라갔지요."

"다행인 건가?"

공손찬은 검을 쥔 손아귀에 힘을 주면서 나지막이 중얼거렸다.

이윽고 네 사람이 가까이에 마주 섰다.

사륜지주는 연진우가 도망치지 않고 자신들을 기다렸을 뿐만 아니라 옆에 공손찬까지 서 있는 것을 보고 놀란 안색을 했다.

"아, 아, 아들 노, 놈을 도, 돌려줘, 줬는 데, 데도 우, 우리와, 와, 사, 싸우게, 겠다, 다느, 는 거, 거냐?"

공손찬이 코웃음을 치며 말했다.

"너희들이 납치해 간 내 아이들을 되찾은 걸 가지고 은혜로 생각해야 하는가?"

말이 떨어짐과 동시에 검이 부드러운 생물처럼 휘어져 움직이기 시작했다.

사륜지주는 크게 당황하여 뒤로 한 걸음 펄쩍 뛰며 물러섰고, 그 틈을 놓치지 않고 연진우의 손발이 어지럽게 움직였다.

맹렬한 공격을 퍼붓던 연진우의 머리 속에 어렴풋한 생각이 떠올랐다.

'이들의 합격술은 괴이한 데가 있다. 개개의 무공도 강하긴 하지만 나나 공손 선배보다 약하다. 하지만 이들의 합격술은 자신들을 합친 것보다 몇 배는 강한 사람들도 상대할 수 있을 정도다.'

퍼억!

잠시 딴생각을 하는 사이 사륜지주의 수도가 연진우의 오른쪽 어깨에 떨어졌다. 원래는 머리를 노린 것이었는데 공손찬이 연진우를 밀쳐내어 그렇게 된 것이다.

"얼간아, 무슨 생각을 하고 있는 거야?"

퍼뜩 정신을 차린 연진우는 전음으로 공손찬에게 속삭였다.

[시간을 조금 벌어주십시오.]

연진우는 대답도 듣지 않고 뒤로 물러섰다.

두 사람의 공격을 혼자서 상대하느라 갑자기 바빠진 공손찬의 눈매가 곱지 않았다.

[그렇게 잠시만 더…….]

밤하늘은 검영(劍影)으로 가득하다. 기기묘묘한 변화를 일으키는 공손찬의 연검은 두 사람을 상대하면서도 여전히 빠르고 정묘했다.

화산파의 매화검법이 경지에 달하게 되면 검끝에 매화가 피어난다고 한다. 그래서 검으로 그려낼 수 있는 매화의 숫자로 매화검법의 성취를 비교한다고도 한다.

그러나 아무나 그런 비교를 할 수 있는 것은 아니다. 화산파 안에서도 늘 검을 껴안고 자고 밥 먹을 때도 검을 놓지 않는 검에 미친 자들만이 도달할 수 있는 경지가 검화옥매(劍畵玉梅)의 경지이다.

비록 매화를 그리진 못하고 있지만 지금 공손찬의 검술도 그와 비슷한 현상을 보이고 있었다.

일정한 형상이 정해진 것 같지는 않지만 그의 검이 흐르고—공손찬의 검은 흐르고 있었다—지나간 자리에는 어김없이 뚜렷한 흔적이 허공에 잠시 머물다 사라졌다.

검화(劍花)라고 불러야 할지 검영(劍影)이라고 불러야 할지 모르겠지만 공손찬의 검은 아름다웠다. 강(剛)으로 치우쳐진 사륜지주의 무공을 유(柔)로 여유있게 상대하고 있었다.

반면에 상대의 사정은 아주 좋지 않았다.

일 대 이였으니 망정이지 일 대 일로 싸웠다면 진작에 박살이 났을 정도로 실력 차이가 극심했다.

공손찬은 내심 고개를 갸웃거렸다.

'이상하군. 이런 녀석들이라면 둘 아니라 넷이 한꺼번에 달려들어도 별문제가 없을 텐데 저 녀석이 왜 달아났던 거지?

사륜지주의 기묘한 합격술을 보지 못하였기에 할 수 있는 생각이었다.

[이제 됐습니다.]

때마침 들려온 연진우의 전음 소리.

공손찬은 뒤로 물러나지 않았다. 검끝을 곧추세우며 정면으로 찔러 들어갔다.

지금껏 부드럽기만 하던 그의 검에 빳빳한 검기가 실렸다. 사람의 살덩어리가 견딜 수 있는 것이 아니었다.

사륜지주는 양쪽으로 흩어졌다.

바로 그때, 연진우의 신형이 화살처럼 쏘아졌다.

공손찬의 눈에도 보이지 않을 만큼 빠른 속도였다. 그나마 공손찬이 알아본 것은 연진우가 두 사람의 몸에 삼 장씩을 재빠르게 쳐냈다는 것 정도였다.

언뜻 공손찬의 등줄기로 식은땀이 흘렀다. 지금 연진우가 보여준 움직임은 자신도 할 수 없는 것이었다. 여태껏 연진우의 성취에 감탄하긴 했지만 자신보다 고수일 거라고는 생각도 하지 못했다. 이제는 그 생각을 수정해야 할지도.

어느새 연진우는 제자리로 돌아와 있었다.

그러나 사륜지주의 위세는 조금도 약화되지 않았다.

여전히 강맹한 초식을 휘두르는 그들의 손을 피하며 공손찬이 눈짓을 하자 연진우는 가벼이 한쪽 눈을 찡긋했다.

그리고 잠시 후, 회전하기를 멈춘 팽이처럼 그들은 땅바닥에 풀썩 주저앉았다.

"무, 무, 무슨 사, 사술을……."

"왜, 왜 가, 갑자, 자기 모, 몸이……."

사륜지주가 어리둥절한 표정으로 말을 내뱉었다. 하지만 그들의 표정 어디에도 내상을 입은 것 같은 흔적은 보이지 않았다.

"몇 가지 알아봐야겠군."

공손찬의 말에 연진우는 고개를 끄덕이며 앞으로 나섰다. 그는 공손찬이 뭐라고 말하기도 전에 바닥에 주저앉은 사륜지주를 향해 고함을 질렀다.

"듣거라!"

옆에 있던 공손찬이 움찔했다. 직접 보지는 못하였지만 그도 섭혼술에 대해서는 들어서 알고 있었다. 창강자가 연진우를 데리고 정의맹에서 빠져나올 때 사용한 적이 있었다는 것도 들었다.

하지만 연진우가 섭혼술을 구사할 수 있다는 것은 금시초문이었다.

섭혼술은 아무나 할 수 있는 기술이 아니다. 지금껏 권법이나 익혀 왔던 연진우가 단 한 순간에 깨우칠 수 있는 기술은 더 더욱 아니다. 단순히 오랜 시간을 수행한다고 할 수 있는 것이 아닌 영통(靈通)의 술법인 까닭이다.

그럼에도 불구하고 연진우는 섭혼술을 펼치고 있었다.

사륜지주는 눈알을 꿈뻑꿈뻑하면서 묻는 말에 대답할 준비를 하고 있었다.

"정체를 말해 봐. 정확하게."

첫 번째 질문이 떨어졌다. 그리고 연진우는 질문에 한 가지 요구를 덧붙였다.

"가능하다면 말은 더듬지 말고."

놀랍게도 요구가 먹혀들었다. 약간 어눌하기는 했지만 사륜지주의 입에서 흘러나온 목소리는 전혀 더듬거리지 않았다.

"우리는 전륜궁의 사륜지주……."

"흠……."

연진우는 가벼이 고개를 끄덕이고는 질문을 계속했다.

"네 사람을 뭉뚱그려 사륜지주라고 부르는 것이냐?"

반대 편의 한 사람이 머뭇거리며 대답했다.

"우리는 각각 금은동철의 이름을 가지고… 나는 철륜지주……."

"나는 금륜지주……."

질문이 거듭될수록 사륜지주의 입에서 흘러나오는 목소리가 또렷해졌다.

옆에서 지켜보던 공손찬은 생각했다.

'저들이 말을 더듬던 것은 선천적인 문제가 아니었던 모양이군. 뭔가 큰 충격을 받거나 금제를 당해서 말을 더듬게 되고 지성이 마비되었던 모양이야.'

그동안에도 연진우와 사륜지주는 질문을 주고받고 있었다.

"내 사부님은 천산으로 가셨나?"

"사부? 한상욱?"

"그래, 그분이 내 사부님이시다."

"갔어."

짤막한 대답이 돌아왔다. 연진우는 다시 입을 열었다.

"사부님을 직접 만나서 아는 것인가, 다른 사람을 통해 들어서 아는 것인가?"

"만났지."

처음으로 해보는 섭혼술임에도 불구하고 사륜지주는 너무 쉽게 묻는 말에 대답했다. 이것은 시술자의 섭혼술이 훌륭해서라기보다 피시술자가 섭혼에 걸려들기 쉬운 정신 상태를 가지고 있었기 때문이다.

하지만 그렇다고 언제까지 이렇게 천천히 이야기하고만 있을 순 없었다.

어두운 밤이 물러가고 새벽이 찾아오고 있었다. 비록 상보주가 무공이 뒤처져 따라오지는 못했지만 다른 사람들을 풀어서 수색하는 일은 얼마든지 가능할 것이다. 날이 완전히 밝기 전에 이곳을 떠나야 했다.

연진우는 좀 더 빠르게 질문을 한다.

그리고 사륜지주 역시 아는 만큼 최대한 성의껏 대답해 주었다.

*　　　*　　　*

연진우와 한상욱이 헤어진 날, 다시 말해 한상욱이 천산이살과 싸웠던 날 대체 무슨 일이 일어났던 것일까?

그날 한상욱은 천산이살을 상대로 쉽지 않은 싸움을 했었다.

철조 구설.

가볍게 여길 수 없는 강적이었다.

그러나 한상욱의 무공은 결코 녹록한 것이 아니었다. 강호에 이름이 알려지지 않았다뿐이지 그의 무공은 대단했다. 현 무림 최고의 고수 중 하나라 할 수 있는 신창문주 유무용도 그의 무공을 인정해 줄 정도였다.

천하제일의 대방파인 개방의 방주를 상대하면서도 비슷한 실력을 보여주었다는 것이 그 단적 증거다,

하지만 그때에도 한상욱은 전력을 다하지 않았었다. 개방의 방주를 상대로 독수를 쓰는 것이 결코 지혜롭지 못한 일이라는 것을 잘 알고 있기 때문이었다. 그는 적당한 선을 지켜가며 비무를 하려고 했다. 그

리고 그 의도는 어느 정도 성공했다.

비록 그 결과로 약간의 내상을 입기는 했지만 충분히 정양을 해준다면 크게 문제될 것이 없었다.

하지만 문제는 거기서부터 시작되었다.

원래대로 휴식을 취하고 조섭해 주었다면 깨끗하게 회복되었을 내상 때문에 한상욱은 무영은편 등성호가 빠진 천산이살을 어렵게 상대해야 했다.

원래대로 구설 하나만을 상대했다면 그래도 이길 수는 있었을 것이다. 또 연진우가 한상욱의 말을 잘 들었다면, 그래서 일찌감치 자리를 피해 등성호와 만나지 않았다면 한상욱 역시 무리없이 사태를 수습할 수 있었을 것이다.

하지만 세상일에 원래라는 것은 없다.

내상은 이미 입어버렸고, 그것이 틈을 주어 구설의 독수에 살갗이 찢어졌다. 멍청한 제자 놈이 달아나라는 말을 안 들어서 그쪽에 신경을 쓰다가 그리 되어버렸다.

중독된 몸을 이끌고 간신히 자리를 피한 한상욱은 결국 전륜궁의 사람들에게 붙들리고 말았다.

그들은 독성이 확산되는 것을 막아주는 약을 먹인 후 한상욱을 구화산으로 끌고 왔다.

하지만 그들이 예상하지 못한 것이 있었다.

이미 한상욱의 혼원기공은 화경에 도달해 있었던 것이다.

그는 제아무리 지독스런 독물이라 할지라도 내공의 힘으로 몰아낼 수 있었다.

구화산에 도착하였을 때쯤에는 말끔하게 해독된 상태였고, 그는 단

신으로 화성사를 뒤엎어놓았다. 사륜지주와 겨룬 것도 그때였다. 한상욱은 그들의 합격진을 여유있게 깨뜨리곤 친절하게 진을 보강할 수 있는 무학의 비결까지 알려주었다.

이야기를 듣던 연진우는 흠칫 놀랐다.

사륜지주의 합격술은 괴이한 데가 많았다.

개개인의 무공을 합한 것보다 더욱 뛰어난 능력을 발휘하는 것은 모든 진법이 비슷하다.

그러나 모든 일에는 일반적인 상식이라는 것이 있다. 진법의 오묘함을 통해 증폭되는 힘의 강하기에는 어느 정도 한계가 있는 법이다.

사륜지주의 경우는 달랐다.

그들의 진법은 오묘하지 않았다.

간혹 특이한 부분이 없지는 않았지만 강호의 유명한 진법들과는 비교도 할 수 없을 만큼 조악했다.

그럼에도 불구하고 그들의 합격진은 굉장한 위력을 가지고 있었다.

연진우는 그것의 이유를 각자가 익힌 무공의 특이함에서 찾았다. 만약 그들이 불문의 도리에 입각한 네 가지 무공을 익혔다면 오행의 무공을 익힌 다섯 사람이 오행의 독특한 변화를 이용하듯 자신들의 공력을 잘 조합하여 상식을 벗어난 괴력을 발휘할 수도 있으리라는 생각이었다.

원리야 어찌 되었든 그들의 합격진은 상대하기가 여간 어렵지 않았다. 때마침 나타난 냉덕과 심승지가 아니었다면 큰 낭패를 당할 뻔했다.

그런데 한상욱은 그들을 가벼이 이겼다고 했다.

과연… 이라고 감탄해야 하는 것인지.

연진우는 은근히 호승심이 생겼다.
그동안에도 묻고 답하기는 계속되었다.

사륜지주를 이긴 한상욱은 화성사가 전륜궁의 지단 중 하나인 것을 알게 되었다. 지단이라고는 하지만 중원에 들어와 있는 지단 전체를 총괄하는 위치에 있는 지단이었다.

이래저래 좋은 말과 험악한 수단을 통해 알아낸 총단의 위치는 천산. 안 그래도 전륜궁에 대해 알아볼 것이 많은 한상욱은 천산으로 갈 것을 결심했다.

"그렇다면……."
한상욱이 무사하다는 것을 들은 연진우는 약간 흥분한 어조로 물었다.
"천년지로가 대체 뭐야?"
공손찬도 몸을 가까이 했다.
모든 문제에 연결되어 있던 단어 천년지로. 하지만 누구도 그 정체에 대해 속 시원히 알려준 바가 없었다.
삼보(三寶) 어쩌고 하는 이야기가 그나마 가장 깊이 들은 것이었으니…….
"천년지로……."
금륜지주가 말끝을 흐리며 입을 열었다.
"그것은 세상을 바꿀 수 있는 세 가지 힘… 천산에 잠들고 있는……."
연진우의 눈썹이 오르락내리락했다. 전륜궁 정도의 단체에서 노리고 있다는 것으로 보아 보통 일은 아닐 것이다. 세상을 바꿀 수 있는 힘이라고 할 정도니.

"그것을 얻으려면 어떻게 해야 하지?"

"그건……."

금륜지주의 얼굴이 일그러졌다.

"어서 말해!"

연진우의 목소리에 힘이 실렸다.

잔뜩 찡그린 얼굴의 금륜지주는 힘겹게 입술을 뗐다.

"두 장의 지도가 합해져 길을 안내하고, 하나의 반지를 열쇠로 문을 여는……."

"반지? 천산이살이 빼앗아간 그 반지 말인가?"

연진우의 목소리는 점점 다급해졌다. 옆에서 공손찬이 뭐라고 자꾸 눈짓을 보내고 있었다.

"그 반지… 그리고 한 가지 도법을 익힌 사람만이 삼보를 선택할 수……."

"도법?"

하지만 공손찬은 더 이상 기다려 주지 않았다.

공손찬은 재빨리 손을 놀려 금륜지주와 철륜지주의 혈도를 누르곤 말했다.

"놈들이 가까이에 왔어. 자세한 건 천산에 직접 가서 알아보라구."

아쉽기는 했지만 공손찬의 말도 틀린 것이 아니어서 연진우는 고개 를 끄덕였다.

어슴푸레 밝아지는 하늘 아래로 두 남자는 몸을 날렸다.

길을 걷는 사람은 다섯 명이었다. 어른 둘에 아이 셋.

낙척서생처럼 보이는 중년 남자의 표정은 그리 밝지 못했다. 가뜩이나 초췌한 안색에 회색 기운이 그득하다.

'저 녀석이 언제 섭혼술까지……'

공손찬은 내심 투덜거렸다. 짧은 시간에 계속해서 강해지는 연진우의 모습에 질투가 나는 것이다.

그의 목적은 잃어버린 아이들을 찾는 것이었다. 다행히 아이들은 털 끝 하나 다치지 않고 무사했지만 공손찬은 그리 기뻐하지 않았다.

그토록 찾아 헤매던 자식들을 찾았건만 왜 그런 것일까?

정답은 그가 무인이라는 데에 있었다.

그에게도 지고의 무도를 찾아 천하가 좁다 하고 떠돌던 때가 있었다. 가문을 빛낼 인재로 칭송받았음에도 불구하고 자신만의 새로운 검리를 찾아 가문을 떠났던 그였다.

그러나 비무행의 끝에는 만신창이가 된 몸뚱어리만이 남았다. 가문으로 돌아가면 고칠 수 있었을까? 아니다, 그랬다면 소림사가… 자비를 근간으로 삼는 불문의 태두 소림사가 고쳐 주지 않았을 리가 없다.

엉망으로 망가진 몸을 가진 그는 이름을 숨기고 숭산 아래에 살았다. 그냥저냥 살다가 평범한 아낙을 만나 혼인하였고 아이도 낳았다. 다행히도 그가 입은 내상은 보통 사람 정도의 삶을 사는 것이 가능할 정도였다. 부부 생활에 약간의 문제가 있긴 했지만 크게 나쁘지는 않았다. 마누라쟁이가 이웃의 장씨와 함께 야반도주를 하기 전까지는.

공손찬에게 남은 것은 세 아이의 아비라는 신분뿐이었다. 혼자서 아이들을 책임지고 먹여 살려야 한다는 그런 책임감이었다. 강호인의 꿈 따위는 신기루처럼 사라진 지 오래였다.

그렇게 하루하루를 살아갈 때 일이 생겼다.

수상한 자들이 나타났고 아이들이 사라졌다.

그리고 연진우를 만났다.

그때부터 공손찬의 삶은 다시 바쁘게 돌아갔다. 망가진 몸을 억지로 움직여 가며 능력 이상의 활약을 했다.

당연히 그의 육체는 비명을 지르다 못해 고장이 나버렸다. 백면인의 습격을 받지 않았더라도 그냥 있었다면 조만간 쓰러질 것 같았다.

하지만 창강자를 만난 덕에 그는 내상을 치료할 수 있었다.

찾아 헤맨 것에 비하자면 싱거운 결말이었지만 아이들도 찾아냈다.

오래전에 잃어버렸던 무공도 되찾았고, 비교적 최근에 잃어버렸던 아이들도 되찾았다. 만족할 만한 성과가 아닌가?

하지만 만족할 수 없었다.

공손찬은 가슴속에 무인의 피가 끓어오르는 것을 느꼈다.

지금은 때가 아니다, 라고 이성이 부르짖고 있지만 그의 끓는 피는 이성의 부르짖음을 무시했다.

"이봐!"

공손찬은 갑자기 걸음을 멈추며 퉁명스런 목소리를 내뱉었다.

연진우와 아이들은 의아한 눈으로 그를 쳐다본다.

"처음 만났을 때 생각나나?"

"예."

"날 보고 무슨 생각을 했었나?"

연진우는 그날을 생각했다.

설화와 소림사로 향하던 그날, 갑자기 피에 흠뻑 젖은 중년 남자 하나를 만났었다.

기이하게도 전신에 피를 뒤집어쓰고 있었지만 그에게서 풍겨지는 것은 살기가 아니었다. 순수한 강함을 추구하며 승부를 즐기는 무림인의 기도였다.

상황이 여의치 않아 행동은 못했지만 연진우는 그때 공손찬에게서 상당한 자극을 받았다.

"겨뤄보고 싶었습니다."

연진우의 대답에 공손찬은 만족한 듯 미소 지었고, 반면 아이들은 불안한 눈으로 두 사람을 번갈아 쳐다봤다.

"나도."

연진우의 입가에 웃음이 걸렸다.

"장소를 옮길까요?"

"아니, 이 아이들도 무가의 자손이야. 아직 무공을 배우지는 않았지만."

"그렇군요."

담담히 웃으며 몇 마디 말을 주고받던 두 사람은 뒷걸음질치며 거리를 벌렸다. 공손찬은 손짓으로 아이들을 물리쳤다.

둘 사이가 삼 장 정도 벌어졌을 때 공손찬은 검을 뽑았다.

"천 초를 겨루도록 하자. 그 안에 승부가 나면 더 좋고."

"좋습니다."

공손찬이 미소하며 말했다.

"삼 초를 양보하지. 아무래도 내가 선배니까 말이야."

"사양하시 않겠습니다."

연진우는 대답을 하는 동시에 재빨리 공손찬의 어깨를 후려갈겼다.

공손찬이 어깨를 낮추어 피하곤 뒤로 몇 발짝 물러섰다.

가볍게 손끝을 부르르 턴 연진우는 다시 날렵하게 몸을 날리며 소리를 질렀다.

"이 초가 남았습니다."

말을 끝내자마자 두 손을 들어 순식간에 칠 초를 공격했다.

공손찬은 일순 당황했다.

그냥 실전이었다면 양보하는 것 따위가 없으니 항상 긴장하고 싸웠을 텐데 비무를 하다 보니 삼 초를 어쩌구 하는 말로 스스로를 속박하고 말았다. 이 초가 남았다는 말에 그만 자기도 모르게 방심을 한 것이다.

연진우는 그런 맹점을 잘 이용해 한 호흡에 일곱 차례의 공격을 퍼부었다. 처음의 두 번은 양보받은 공격이고 그 다음 다섯 번은 실력과 임기응변으로 한 것이랄까?

공손찬은 왼쪽으로 막으며 오른쪽으로 피하곤 검을 땅에 꽂았다.

검이 땅바닥에 박혀 꼿꼿하게 섰다.

순간 오른손이 연진우를 향해 날아가 칠 초를 날렸다.

공손찬이 검을 놓을 것이라고는 생각도 하지 못했던 연진우는 다급히 뒤로 물러났다. 그의 등줄기에 식은땀이 흘렀다.

앞의 칠 초와 뒤의 칠 초. 모두 상대가 생각하고 있는 고정관념의 틈새를 파고들었던 공격이었다. 이미 무공이 대단한 그들이기에 약간의 실수가 곧바로 패배로 이어질 수 있는 상황, 싸우는 수단은 무공이었지만 내용은 지혜였다.

둘은 서로 재빠른 공격과 방어를 하면서도 피차의 허실을 노렸다.

권세(拳勢)와 검영(劍影)이 춤을 춘다.

무공에 대해서 아무것도 모르는 공손찬의 아이들도 옆에서 넋을 잃고 관전했다. 쌍방의 공방전이 너무나 묘했기 때문이다.

중천에 걸렸던 해가 기울 때까지 두 사람은 근 천여 초를 싸웠다. 그러나 둘 사이에는 승부가 나지 않았다. 알고 있는 무공으로 온갖 재주를 부려 천변만화해 보았지만 소용이 없었다. 공손찬의 연검은 연진우에게 치명상을 입히지 못했고, 연진우는 기를 모을 시간이 없어 자신의 필살기를 사용하지 못했다.

"많이 컸구나."

어느새 천 초가 다 되었다.

공손찬과 연진우의 이마에 구슬땀이 맺혀 있었다.

빙그레 웃으며 연진우가 물었다.

"이제 어디로 가실 겁니까?"

"글쎄……."

공손찬은 말끝을 흐렸다.

아이들을 찾았다. 여행의 목적은 달성한 셈이다. 하지만 자신의 목적만 달성하고 연진우를 혼자 떠나보내는 것은 왠지 미안했다.

"숭산으로 돌아가실 겁니까?"

공손찬은 씁쓸한 미소를 지으며 고개를 저었다.

"아니, 거기도 별로 가고 싶지 않아. 천산으로 가려고 했었는데 무공이나 다시 수련해야겠어. 젊을 때부터 부지런히 정진했다면 지금처럼 너랑 비기지는 않았을 텐데."

"아마 그랬다면 현 무림에는 오대존자가 아닌 육대존자가 있었을 겁니다."

어둡던 공손찬의 안색이 조금 밝아졌다.

"빈말이라도 기분은 좋군."

"눈치 채셨습니까?"

"이런……."

둘은 기분 좋게 웃었다.

아이들은 방금까지 치열하게 싸우던 사람들이 갑자기 웃으며 이야기하자 이상한 듯 쳐다보았다.

그런 아이들의 눈빛을 본 공손찬이 손짓하여 아이들을 가까이로 오게 했다.

"큰절 드리거라. 너희들 생명의 은인이시니 훗날 다시 만나게 되거든 이 아비를 보듯 대해라."

당황해하는 연진우를 무시하고 공손찬은 아이 셋에게 절을 시켰다.

"나중에 창강 어르신을 만나거든 전해다오. 언젠가는 반드시 은혜를 갚겠노라고."

연진우가 너털웃음을 지으며 그의 말에 답했다.

"직접 만나서 하시지요. 그러면 헤어질 때 돈도 주실 겁니다."

"돈? 허허, 그래. 안 그래도 은자가 좀 필요하긴 한데… 그러면 이 참에 옛날에 나온 집에나 돌아가 볼까?"

이미 오래전 가문과 인연을 끊었다고 생각했지만 집 이야기를 하는 공손찬의 안색은 밝았다.

연진우도 웃는 얼굴로 말했다.

"아이들 교육에는 그 편이 좋겠군요."

"그렇겠지?"

두 사람의 이야기가 길어졌다. 아무런 내용도 없는 그냥 잡다한 이야기지만 상당히 길어지고 있었다.

이상하게 만나서 엉뚱하게 함께 돌아다닌 그들이었다. 함께 천산에 가면 좋겠지만 우선은 좀 더 강해져야겠다는 공손찬의 마음 때문에 헤어져야만 했다.

하지만 헤어짐이 그리 쉽지 않은지 두 사람의 이야기는 제법 길어졌다. 이야기가 끝나면 등을 돌리고 각자의 길을 가야 할 것을 둘 다 잘 알기에…….

7. 격돌, 그리고 도주

"어찌 되었소?"

탁한 목소리. 공동파 최고의 검객인 창궁 진인이다.

하지만 그의 이름은 공동이라는 문파에 제한된 것이 아니었다. 공식적인 직책을 맡지는 않았지만 그는 맹주인 언극린과 함께 정의맹을 움직여 나가는 사람이었다.

"이미 장례를 치른 상태라 확인할 수는 없었습니다. 하지만 팽 가주의 말로는 교수십이타가 확실했다고 합니다."

창궁 진인의 말에 대답한 것은 험상궂게 생긴 승려였다.

홍염과 함께 하북팽가에 갔던 소림사의 허공이다.

그날 조사를 마치고 정의맹에 돌아오는 길에 노산이 죽었다는 전갈을 받았다. 막내 제자를 잃은 유무용은 노산의 시신을 수습해 서둘러 황산으로 돌아가면서 홍염에게 전갈을 남겨 황산으로 올 것을 명했던 것이다. 그래서 허공은 혼자서 정의맹에 돌아올 수밖에 없었다.

"그것 말고 소가주의 죽음에 대해 더 알아낸 것이 없소?"

"그것이……."

허공은 말끝을 흐렸다.

더 할 말이 있다는 것을 알아차리지 못할 창궁 진인이 아니었다.

"말해 보시오."

어차피 감출 생각도 없었던 듯 허공은 입술을 뗐다.

"팽가는 비안도결을 가지고 있었습니다."

"비안도결?"

창궁 진인이 짤막히 되물었다.

비안도결이 무언지 몰라서 되물은 건 아니다. 무인치고 비안도결의
이름을 들어보지 못한 이가 몇이나 되겠는가. 다만 이름만 있을 뿐 단
한 번도 실체가 드러나지 않았던 무공 비급이 팽가에 있었다는 것에
놀랐을 뿐이다.

"도제 강명의 그 비안도결이 맞습니다."

허공의 표정은 조금 더 여유로웠다. 이미 일공을 통해 팽가에 비안
도결이 있다는 것을 알았던 그였다.

"으음… 소가주의 죽음은 비안도결을 노린 자들의 소행이었다는 말
이오?"

허공이 고개를 가로저었다.

"그것이 또 그렇지가 않습니다."

"그게 무슨 소리요?"

"팽가에서 가지고 있던 것은 비안도결의 상반부인 도결이었습니다.
하반부의 심결은 없는 상태였지요."

입술을 달싹거리면서 허공은 이야기를 계속했다.

"미처 빈승이 발견하지 못했던 것을 홍 시주가 발견했습니다. 도결의 양피지 한 장이 다른 부분과 달랐다는 것을요."

"그런……."

창궁 진인과 허공의 눈이 동시에 반짝였다.

"아마도 그 안에 무언가가 숨겨져 있었던 모양입니다. 정체를 알 수 없는 자들이 그 한 장을 얻기 위해 팽가에서 일을 벌인 듯합니다."

"그렇다면……."

창궁 진인이 뭐라고 말을 했다. 하지만 그의 말은 갑자기 등장한 또 한 사람에 의해 제지되었다.

"이미 그들은 하반부의 심결에 있던 또 한 장의 무언가를 얻은 상태이겠구려."

창궁 진인과 허공은 새로이 나타난 사람에게 공손히 예의를 표했다.

청수한 용모의 백의 중년인이었다. 담담한 미소가 걸린 얼굴은 보는 사람을 편안하게 만들어주지만 그런 부드러운 외모 이면에는 어마어마한 힘이 가리어져 있었다. 그는 다른 사람이 아닌 정의맹주 언극린이었다.

허공은 정도 무림 최고의 고수라는 오대존자를 두 사람이나 동시에 대면하곤 이빨을 악물며 내심 중얼거렸다.

'이십 년, 아니, 십 년 후에는 저들을 월등히 뛰어넘고 말 것이야.'

허공이 무슨 생각을 하고 있는지 알 턱이 없는 두 사람은 허공의 말을 기다리고 있었다. 지금 그들이 관심있는 것은 소림사의 후기지수가 아니었다. 팽가의 일에 어떠한 배경이 있는지가 그들이 알고 싶어하는 것이었다.

문득 정신을 차린 허공은 얼굴을 붉히며 이야기를 계속했다. 우락부락한 얼굴이 분홍빛으로 물든 것이 상당히 어색해 보였다.

"빈승의 사형 중에 강호의 사정에 밝은 이가 한 분 있습니다."

그것이 누구인지 말하지 않더라도 창궁 진인과 언극린은 이미 알고 있었다.

"일공 사형께서 말씀하시기를, 이번 일에는 천년지로가 연관되어 있다고 하셨습니다."

허공의 입에서 천년지로라는 단어가 나오는 순간 두 사람의 안색이 달라졌다.

천년지로는 각 파의 장문인, 혹은 그 이상의 사람들만이 그 이름을 알 수 있었다. 일공이 그것을 아는 것은, 그가 정보를 다루는 만큼 특수한 위치에 있기 때문에 가능했다. 그런데 그것을 허공에게까지 알려주다니…….

허공은 가볍게 미소했다.

"너무 놀라지 마십시오. 본 사의 방장께서는 천년지로에 연관된 모든 일을 일공 사형과 빈승에게 맡기셨습니다."

"으음……."

누가 먼저랄 것도 없이 두 사람은 가볍게 신음 소리를 흘렸다.

물론 그 두 사람도 이번 일에 젊은이를 끌어들였다.

창궁 진인은 자신의 세 제자들로 하여금, 언극린은 어떤 한 사람으로.

하지만 소림 방장이 한 것처럼 완전히 맡기지는 않았다.

'무엇을 바라고 있는 것일까? 이들의 능력에 절대적으로 자신이 있다는 말인가, 아니면 혹 실패한다 할지라도 소림의 미래에는 이 편이 도움이 될 것이라 생각한 것인가?

창궁 진인의 머리 속이 복잡해졌다. 만약 소림 방장의 선택이 옳다면 이미 다음 세대의 겨룸에서 소림사는 한발 앞선 행보를 보인 것이다. 스승의 명에 따라 움직인 자신의 제자들과 스스로 자기 행동에 책임을 지고 움직인 소림의 제자들이 다를 것은 자명한 이치다.

"비안도결의 내용을 보았소?"

언극린의 목소리다.

허공은 공손히 대답했다.

"보았습니다."

"내용을 기억하였소?"

언극린의 질문에 허공의 눈썹이 팔(八) 자로 모였다. 그는 잠시 망설인 후 입을 열었다.

"기억하고 있습니다. 하지만 독문의 심법없이는 무용지물일 그런 도법이었습니다. 분명 특이한 초식이 있기는 하였지만 내력의 움직임이 따르지 않으면 도법으로서의 위력은 없을……."

"설명해 주시오."

언극린은 허공의 말을 중간에 잘랐다.

허공의 안색이 잠시 굳었다. 하지만 이내 얼굴을 폈다. 자신이 비록 언젠가는 소림 방장이 될지도 모를 사람이지만 아직은 이들에게 미치지 못한다. 지금은 조금 겸손해질, 아니, 겸손한 것처럼 보일 필요가 있었다.

허공은 기억을 되살려 비안도결의 내용을 설명하였다.

창궁 진인은 언극린의 얼굴을 흘낏 쳐다보았다.

'천년지로를 여는 마지막 열쇠가 바로 비안도법이라고 했다. 맹주가

그것을 원하는 게 당연하지. 하지만 이건……'

허공의 설명을 들을수록 창궁 진인의 마음은 무거워졌다.

'심법을 모른다면 초식을 연이어 전개하는 것조차 불가능해 보인다. 설마 심법없이도 비안도법을 펼칠 자신이 있다는 말인가?

그런 생각을 하면서도 창궁 진인은 허공이 설명하는 비안도결을 머리 속에 담아두고 있었다. 도제 강명의 마지막 심득이 담긴 무공이었으니 최소한 연구해 볼 가치는 있으리라는 생각에.

허공의 구술이 끝났다.

혼자서 몇 구절을 외워본 언극린은 창궁 진인을 불렀다.

"진인……"

"말씀하시오, 맹주."

창궁 진인의 탁한 목소리와는 어울리지 않게 언극린의 얼굴에 예의 부드러운 미소가 걸려 있었다.

"전륜궁일까요?"

"그렇게 생각하는 편이 옳다고 봅니다."

언극린의 말에 대답하면서도 창궁 진인은 뭔가 이상하다는 생각을 지우지 못했다.

다시 부드러운 미소의 언극린이 말했다.

"전륜궁에서 어떻게 교수십이타를 사용할 수 있었을까요? 그것은 권왕만의 독보적인 절기가 아닙니까?"

창궁 진인은 어깨를 으쓱했다.

"그러게 말입니다. 설마 권왕 선배께서 그런 일을 하셨을 리 만무하고. 그분의 진전을 이어받은 누군가가 그랬던 것일까요?"

"진전을 이어받았다라… 신창문의 유 문주가 있다면 그럴 만한 사람을 생각해 볼 수 있었을 텐데 권왕 선배에게서 크고 작은 가르침을 얻은 사람이 워낙 많아서 말이지요."

여전히 속내를 짐작할 수 없는 미소만 짓고 있는 언극린을 향해 창궁 진인이 말했다.

"하지만 교수십이타를 배운 사람으로 제한해서 생각한다면 훨씬 쉬울 것입니다. 유 문주도 그분에게서 교수십이타를 얻지는 못했습니다. 찾아보면 분명히 누군지 알 수 있을 겁니다."

"그야 그렇지만……."

언극린은 말끝을 흐리며 조그맣게 중얼거렸다. 옆에 있는 누구도 듣지 못할 작은 목소리였다.

"…그가 교수십이타를 배우지 못했다는 것은 우리의 생각일 뿐이지."

한편 두 사람이 대화를 주고받는 동안 허공은 그들이 하고 있는 말의 의미를 곱씹어보고 있었다.

'이미 신창칠성의 막내가 교수십이타로 추정되는 무공에 죽었다고 했다. 다른 곳도 아닌 정의맹의 경내에서 일어난 사건이었다. 연진우라는 작자가 권왕에게서 직접 무공을 전수받았다고 생각할 수도 있지만 그보다는 그 중간에 있는 한상욱이란 사람 역시 교수십이타를 안다라고 생각하는 것이 옳아 보인다. 그렇게 되면 가장 유력한 용의자는 한상욱이다. 그런데 이들은 왜 아무것도 모른다는 것처럼 이야기하고 있는가? 한상욱 외에 짐작 가는 사람이 또 있다는 말인가?

허공의 부리부리한 눈알이 어지럽게 돌아간다.

"공동파의 오행절맥수에 교수십이타와 비슷한 묘용이 있다고 들은 적이 있는데……."

언극린의 목소리에 허공은 상념에서 깨어났다. 언극린은 창궁 진인을 빤히 바라보면서 이야기를 계속했다.

"옛날에도 명문의 사람이 명문의 기술에 죽은 일이 있었지요."

창궁 진인의 수염이 흔들거렸다. 그리고 뺨에도 잔경련이 잠시 일었다.

"무슨 말이 하고 싶은 거요?"

갑자기 두 사람 사이에 오가는 기류가 심상치 않아졌다.

허공은 언극린이 뭐라고 대답할지 침을 꿀꺽 삼키며 기다렸다.

"종남파 양 전 장문인을 살해한 자를 아직도 찾지 못해서 말입니다."

언극린은 능청스럽게 대답했다.

하지만 창궁 진인의 표정은 그리 좋지 못했다.

그제야 허공의 머리 속에도 한 가지가 떠올랐다.

종남파 전 장문인의 갑작스런 죽음에 대해 오가던 소문이.

'모두들 쉬쉬하고 일을 당한 당사자인 종남파 안에서도 진실을 은폐하려 하지만 양 전 장문인의 사인이 오행절맥수였다는 것은 이미 공공연한 비밀이 되어버렸다. 왜 맹주는 창궁 진인을 자극하는 것일까?

"본 파에서도 흉수를 잡기 위해 갖은 노력을 다하고 있다 말씀드리고 싶소."

창궁 진인의 어조는 차가웠다. 탁한 목소리에 차가움이 더해지자 상당히 음산한 목소리가 되어버렸다.

"물론 그러시겠지요. 만에 하나 혹시라도 흉수를 만났는데 힘이 모자라 잡지 못하겠거든 언제든 정의맹에 도움을 청하라고 공동 장문인께 전해주십시오."

구대문파의 하나, 당대에 이르러서는 소림과 무당을 능가할 만큼의 위세를 자랑하는 공동파를 우습게 여기는 발언이었다. 대체 무슨 이유로 그가 창궁 진인을 이토록 자극한다는 말인가?

허공은 창궁 진인의 반응을 살폈다.

놀랍게도 창궁 진인은 더 이상 대꾸를 하지 않고 조용히 분을 삭이는 듯했다.

허공은 머쓱한 표정으로 둘 사이에서 조용히 서 있었다. 창궁 진인은 딱딱해진 얼굴로 심호흡을 하고 있고, 언극린은 미소 짓고 있었다.

실내에는 묘한 기류가 흘렀다.

"맹주님!"

밖에서 누군가의 목소리가 들려왔다.

언극린이 그에게 들어오라 일렀다.

"들어오시오, 군사."

문이 열리며 정의맹의 군사인 구양승이 들어왔다. 그는 실내를 한번 훑어보고는 조용히 언극린에게 말했다.

"그가 왔습니다."

언극린은 조용히 미소했다.

"지금 어디에 있소?"

구양승은 창궁 진인을 흘낏 보더니 언극린의 물음에 답했다.

"창궁 진인을 꼭 만나야 한다면서 난동을 부리려 하기에 제가 가서 말씀을 먼저 전해 드리겠다고 하여 간신히 진정시켰습니다."

언극린은 만족한 얼굴로 고개를 끄덕였다. 말은 간단하지만 구양승이 한 일은 간단한 것이 아니었다. 흥분한 그를 진정시킬 수 있는 사람이 이 세상에 몇 명이나 될까?

"어떻게… 만나보시겠소, 진인? 하긴 하나 마나 한 질문이겠소만 지금껏 찾아 헤매던 사람이 제 발로 찾아왔으니 당연히 열 일 제쳐 놓고 달려가시겠지요?"

"물론이오!"

창궁 진인의 목소리는 단호했다. 그는 도복 자락을 펄럭이며 문을 나섰다.

그의 뒤통수에 대고 언극린의 목소리가 날아갔다.

"만에 하나라도 그를 잡는 데 정의맹의 도움이 필요하시다면 언제든 말씀하시오."

콰앙!

영빈청의 문짝이 박살났다. 하지만 먼저 와서 실내에 있던 남자는 미동도 하지 않고 부서진 문 쪽을 바라보고만 있었다.

"네 이놈!"

창궁 진인의 목소리가 쩌렁쩌렁 울렸다. 단순히 목소리가 큰 것이 아니었다. 내공의 진력이 담긴 목소리라서 듣는 이의 기혈을 진동시키는 소리였다.

하지만 의자에 앉아 있던 남자는 빙그레 미소 지었다.

"오랜만이요, 대사형. 목소리가 멋지구려."

대사형? 창궁 진인을 그렇게 부를 수 있는 사람은…….

정의맹에 찾아온 사람은 창강자였다.

처음에는 공동산에서 했던 것처럼 떠들썩하게 사람을 찾을 생각이었다. 하지만 어떻게 알고 나왔는지 자기가 도착하는 시간에 정확하게 맞추어 나타난 늙은이 덕에 진정하고 영빈청에 앉아서 창궁 진인을 만날 수 있었다.

"간악한 흉적, 아무리 찾아도 보이지 않아 죽은 줄만 알았는데 아직 살아 있었구나."

창궁 진인은 서슬 퍼런 목소리로 소리를 질렀다.

그러나 창강자는 씨익 웃으며 대답했다.

"이거 왜 이러시오?"

별로 크지 않은 목소리였지만 거기에 담긴 공력은 창궁 진인의 그것 못지않았다.

"이사형… 참, 파문되었으니 공동 장문인이라고 불러야 하나? 여튼 그분께서 전갈을 보내시지 않았소? 내가 공동산을 난장판으로 만들었다고 말이오."

"네 이놈! 죽여 마땅한 놈에게 장문인이 인정을 베풀었건만 뉘우치는 기색이 전혀 없구나!"

창궁 진인의 호통에 창강자는 냉소했다.

"흥! 인정을 베푼 것이 아니라 응징할 능력이 없어서였지. 외양만 번드르르한 검종이 원래 그렇지 않았소?"

외양만 번드르르 어쩌고 하는 말에 창궁 진인의 눈동자가 얼음처럼 맑고 차가운 빛을 발했다.

"나와라. 죽더라도 공동파의 골수를 보고 죽도록 해주마."

"그럴 수 있다면 더 좋고."

창강자는 여전히 이죽거렸다.

중원의 무술은 체술(體術)과 무기술(武器術)이 별개가 아니다. 무기는 곧 손발이 연장이라 우선 몸을 만들고 권법을 단련하여 몸을 자유

자재로 쓸 수 있게 만들면 어떠한 무기도 손쉽게 받아들일 수 있다.

하지만 그것은 체술이 무기술보다 하류의 수단으로 취급받는 이유가 되기도 했다.

권법을 배우는 목적이 병기를 잘 다루는 것으로 전락되어 버린 것이다.

물론 병기를 잘 다루기 위해서는 반드시 권법의 기초가 필요하다. 어느 정도의 수준까지는 도법, 검법을 연마하는 것만으로도 가능할지 모른다. 그렇지만 대가가 되기 위해서는 반드시 그런 기초가 필요하다.

그렇다면 권법의 용도는 거기서 다하는 것인가?

아니다, 만약 그랬다면 형량보는 권법으로 천하제일의 이름을 얻지 못했을 것이다.

우주의 도리가 압축되어 있는 인간의 육체.

권법은 무기술을 배울 기초를 만들기 위함과 동시에 육체의 한계를 시험하고픈 이들을 단련시켜 주는 무공이다. 결코 가벼이 여길 수 있는 것이 아니었다.

어느 것이 옳은 것일까?

둘 다 맞다. 어느 하나는 옳고, 어느 하나는 그르고 하는 식의 논리는 성립될 수 없다. 개인에게 잘 맞는 것을 선택하여 수련하면 그만이다.

하지만 사람의 본성이란 자신과 비슷하지 않은 것은 모조리 죄악시하는 경향이 있다.

그런 이유에서 공동파 안에 검종(劍宗)과 권종(拳宗)의 두 파가 생겨났다.

처음에는 그저 각기 다른 길을 선택하여 무공을 익힌 것뿐이었다.

그러나 언젠가부터 검종에서 장문인이 나오면 권종을 홀대하기 시작했고, 권종에서 장문인이 나오면 반대의 현상이 일어나기 시작했다. 그렇게 서로를 백안시하면서 점차 검권양종은 한 문파 안에 두 문파를 이루어 버렸다.

지금 팽팽하게 대치하고 있는 두 사람은 공동파의 양종을 대표하는 사람들이라고 할 수 있었다.

비록 파문당했지만 최고의 공동권술이라는 오행절맥수를 익히는 데 성공한 창강자.

공동파의 이름을 천하에 떨친 검의 달인 창궁 진인.

이번 대결은 검권양종의 최강고수의 결전이었다. 물론 공동산에서 창강자와 공동 장문인의 대결이 있었다. 그러나 장문인은 검종 제일고수가 아니었다. 창궁 진인이야말로 복마심검의 모든 것을 수습한 사람이었다.

먼저 움직인 쪽은 창궁 진인이었다.

그에 맞추어 창강자도 움직였다.

절정의 검술가는 손에 잡힌 것이 무엇이든 그것으로 검을 삼아 검술을 펼친다. 또한 절정의 권법가는 전신에 무기 아닌 곳이 없고 주위의 물건들로 자유로이 무기를 삼아 자신의 신체처럼 부릴 수가 있다.

절정고수의 비무에서는 무기의 있고 없음이 크게 중요한 문제가 아니다. 선택한 무공의 화후가 얼마나 되는지가 문제이다.

두 사람의 대결은 결코 화려하지 않았다. 공동파 무공 특유의 현란한 초식은 거의 보이지 않는다. 꼭 필요한 움직임, 실용적인 공격과 방어가 오갈 뿐이었다.

양쪽 모두 상대를 꺼려하는 마음이 있어서였다.

검종이라고 권법을 모르는 것이 아니고 권종이라고 검법을 모르는 것이 아니었다. 보기에 좋은 초식을 사용하다가 작은 실수라도 하게 되면 즉시 공격당할 것이다. 두 사람은 그것을 두려워하고 있는 것이다.

어느새 사람이 제법 많이 모였다.

싸우는 영문을 모르는 사람이 태반이긴 하다. 하지만 아무것도 모르는 상황이라 할지라도 오대존자 중 일 인의 비무는 평생에 한 번 볼까 말까 한 구경거리임에 틀림없다.

게다가 창궁 진인이 검을 한두 번 휘둘러 가벼이 상대를 제압하는 '상식적인' 비무가 아니었다. 상대가 누구인지는 모르겠지만 지금 그는 창궁 진인과 호각으로 겨루고 있다.

특히 이런 비무를 보는 것은 단순한 싸움 구경 이상의 의미가 있다. 마지막 깨달음이 찾아오지 않아 무공이 한계에 부딪친 이들에게 고수의 비무는 종종 몇천 권의 무공 비급보다 많은 것을 알려준다.

구경꾼들은 숨을 죽이고 두 사람을 바라보고 있었다.

그런 구경꾼 중에는 언극린과 허공도 끼어 있었다.

'굉장하군. 저런 엄청난 무공을 가지고 그동안 어디에 숨어 지냈단 말인가?'

두 사람의 대결을 지켜보며 허공은 혀를 내둘렀다.

보기에 멋들어진 초식이나 흉험한 공방은 오가지 않았다. 생사를 결단하는 싸움이라기보다는 비무에 가까워 보였다.

하지만 고수들의 눈에는 다르게 보였다. 두 사람의 대결은 어떤 싸움보다도 치열했다. 한 번의 움직임 이면에 수십 가지의 변화가 가미되어 있고, 상대의 다음 수를 사전에 봉쇄하려는 의도가 담긴 공격이 흘러넘쳤다.

두 사람의 동작이 일순 멈췄다.

누가 먼저랄 것 없이 그들은 몇 걸음 뒤로 물러섰다.

"목소리만 망쳐 놓은 게 실수였어. 그때 보내 버렸어야 했는데……."

창강자의 입에서 나온 말이다. 창궁 진인은 고개를 끄덕이며 되받았다.

"그랬다간 죽는 쪽은 너였어."

멋쩍은 듯 창강자는 상황에 어울리지 않는 웃음을 씩 흘렸다. 그리고 말했다.

"좋군, 세상에 다시 나온 이래로 최고로 기분 좋은 싸움이야."

창궁 진인의 눈에 음산한 빛이 떠오른다.

"끝내야지."

짤막한 그의 말에 창강자도 고개를 주억거린다. 하지만 한마디 덧붙이는 것은 잊지 않았다.

"자신이 있나보군."

"물론이다. 사문의 반도에게는 백전백승이다."

공격은 창강자로부터였다.

여태까지의 신중한 공격과는 비교할 수 없는 위력적인 공격이 날아갔다. 공동파의 기본 무리(武理)인 쾌(快)와 환(幻)이 고스란히 담긴 공격이었다. 창궁 진인의 몸을 휘감듯 몰아치는 그의 공격은 무수한 잔영을 남겼다. 마치 달빛 아래 춤추는 개똥벌레 무리의 춤을 보는 듯했다. 그리고 그 속에서 아무런 소리도, 속도도 느껴지지 않는 두 개의 손바닥이 뻗어 나갔다.

콰르릉―

우레가 울렸다. 우레 소리와 함께 오행절맥수의 절초가 창궁 진인의 전신을 향해 폭출되었다.

창궁 진인은 피하려 하지 않았다. 위기의 순간에 그가 한 것은 오직 하나, 검에 영혼을 실는 것이었다.

부르르―

창궁 진인이 검을 흔들자 공간이 뒤흔들렸다. 그 뒤흔들린 공간 안에서 오행절맥수는 힘없이 흩어졌다.

하지만 창궁 진인은 공격을 계속하지 않았다. 오행절맥수의 장력이 이토록 쉽게 흩어진다는 것이 수상했던 것이다.

위기를 감지한 창궁 진인은 빠르지만 부드러운 동작으로 왼쪽으로 한 바퀴 회전했다.

창강자의 손은 헛되이 허공을 갈랐다. 오행기공의 내력은 허공을 격타했다.

"과연……."

창강자는 감탄했다. 쾌와 환이라는 공동파의 무결에 스스로 가미한 중(重)의 힘이 더해진 연환 공격은 완벽했다. 하지만 창궁 진인은 아무런 타격을 받지 않은 채 창강자의 내력만을 소비시켰다.

공격에 실패한 창강자가 자세를 되돌리는 짧은 찰나에 창궁 진인의 눈이 번뜩였다.

한 줌 진기에 몸을 싣고 영혼을 담은 검을 날린다.

"합!"

가까스로 자세를 수습한 창강자는 쇠뭉치 같은 장력을 발출했다. 하지만 호리호리한 한 자루의 장검이 장력의 틈새로 파고들었다.

날카로운 검기가 창강자의 몸을 찢을 듯 찔러 들어갔다. 큰 공격의 틈새를 파고든 매서운 일격. 도저히 피할 수 없는 공격이었다.

하지만 창강자의 몸놀림은 그것을 피해냈다. 양손을 회수하고 허리를 비틀었다. 땅을 딛고 서 있던 두 발이 허공으로 떠올랐다. 이어번신(鯉魚飜身)의 신법이었다.

창궁 진인은 허공에 뜬 그를 향에 검을 날렸다. 허공에 뜬 이상 쉽게 피할 수는 없으리라.

하지만 잉어[鯉魚]는 강의 왕자이다. 잉어가 몸을 뒤치는 탄력은 용(龍)의 몸놀림에 비견될 정도다. 창강자는 튀어 오르며 발생한 탄력으로 허공에서 팽이처럼 회전했다.

회전력은 창강자의 몸을 반 자 정도 왼쪽으로 이동시켰다. 검기가 옆구리를 스치며 지나가는 순간 창강자는 오른발을 휘둘러 창궁 진인의 얼굴을 노렸다.

"찻!"

창궁 진인은 천라지망(天羅地網)의 초식을 시전했다. 검영이 허공을 덮었고, 그의 몸을 중심으로 거대한 은빛 구체가 생겨난 듯했다.

방어는 단순한 방어에 그치지 않았다. 공중에서 갈 곳을 잃고 땅 위로 내려서던 창강자는 복마심검의 연환 공격을 정면으로 마주해야 했다.

"제길……."

욕지거리가 치밀어 올랐다. 창강자는 사력을 다해 왼쪽 발을 털었다.

쉐엑―

다리에 암기를 숨겨둔 것이었을까? 시커먼 물체가 창궁 진인의 눈앞으로 날아들었다. 창궁 진인은 그것을 검으로 베어버렸다. 가죽을 베는 느낌이 났다.

창궁 진인이 벤 것은 창강자의 신발이었다. 그 간발의 틈을 이용해 창강자는 땅 위에 무사히 설 수 있었다.

창강자는 창궁 진인을 노려보았다.

조금 전의 공방으로 분명히 알게 되었다. 창궁 진인이 자신보다 반 수 정도 강하다는 것을. 고린내 나는 발가락을 사람들 앞에서 꿈지럭거려야 한다는 것이 그 사실을 증명하고 있었다.

"고약하군."

창강자는 내심 투덜거렸다. 창궁 진인의 자세가 변한 것이다. 그는 정면을 보고 우뚝 선 채 검을 양손으로 잡고 머리 위로 치켜들었다. 위에서 수직으로 내려긋는 초식, 태산압정(泰山壓頂)을 시전하겠다는 고백이나 다름없는 자세였다.

하지만 고수의 대결에서는 지극히 단순한 동작 하나에 생사가 갈린다. 창궁 진인이 저렇게 단순한 초식을 쓸 준비를 했다는 것은 무언가 각오한 바가 있기 때문일 것이다.

창강자의 몸이 좌우로 흔들리기 시작했다. 우습게도 공동파에 몸을 담고 있는 창궁 진인은 정(靜)으로, 공동파에서 파문당한 창강자는 동(動)으로 승부를 내려 하고 있었다.

흔들거리던 창강자의 몸이 순간 희미해졌다. 그러나 창궁 진인은 조

금도 요동하지 않았다. 오로지 그는 정면을 바라보며 조용히 검을 치
켜들고 있을 뿐이었다.

어느 순간 창궁 진인에게 환영이 나타났다. 숨죽이고 싸움을 구경하
던 그 누구도 예측하지 못한 순간이었다.

그러나 창궁 진인의 검은 시간을 뛰어넘었다. 분명히 머리 위에 있
던 검이 어느새 땅을 가리키고 있었다. 그 사이에 있었던 존재는 그것
이 무엇이든 두 조각이 날 수밖에 없었다.

'크으……'

창강자는 허리를 비틀었다. 하체는 굳건히 서 있지만 상체는 폭풍
속의 버드나무 가지처럼 제멋대로 휘청였다. 가슴팍이 깊게 베어져 도
복을 붉게 물들었다. 갈비뼈가 언뜻 보일 정도의 중상이었다.

그럼에도 불구하고 창강자는 다시 몸을 흔들었다.

하지만 이번에는 창궁 진인도 가만히 기다리지 않았다. 약간이나마
느려진 창강자의 움직임은 복마심검의 현란한 변화를 따라오지 못했
다.

창강자는 검을 피할 수 없었다. 이 순간 그가 할 수 있는 것은 하나
뿐이었다. 그것은 정면의 적에게 다시 한 번 장력을 발출하는 것이었
다.

스르륵—

함께 죽기를 결심한 듯 창강자의 마지막 공격은 무서운 위력을 담고
있었다. 마지막 오행절맥수였다.

창궁 진인은 실이 끊어진 연처럼 훌훌 날았다. 하지만 그의 검은 창
강자의 복부 깊숙이 꽂혀 있었다.

"허억… 허억……."

창궁 진인은 숨을 몰아쉬며 억지로 내공을 끌어올렸다.

지금처럼 숨이 가쁠 때 함부로 공력을 조절하는 것은 금물이다. 하지만 당장 해두지 않으면 영영 할 수 없는 일이 있다. 창궁 진인은 눈을 꼭 감고 기를 조절하는 것에 모든 신경을 집중했다.

얼마간의 호심진기(護心眞氣)를 간신히 끌어올린 후 그는 정신을 잃었다. 일단은 이걸로 되었다. 당분간 함부로 몸을 놀려선 안 되겠지만.

"후……."

싸움의 결말을 본 언극린은 가볍게 미소했다. 복부에 검이 꽂힌 창강자에게로 누군가가 다가갔지만 그것을 보면서도 웃기만 했다.

"아직 죽지 않았습니다."

창강자에게 다녀온 구양승이 말했다.

언극린은 눈을 반짝이며 조용히 응답했다.

"상처를 치료한 후 조용한 곳에 가두어두십시오."

"그렇게 처리하겠습니다."

구양승은 머리를 조아리고 언극린에게서 물러났다. 바로 옆에 있던 허공은 의아스런 눈으로 언극린을 바라보았다. 하지만 언극린은 허공의 눈빛에 전혀 반응하지 않았다.

구양승의 지시에 따라 사람들이 움직이기 시작했다. 화급히 달려온 의원들이 창궁 진인과 창강자를 살펴보고 적절한 조치를 하기 시작했다.

상처를 소독하고 싸맨다. 자신들만의 비방으로 만든 영약을 목구멍으로 밀어 넣는다. 붕대로 환부를 싸맨다 등등, 그런 모습을 잠시 지켜보던 언극린이 허공에게 말을 걸었다.

"갈 곳이 있는데… 같이 갈 텐가?"

이 상황에서 달리 할 말이 있을 까닭이 없다. 허공은 고개를 끄덕였다.

"예."

언극린이 부드럽게 웃으며 다시 말했다.

"따라오게."

언극린과 허공은 긴 회랑(回廊)을 걷고 있었다. 창궁 진인과 창강자의 싸움이 있었던 장소에서 꽤 긴 거리를 걸어왔지만 두 사람은 단 한마디도 나누지 않고 걷기만 했다.

회랑의 끝에 도달한 그들은 자그마한 문을 통하여 바깥으로 나갔다. 그리고 가느다란 오솔길로 한참을 더 걸었다.

"내게 천방지축인 누이가 있다는 것을 알고 있는가?"

말하는 법을 잊어버린 듯 줄곧 침묵하며 걸어왔던 언극린의 입이 열렸다.

"알고 있습니다."

허공은 대답을 하면서 문득 느꼈다. 언제부터인지 언극린은 자신에게 자연스럽게 하대를 하고 있었다. 물론 배분이나 무공, 어느 것을 보더라도 하대가 자연스럽기는 했다. 하지만 자신은 소림 방장을 대신하여 천년지로에 얽힌 일을 풀어 나가야 하는 사람이기도 했다.

굳어진 허공의 얼굴을 못 본 것인지 언극린의 말은 여전히 하대로 계속됐다.

"아버님이 늘그막에 마지막으로 얻으신 보물이지. 지 어미와 더불어 아버님의 사랑을 듬뿍 받으며 자란 녀석이야. 그 덕에 천방지축이 되어버렸어."

언극린이 그렇게까지 이야기하지 않더라도 알 만한 사람은 다 알고 있다. 진주언가(晉州彦家)의 전대 가주인 화룡권(華龍拳) 언송(彦頌)에게는 다섯 명의 아내와 일곱의 첩이 있다. 열두 명의 여인들에게서 얻은 아이는 무려 서른넷. 아들 열하나에 딸 스물셋이다.

진주언가는 강호 오대세가에 들어갈 정도여서 경제적으로도 풍요롭다. 삼십여 명의 자식들을 먹이고 교육하는 것이 그리 어렵지 않은 환경이다.

그러나 장자로 태어나 언가의 가주가 된 풍뢰신권(風雷神拳) 언철악(彦徹岳)을 제외한 나머지 자손들은 대부분이 변변한 교육을 받지 못한 채 자랐다. 물론 여염집의 자식들과는 비할 바 없는 호사를 누리며 자란 것이지만.

그렇기에 언극린의 존재는 유달리 돋보였다.

그는 어린 나이에 가문을 떠나 검각에 입문하였다. 부도, 명예도, 사랑이나 원망도 다 버린 채 검에만 몰두하는 검귀들이 득실거리는 곳이 검각이다.

열두 살 소년은 그런 곳에서 십오 년을 살았다. 그리고 검각의 검귀들이 엄지손가락을 치켜들 만큼 대단한 고수가 되어 강호에 출도하였고, 결국은 정의맹의 맹주가 되었다. 언가가 대단하다고는 하나 오대세가 중의 하나인 데 반해 그는 정도무림의 연합체를 책임지는 인물이 된 것이다.

그리고 언극린이 이야기한 천방지축.

언송의 막내이다. 그래서 가장 많은 귀여움을 받았다고 한다.

가주의 자리를 아들에게 물려주고 한가해진 언송은 늘그막에 얻은 딸을 늘 가까이에 두고 직접 무술을 가르쳤다. 행여나 바깥에 나가면 유리 그릇처럼 깨질까 봐 언설화를 가문 안에만 가두어두었다.

하지만 가장 예민한 감성을 가진 시기의 소녀가 어찌 집 안에만 있을 수 있겠는가? 바깥 구경을 하고 싶어하는 언설화를 달래기 위해 언송은 강호의 출입이 잦은 가솔들에게 바깥 이야기를 해주라고 지시하였고, 자신은 강호 각 파의 무술을 두루 알려주었다.

다행히 늙은 아비의 마음을 눈치 챘는지 언설화는 예전처럼 만큼 바깥 생각을 하지 않게 되었다. 아니, 하지 않는 것처럼 보였다.

그렇게 자신을 믿게 만든 언설화는 어느 순간 소리 소문 없이 언가를 빠져나갔다.

언송은 장남에게 동생을 찾으라고 했지만 찾을 수 없었다. 넓은 천하를 한 가문의 힘만으로 뒤진다는 것도 어려웠지만 그보다 가주인 언철악이 그 일에 열의가 없었다. 아버지에게는 늦게 얻은 귀염둥이일지 몰라도 자신에게는 수십 명의 동생 중 하나일 뿐이었다. 진주언가의 가주로서 해야 할 일이 태산 같은 마당에 그깟 계집아이 하나를 찾는 데 힘을 낭비하고 싶지 않았던 것이다.

장자의 냉담한 태도에 실망한 언송이 다음으로 찾은 이는 언극린이었다. 서운하게 대했던 과거가 있어 가능하면 찾지 않으려 했건만 급한 마당에 그런 체면을 차리고 있을 순 없었다.

예상 밖으로 언극린은 흔쾌히 승낙했다. 그리고 찾아내었다. 다만 아직 아버지에게로 돌아가진 않았다.

"다 왔군."

언극린은 허공에게 하던 이야기를 대충 끝내고 걸음을 멈췄다. 그들이 도착한 곳은 조그마한 정원이었다. 허공은 정원 한 귀퉁이에 있는 모옥(茅屋)을 볼 수 있었다.

"설화야!"

허공은 언극린이 부르고 있는 인물이 누구인지 짐작할 수 있었다. 언송이 예뻐하는 천방지축 누이일 것이다.

모옥의 문이 열리고 소녀가 모습을 드러내었다. 허공은 그녀의 모습을 분명히 기억해 두려는 듯 옷매무새에서부터 손가락까지 자세히 훑어보았다. 물론 소녀가 의식하지 못하도록.

소녀는 녹의를 입고 있었다. 정원에 가득한 꽃들과 묘한 조화를 이루는 생기발랄한 색이었다.

하지만 허공은 어딘가 이상하다는 느낌을 받았다. 소녀의 안색이 밝지 않았기 때문만은 아니었다. 그녀에게는 이유를 알 수 없는 창백함이 있었다.

"새로운 무공을 하나 알게 되었다."

언극린은 담담하게 웃으며 설화에게 말을 걸었다. 그리고 따라온 허공을 가리키며 말했다.

"소림사의 허공 스님이 가르쳐 주실 게다."

허공은 당황스런 눈빛으로 언극린을 바라보았다. 하지만 언극린은 본 체 만 체하며 속내를 알 수 없는 미소만 지었다.

"소림사……."

설화의 입술이 떨이지며 니온 말은 소림사였다. 그러자 그것이 마치 자기를 부르는 소리라도 되는 양 허공이 선뜻 대답했다.

"그렇소, 빈승은 소림사의 제자요."

"그렇군요. 그런데 무슨 무공을 가르쳐 주시겠다는 거죠?"

무공에는 별다른 흥미가 없다는 듯한 목소리이다.

허공 또한 자신이 무엇을 해야 할지 몰랐기에 언극린을 바라보았다.

언극린은 여전히 웃고 있었다.

"이번에 팽가에서 얻은 그 무공 말이네. 어차피 심결을 알지 못하면 무용지물이라 하였으니 가르쳐 줘도 상관없지 않겠나?"

"하지만 그것은 맹주도 아시는데 공연히 제가……."

사양하려는 허공의 말을 가로막는 언극린.

"아니지, 비록 도해(圖解)와 법문(法文)은 동일하다 할지라도 사람에 따라 보는 눈이 달라지고 전하는 방법이 달라지는 것이 세상일의 이치이네. 이왕이면 직접 비급을 본 자네가 가르치는 것이 더 좋지 않겠나?"

언극린의 말은 묘한 설득력을 담고 허공에게 다가왔다. 불문에 몸을 담고 있는 자신보다 오히려 언극린 쪽이 더 수도자 같다는 생각마저 들었다.

그제야 허공은 생각했다. 정의맹이라는 거대한 조직의 수장에게는 자연스러운 권위가 있다는 것을.

"알겠습니다."

허공은 고개를 숙였다. 굳이 사양할 문제도 아니었다. 어차피 자신도 도해와 구결만을 기억에 담고 있을 뿐이다. 기억하고 있는 것을 그냥 전달해 주기만 하면 되는 일이다.

허공은 벌린 입을 다물지 못했다. 단 한 번, 한 번의 설명을 들은 설화가 오래전 사라진 비안도의 동작을 완벽하게 재현해 내고 있는 것이다.

　녹의 자락이 부드럽게 펄럭거린다.
　옷자락이 펄럭일 때마다 청초한 아취가 그득하다.
　존재하지도 않는 가공의 도(刀)!
　설화의 빈손에는 세상이 쥐어져 있었다.
　무엇을 배기 위한 살인의 도(刀)…….
　무엇을 얻기 위한 탐욕의 도(刀)가 아니었다.
　생명을 주고 자아를 꺾는, 겸손과 온유의 도(道)가 설화의 손에 들려 있었다.

　한바탕 검무를 끝내고 설화가 입을 열었다.
　"이 도법이 맞나요?"
　허공은 말로 대답하지 못하고 고개만 끄덕거렸다.
　도결을 본 이후로 머리 속에서 수십 번은 그려본 도법이었다. 도제 강명이 말년에 도달한 경지가 은은하고 부드러운 선(禪)의 무공임을 알고 있었고, 그러한 무공을 얻기 원했다.
　하지만 독문의 심법없이 저런 움직임을 한다는 것은 불가능했다.
　소림사에서도 기재로 소문난 허공이 불가능하다고 생각하고 포기했다.
　그런데 설화는 했다. 너무도 수월히.
　넋을 잃고 있는 허공에게 언극린이 말했다.
　"이래서 아버님이 이 아이를 예뻐하시는 거지. 게을러서 뭐 하나 깊이 익힌 건 없지만 말이야."

늦둥이라 귀여움을 받은 것이 전부는 아닌 모양이다. 무가의 자손이 저만한 재지(才智)를 가졌다면 누가 어여삐 여기지 않겠는가?

하지만 아무리 그렇다고 해도 비안도법은 그렇게 간단한 무공이 아니었다.

"실제로는 못 쓰겠네요. 도법에 알맞은 심법을 찾기 전까지는요."

설화의 목소리에 허공의 귀가 번쩍 뜨였다.

결국 설화 역시 심결이 없으면 도법이 이루어지지 않음을 말한 것이다.

"그게 어디야. 도법만 찬찬히 연구해도 큰 성취가 있을 거야."

언극린은 웃으며 설화의 어깨를 두드렸다. 그리곤 허공 쪽으로 몸을 돌리며 말했다.

"그런데 그 연진우라는 친구 말이야."

연진우라는 말에 설화의 눈빛이 크게 흔들린다. 언극린은 못 본 척하고 이야기를 계속했다.

"사람들이 계속 찾고 있는데… 아무래도 천산으로 갈 확률이 높다고 하더군. 자네도 그 친구 찾는 걸 도와주겠나?"

허공은 생각에 잠겼다. 왜 언극린이 갑자기 저런 이야기를 하는 것일까?

잠시 생각 후 허공은 양손을 가슴께로 모아 합장하며 고개를 숙였다.

"빈승은 이제 소림사로 돌아가 보겠습니다. 사문의 어른들께서도 궁금한 점이 많으실 터라……."

언극린이 의도하는 것이 무언지는 알 수 없지만 지나치게 깊이 휘말리는 것은 불안했다. 일단은 이 정도에서 물러나는 것이…….

"그래? 그러면 할 수 없지. 이만 돌아가세나. 설화야, 엉뚱한 생각 말고 몸조리나 잘 하거라."

거기까지 말하고 언극린은 몸을 돌려 천천히 걷기 시작했다. 너무도 쉽게 포기하는 언극린의 말에 허공은 자신이 실수한 것이 아닌가 생각하며 그를 따라 걸었다.

두 사람의 뒷모습을 바라보던 언설화의 눈빛이 일렁거린다.

어둠이 지면을 덮었다.

모옥 안에서 골똘히 생각에 잠겨 있던 설화는 결심한 듯 자리를 떨치고 일어섰다.

그리고 녹의를 훌훌 벗어 던졌다.

하얀 피부가 드러났다.

그녀는 피부색과 뚜렷하게 대칭을 이루는 검은색 경장을 입기 시작했다.

옷을 다 입은 후 쇠가죽에 철사를 넣어 만든 권갑(拳甲)을 착용했다. 진주언가가 자랑하는 언가권(彦家拳)의 파괴력을 몇 배나 증대시켜 주는 물건이다.

그녀는 빠뜨린 것이 있는지 다시 한 번 점검해 보았다.

그리고 어둠 속으로 몸을 날렸다.

주인이 사라졌음에도 불구하고 모옥의 등잔은 여전히 밝혀져 있었다.

"조금 전에 떠났다고 합니다."

구양승이 말했다.

의자에 앉은 언극린은 눈을 감은 채 그의 말에 대답했다.

"마지막 열쇠가 움직였으니 이제 천년지로를 여는 일만 남았구려."

침묵이 둘 사이에 잠시 머물렀다.

언극린이 다시 입을 열었다.

"백호에게 지도를 맡기시오. 아니, 출발하기 전에 잠시 만났으면 좋겠군."

숭산(嵩山)!

낙양(洛陽) 동남쪽에 위치한 이 산은 태실(太室)과 소실(少室)의 양대 산이 합쳐져 이루어져 있다.

숭산은 중원을 대표하는 오악(五岳)의 하나이며 특별히 그중에서도 중악(中岳)이라 불리운다.

태실봉 남쪽 기슭에는 중악묘(中岳廟)와 숭양서원(嵩陽書院)이 있어 유명하다. 하지만 소실봉의 북쪽 기슭에는 그것 이상으로 거대한 이름이 존재하고 있다.

소림사가 바로 그것이다.

태양이 서산으로 떨어지려 할 때 누군가가 소림사의 산문을 오르고 있었다.

머리를 깎은 승려다.

산문을 지키는 승려와 마주치자 반장으로 인사를 했다.

불문의 제자들은 보통 인사를 할 때 합장을 한다. 반장을 하는 경우는 그가 소림의 제자일 때뿐이다.

소림 제자가 반장을 하는 이유에 대해서는 여러 가지 설이 있다. 그 중에서 가장 유력한 것은 혜가단비(慧可斷臂)의 고사이다.

선종의 이조인 혜가는 처음에는 입문조차 허락받지 못한 사람이었다. 혜가는 제자로 삼아달라 청하였지만 달마가 허락하지 않았다.

하지만 혜가는 포기하지 않고 달마가 거처하던 달마정 밖에서 오랫동안 서 있었다. 때마침 무릎 위까지 쌓일 정도의 큰 눈이 내렸다.

달마가 혜가에게 말하기를 '흰 눈이 붉어지거든 너를 제자로 받겠노라' 라고 하였다.

그러자 혜가는 스스로 왼팔을 잘랐다. 잘린 팔에서 흘러나온 피는 흰 눈을 금세 붉은색으로 물들였다.

달마는 그를 제자로 받아들이고 선종의 법통을 전하였다.

그 후 소림의 제자들은 구도를 위해서 한 손을 자른 혜가를 기념하기 위해 가사 한쪽 자락으로 왼쪽을 가리는 옷차림을 즐겨 하며 오른손만으로 반장을 하였다.

고사(故事)야 어찌 되었든 막 산문에 들어선 승려가 반장을 했다는 것은 그가 소림의 제자라는 이야기였다.

산문을 지키던 혜허가 입을 열었다.

"이제야 돌아왔구먼."

허공이 우락부락한 얼굴에 어울리지 않는 미소를 짓는다. 혜허를 보면 미소가 절로 지어진다.

소림 장문인과 같은 배분임에도 불구하고 산문을 지키고 있는 혜허. 비록 그것이 소림의 전통이기는 하지만 혜허의 얼굴은 기쁨이 그득하다.

"일공 사형은 돌아왔습니까?"

"사흘 전에 도착했다네."

"네……."

허공은 다시 한 번 반장을 하고 산문을 지났다. 산문을 통과한 그는 큰 걸음으로 성큼성큼 걸어갔다.

저녁때가 되어서인지 경내에 구수한 밥 냄새가 풍긴다. 견물생심(見物生心)이라. 무엇을 보면 욕심이 생기듯 냄새를 맡자 갑자기 회가 동한다.

그러나 우선은 찾아가야 할 곳이 있다. 가서 인사를 해야 하고 지금까지 있었던 일에 대해 이야기도 해야 한다.

허공은 성큼성큼 방장실(方丈室)로 걸음을 옮겼다.

좁은 선방 안에서 좌선 중이던 혜량(慧諒)은 허공을 보자 반가운 얼굴로 좌선을 풀었다.

혜량이 먼저 입을 열었다.

"잘 다녀왔느냐?"

"예."

"팽가의 일은 어찌 되었고?"

"천년지로에 관련되어 횡액을 당한 것이 맞는 듯 보였습니다."

"아미타불……."

혜량은 나지막하게 불호를 외웠다. 그런 스승의 모습을 응시하며 허공이 말했다.

"지도는 비안도결 안에 포함되어 있었습니다."

"그래?"

지극히 조용한 어조이다. 표정에도 변함이 없다. 오랜 수행이 쌓인 결과인가 보다.

언어에는 전염성이 있다. 스승이 나지막하게 말하자 허공의 목소리도 나직해진다.

"하지만 제자가 보았을 때는 이미 사라지고 없었습니다. 팽가의 흉수가 가져간 것인지, 그전에 누군가가 먼저 손을 쓴 것인지는 알 도리가 없었습니다."

"돌아가서 쉬거라."

혜량이 뜻밖의 명을 내린다. 물론 쉬고 싶은 마음은 간절하다. 하지만 천년지로에 대한 것은 그리 간단한 사안이 아니다. 그동안 알아낸 것을 최대한 알려 드려야 한다는 생각이 머리를 두드렸다.

그러나 허공은 자리에서 물러났다. 그에게는 다른 무엇보다도 스승의 명이 절대적이었다.

명대로 일단 돌아가서 쉬어야 할 것이다. 하지만 그전에 먼저 해두어야 할 일이 있다.

배가 고프다.

허공은 공양전(供養殿)으로 걸음을 옮겼다. 공양전에 가까워질수록 구수한 냄새가 짙어졌다.

마침내 허공은 공양전의 문을 열고 안으로 들어섰다. 반가운 얼굴들이 모여서 공양(供養:절에서 음식 먹는 일)을 하고 있었다.

하지만 만사에는 정한 때가 있는 법이다. 지금은 해후를 나눌 때가 아니다.

때를 잘 분별한 허공은 공양주(供養主)에게 가서 밥과 찬을 탔다. 공양주는 우묵한 그릇에 밥을 담고, 그 위에 산나물 두 가지와 두부 요리 한 가지를 얹어주었다. 허공은 공손하게 그릇을 받아 들고 빈자리에 가서 앉아 우물우물 밥을 먹기 시작했다.

석존(釋尊:석가모니)께서는 하루에 한 끼, 점심만을 드셨다고 한다. 탁발해 온 음식으로 하루에 한 끼를 먹는 것이 전부였다. 만약 소림사에서도 그런 식생활을 고집했다면 오늘날 소림사에 허공이라는 승려는 없었을지도 모른다.

어느 정도 나이를 먹은 지금은 소식이 습관이 되었다. 적게 먹어도 크게 부족한 줄 모른다.

그러나 동자승 시절에는 늘 배가 고팠다. 먹어도 먹어도 배가 고플 나이에 정한 만큼 주는 음식을 먹고 만족할 수 있을 리가 만무했다. 오죽하면 불살생(不殺生)의 계율을 어기고 쥐고기를 먹었을까.

밥알을 우물거리던 허공은 문득 그때의 생각을 하다가 빙그레 미소지었다. 사형들의 손에 이끌려 그런 일을 한 적이 있었다. 처음에는 징그럽게만 보이던 쥐였지만 맛을 들인 후에는 천하의 별미였다.

"고기를 먹어야 뼈대가 튼튼해지고 살집이 좋아져. 많이 먹어."

그런 말을 하던 사형이 있었다. 어디서 구해왔는지 술도 권했지만 허공은 끝내 술은 마시지 않았다. 배가 고프지 않았다면 고기도 먹지 않았을 것이다.

지금은 적은 음식으로도 만족하게 되었다. 마음을 다스리는 방법을 작게나마 깨달았기 때문이다.

불가에는 팔계(八戒)가 있다. 그 내용을 살펴보자면 살생하지 말 것, 도적질하지 말 것, 음행하지 말 것, 거짓말하지 말 것, 술 먹지 말 것, 때가 아니면 먹지 말 것, 편안한 자리에 앉지 말 것, 화장하고 꾸미지 말 것이다.

조금 더 편하게, 조금 더 배불리 지내고 싶은 것은 인간의 기본적인 욕망이다. 어설픈 수도자들은 그것들을 육체의 욕망이라 말하며 몸을 편하게 하지 않음으로 수도한다고 말한다.

그러나 어찌 육체를 고통스럽게 하는 것만이 수도의 길이라 말할 수 있겠는가.

배가 부르도록 먹으면 힘들어하는 것은 위(胃)다. 소식하여 위를 반절만 채우면 마음이 못 견뎌한다. 몸은 적은 음식으로도 만족하고 오히려 더욱 원활히 기능하는데 마음은 그러하지 못하다.

결국 수도의 문제는 마음을 다스리는 데에 관건이 걸려 있다고 할 수 있다.

'아직도 그런 것들을 즐기고 있을까?'

쥐를 잡아 구워주고 술을 권하였던 나이 많은 사형의 얼굴이 떠오른다. 무승(武僧) 아니면 선승(禪僧)이라는 등식이 성립되어 있는 소림사에서 특이하게 자신의 길을 개척한 인물이었다.

사람의 심리를 잘 헤아리고 그 맹점을 이용할 줄 아는 인물이었다. 승려보다는 관직에 어울리는 재능이지만 그는 자신의 재능을 사문의 일을 하는 데에 사용하였다.

'돌아왔다고 들었는데… 지금 어디에 있지?'

허공은 빈 밥사발에 물을 부으며 주위를 두리번거렸다. 행여나 공양을 하러 왔을까 하고.

둘러봐도 별 무소득이었다. 허공은 손가락으로 그릇에 묻은 밥알을 깨끗이 닦아내어 그 물을 쭈욱 마셨다. 한 톨의 쌀알도 헛되이 돌아가지 않도록 하는 것도 불문 제자다운 행동이었다.

"사제!"

"쿨럭!"

갑자기 등 뒤에서 들려온 목소리에 허공은 크게 기침을 했다. 물이 숨구멍으로 넘어가 사레가 든 것이다.

보통 그런 경우에는 숨구멍에 들어간 물을 빼내기 위해 기침을 한다. 누가 알려줘서 하는 것이 아닌 몸의 자연스런 반응이다. 하지만 허공은 기를 움직여 숨구멍으로 들어간 물을 밀어냈다.

"어서 가세."

허공은 목소리의 주인을 보았다. 자신이 기침을 멈추기를 잠시 기다리던 그는 조금 전까지 생각했던 사람이었다.

"일공 사형……."

"지체할 시간이 없네. 어서 가세."

오랜만에 만나 반가운 표정을 지을 법도 한데 일공의 표정은 딱딱하게 굳어 있었다.

어리둥절한 허공은 무슨 영문인지도 모른 채 그의 뒤를 따라 나갔다.

하늘에 주홍빛 노을이 불타오르고 있다. 그 덕에 소림사의 후원도 붉게 물들었다.

노을이 가득 드리워진 산사(山寺)의 저녁. 어떤 달인이 붓을 놀릴지라도 이보다 아름다운 광경을 그리긴 힘들 것이다.

휘잉—

소나무 사이에서 바람이 불어온다.

일공과 허공은 방장실로 들어섰다.

그곳에는 방장인 혜량 대사와 계율원주 혜지, 나한전주 혜원이 있었다.

일공은 혜원에게로 가까이 가서 섰다. 그가 혜원의 제자인 까닭이다.

"현각 사숙께서 돌아가셨다고?"

혜량 대사의 말은 허공을 향한 것이 아니었다. 하지만 허공은 그 말을 듣는 순간 쇠망치로 머리를 얻어맞는 듯한 느낌이 들었다.

'현각 사숙조가?'

스스로 무공을 전폐하고 참회동에 버티고 있던 그였다. 몇 살이나 되었는지 정확히 아는 사람이 없으니 죽어도 이상할 것이 없다. 하지만 뭔가 이상한 느낌이 든다.

혜지가 입을 열었다.

"정오(淨澳)와 같은 종류의 독물에 당한 것으로 보입니다."

이상한 느낌의 정체는 그것이었다.

하지만 대체 누가…….

"혜주가 사라졌습니다."

계율원주 혜지의 말이다.

혜량이 물었다.

"죽은 것 같지는 않고?"

"아직까지 시신은 발견되지 않았습니다. 그도 독물에 당한 것이라면 근처에 시신이 있어야 하는데……."

오가는 이야기를 듣는 허공은 혼란에 빠졌다.

'대체 참회동에서 무슨 일이 일어난 거지?'

"서둘러야 할 것 같습니다."

침묵하고 있는 삼 인을 향해 일공이 말했다.

혜지가 고개를 끄덕였다.

"그렇습니다, 장문인. 본사에 천년지로에 대한 것을 알려준 이가 바로 혜주 사형인데 그가 사라졌다는 것은 무언가 심상찮은 일이 있을 징조입니다."

"음……."

혜량 대사의 실눈이 파르르 떨린다.

잠시 후 그의 입에서 말소리가 나왔다.

"소림 제자 일공과 허공은 들으라."

우렁한 울림이 담긴 혜량의 음성에 일공과 허공이 무릎을 꿇었다.

"장문인의 영을 받습니다."

혜량은 둘을 쓰윽 훑어보며 또박또박 말했다.

"두 제자는 즉시 천산으로 가라. 천년지로가 악인의 손에 들어가지 못하도록 최선의 노력을 다하라."

일공과 허공은 바닥에 머리를 찧으며 동시에 말했다.

"존명!"

＊　　　＊　　　＊

"으음……."

창궁 진인은 몸을 뒤척이며 신음 소리를 흘렸다.

"사부님?"

함진은 깜짝 놀랐다.

창강자와 싸운 그날로부터 칠 일이 지났다. 그동안 창궁 진인은 신음 소리 한 번 크게 낸 적 없이 의식 불명으로 있었다.

나름대로 의술에 조예가 깊다라고 자부하는 사람들은 대부분 다 와서 창궁 진인을 보았다. 하지만 오행절맥수의 독특한 기공에 경맥을 공격당한 것이어서 보통의 의원들로는 손을 쓸 수가 없었다. 불행 중 다행으로 창궁 진인 스스로 심맥을 보호해 두었기에 지금까지 숨이 붙어 있는 것이라 할 수 있었다.

스승의 소식을 듣고 놀라 달려온 제자들이 할 수 있는 것은 그저 넋 놓고 쳐다보는 일뿐, 오행절맥수의 심법을 모르니 어찌할 방법이 없었다.

그래서 공동산에 사람을 보냈다. 비록 권종의 사람은 아니지만 그래도 장문인이라면 뭔가 알고 있지 않을까 해서.

이런 상황에서 갑자기 들린 신음 소리가 좋은 징조인지 나쁜 징조인지…….

"옥병, 옥병에 든 것을…….."

들릴락 말락 하게 흘러나온 창궁 진인의 목소리에 함진은 자리에서 벌떡 일어났다.

그는 스승의 물건을 보관하던 철 상자를 가져왔다. 손바닥 두 개를 이어놓은 정도의 크기에 두께가 반 뼘 정도인 상자였다.

상자를 열자 그 안에 녹색 옥병이 들어 있다.

함진은 그것을 집어 들었다. 가볍게 찰랑이는 느낌이 나는 것이 무언가 액체가 들어 있는 듯했다.

뚜껑을 가볍게 비틀어 열었다. 함진은 얼굴을 찡그렸다.

지독한 악취가 실내에 가득 찼다.

'이런 약도 있었단 말인가?

혹시 스승이 잘못 말한 것은 아닌가 하는 생각이 든다. 이토록 고약한 냄새가 나는 것에 무슨 영험한 효과가 있는 것인지.

그러나 철 상자 안에 옥병이라고는 그것 하나뿐이었기에 잠시 고민하던 함진은 세차게 고개를 흔들며 병을 움켜잡았다.

병에 든 약물은 그리 많지 않았다. 고작 서너 모금 정도면 모두 일 것으로 보였다. 함진은 병의 주둥이를 창궁 진인의 입에 갖다 댔다. 혹여 실수라도 하여 밖으로 흘릴까 봐 조심하며 약을 입 안으로 흘려 넣었다.

"으……."

냄새뿐만 아니라 맛도 고약한지 약을 먹은 창궁 진인의 얼굴이 심하게 일그러졌다.

함진은 겁이 덜컥 났다. 이것이 내상을 치료하는 약물이 아닌 사람을 해치는 독물이라면 어떡할 것인가?

그런데… 잠시 후 이상한 일이 일어났다.

얼굴을 찡그렸던 창궁 진인이 숨을 길게 들이마셨다. 그러자 온몸의 뼈마디에서 우두둑 우두둑 소리가 연신 울려 퍼졌다. 고통스러운 표정은 어느새 사라지고 없었다.

뼈마디 부딪치는 소리가 멈추자 피부 색이 변하기 시작했다.

창백했던 피부에 붉은빛이 돌기 시작했다. 붉은빛은 점점 진해져서 활활 타오르는 불꽃과 같이 되었다.

창궁 진인의 이마에 땀방울이 맺혔다.

손을 대었다가는 크게 잘못될지도 몰라 함진은 초조하게 스승의 변화를 바라보고만 있다.

이마의 땀방울은 점점 양이 많아졌다. 이마에서만 흐르는 것이 아니라 전신에 땀이 비 오듯 흐르고 있었다.

순간 굳게 감겨져 있던 창궁 진인의 두 눈이 번쩍 뜨였다.

괴이하게도 그의 눈동자는 붉은빛이었다.

놀라서 주저앉다시피 한 함진을 보지 못한 것인지 창궁 진인은 몸을 일으켜 가부좌를 틀었다. 그리고는 가볍게 눈을 감더니 붉게 변한 두 팔을 천천히 들어 올리고는 반원을 그리듯 휘둘렀다.

팔을 휘두르는 속도가 점차 빨라져 나중에는 팔이 움직이는 방향을 볼 수 없었다. 천수관음(千手觀音)을 연상시키는 수백, 수천의 팔 그림자만 어른거렸다.

창궁 진인은 다시 눈을 떴다. 고통스러운 표정이 사라졌을 뿐만 아니라 오히려 유쾌한 빛이 떠올라 있었다.

팔을 휘젓는 속도는 다시 느려지기 시작했다. 속도가 느려질수록 피부의 붉은색도 옅어졌다. 눈동자의 색까지도.

마침내 피부와 눈동자가 온전한 원래의 빛을 되찾았을 때 창궁 진인의 두 손은 움직임을 멈추고 단전 위에 단정히 포개어졌다.

함진은 스승이 위기를 넘겼음을 직감으로 알 수 있었다. 아니나 다를까, 얼마 지나지 않아 창궁 진인의 입에서 긴 호흡이 뿜어져 나왔다.

"후……."

긴 한숨을 토해낸 창궁 진인은 눈을 뜨고 제자를 보았다. 거친 목소리가 그의 입에서 흘러나왔다.

"과연 오행절맥수는 무섭구나. 의식을 잃기 전에 심맥을 보호해서 사나흘만 정양하면 회복될 줄 알았는데… 독물로 기를 자극하지 않았다면 어찌 됐을지 모를 일이었어."

함진은 깜짝 놀랐다. 긴가민가 의심하며 먹인 게 역시 독물이었던 것이다.

"이독공독(以毒攻毒)의 방법을 쓰신 것이었습니까?"

제자의 물음에 창궁 진인은 가슴을 쓰다듬으며 대답했다.

"경맥에 응결되어 신체를 해치려는 기(氣)였으니 독과 비슷하겠지."

잠시 말을 멈춘 창궁 진인이 함진을 응시한다.

"함진……."

"예, 스승님."

"함건과 함차는 어디에 있느냐?"

함진은 고개를 조아리며 대답한다.

"바깥에 서 있습니다. 들어오라고 할까요?"

"그러거라."

창궁 진인의 명을 받은 함진은 문을 열고 밖으로 나갔다.

잠시 후 공동삼협이 모두 방 안으로 들어섰다.

"사부님……."

스승이 무사한 것에 안심했는지 함건과 함차의 눈이 감격으로 일렁거린다.

창궁 진인은 제자들을 둘러보았다.

첫째인 함진은 다소 음흉하기는 하나 험난한 강호에서 그것이 흠이 될 수는 없다. 오히려 심계가 깊다고 칭찬받을 수 있는 부분이다.

둘째 함건은 보기만 해도 든든해지는 그런 제자였다. 겉으로 드러내는 부분은 지극히 제한되어 있지만 강호의 궤계와 사술에도 능숙하게 대처할 수 있는 사람이었다.

막내인 함차. 성정이 급한 것이 흠이기는 하나 경험이 쌓이면서 많이 좋아졌다.

그런 제자들을 대한 창궁 진인의 입에서 나온 첫마디는…….

"행장을 꾸려 떠나거라."

"예엣?"

"사부님, 아직 몸도 온전히 회복되시지 않았는데……."

함차의 놀란 소리에 함진의 목소리가 이어졌다.

창궁 진인은 나지막이 그들에게 말한다.

"원래는 내가 직접 가려 했으나 몸이 이래서 그럴 수 없게 되었다. 그리고… 소림사에서도 이번 일을 너희와 같은 젊은이들에게 맡기려는 모양이더구나. 일이 돌아가는 분위기가 심상치 않으니 너희들 셋이 합심하여 문제에 대처해야 할 게다."

공동삼협은 어느새 창궁 진인의 말을 경청하고 있다.

"무엇보다도 언 맹주가 무슨 일을 꾸미고 있는지 각별히 주의하거라."

"예."

공동삼협은 일제히 고개를 숙였다.

그런 그들을 만족스런 눈으로 바라본 창궁 진인의 입술 사이로 무언가가 흘러나왔다.

"이제 가라, 천산으로."

　　　　　*　　　　　*　　　　　*

홍염은 굳은 얼굴로 스승을 바라보고 있었다.

유무용의 얼굴은 홍염의 그것보다 훨씬 딱딱하게 굳어 있었다. 그의 눈은 침상 위에 누워 있는 한 남자를 바라보고 있다.

"역천폭잠단이라니……."

신음 소리처럼 흘러나오는 말소리. 노광을 바라보는 유무용의 얼굴에 은은히 노기가 어렸다.

한 방에 같이 있던 그의 제자들은 몸둘 바를 몰랐다. 이미 막내 사제를 잃었는데 또 한 명의 사형제가 폐인이 되어버렸다. 더구나 그 둘은 형제였다.

홍염은 기억하고 있다. 냉덕과 심승자가 노광을 안고 나타났을 때 유무용이 얼마나 망연해했는지를.

"멍청한 녀석, 얼음장마냥 냉정한 척은 혼자 다해놓고서 그런 말도 안 되는 짓을 해? 아무리 동생 복수에 눈이 멀어도 그렇지, 삼척동자도 안 할 멍청한 짓거리를 해?"

이미 폐인이 되어버린 노광을 상대로 유무용은 독백처럼 중얼거렸다.

유무용은 노광을 구할 방법을 백방으로 찾기 시작했다. 문중의 모든 일을 정지시키고 그 일에 집중하라고 지시했다.

홍염을 비롯한 제자들은 희귀하다는 고서와 영약을 찾아 헤매었고, 고명하다는 소문이 난 의원들을 황산으로 초청하였다.

하지만 영약이라는 것은 찾는다고 찾아지는 것이 아니다. 그리고 고서를 아무리 뒤져 봐도 역천폭잠단의 부작용을 제거하는 방법은 전해져 있지 않았다. 그래서인지 이름 높은 의원들도 역천폭잠단이라는 이름에 지레 겁을 먹고 손을 내저었다.

빈손으로 돌아올 수밖에 없었던 제자들에게 유무용은 불같이 화를 냈다.

뜻밖이었다.

제자들은 그런 유무용의 모습을 처음 보았다. 간혹 사람을 상대할 때 거리낌이 없는 모습을 보여주긴 했지만 그렇다고 제자들을 상대로 이렇게 화를 내는 사람은 아니었다. 처음부터 무리한 명령이지 않았는가.

하지만 다섯 제자들은 유무용의 마음을 어느 정도는 이해할 수 있었다. 가족도 없이 일생 무도만을 벗 삼아 살아온 스승에게 자신들이 무엇인가. 아들이나 다름없지 않던가.

유무용은 아들을 둘이나 잃어버린 것이었다.

"다들 나가거라."

침중한 유무용의 목소리에 제자들은 종종걸음으로 방을 빠져나가기 시작했다.

"염이는 남아라."

그럴 줄 알았다는 듯 홍염은 놀라지도, 주저하지도 않고 그 자리에 멈춰 섰다.

네 명의 제자들이 모두 방에서 나가자 유무용은 자신의 대제자를 쳐다보았다.

"어릴 적에… 나를 무림인의 길로 인도해 준 선배가 있었다."

침묵은 최고의 웅변이요 경청은 가장 자애로운 치료자라는 말이 있다. 이럴 때에는 그냥 듣고만 있는 것이 상책임을 아는 홍염이다.

"나보다 크게 나이가 많았던 것도 아니고 대단한 무공을 가졌던 사람도 아니었다. 힘이 남아돌아 주체하지 못하는 동네 꼬마 하나를 손 봐주기에는 충분한 실력을 가지고 있었지만."

유무용은 손을 들어 노광의 얼굴을 쓰다듬었다. 혈도를 눌렀는지 노 광은 깊게 잠들어 있다.

"말썽이 많은 꼬마였다. 부친을 닮아 뼈대가 굵고 힘이 세서 온 동 네를 휘젓고 다녔지. 어른들이 뭐라 하든 전혀 말을 듣지도 않았고, 그 선배가 정신을 차리게 해주지 않았다면 별 볼일 없는 건달이 되었을 것이 뻔했다."

어느새 유무용의 어조는 담담해져 있었다. 그는 유리알처럼 맑은 눈 으로 이야기를 계속했다.

"꼬마는 고향을 떠났다. 그리고 제법 이름을 얻었지. 제자도 하나 얻었고. 마침 긴 방랑에 지쳤는지 꼬마는 오랜만에 고향을 찾았다. 그 때가 기억나느냐?"

"기억하고 있습니다."

"그래, 기근으로 사람이 살 곳이 못 된 고향이었지. 나를 기억하는 사 람도 거의 남아 있지 않았고. 그 사람은 표사 일을 한답시고 집을 나간 후로 연락이 끊어졌더구나. 아마 누군가의 칼 아래 뒹굴고 있었겠지."

홍염이 눈을 빛낸다.

"대신 두 사제를 만나셨잖습니까."

유무용은 여전히 담담하게 제자의 말에 답한다.

"맞아, 그의 아들들은 고향에 있더군. 도망간 어미를 대신해서 동생 을 먹여 살리는 독한 큰놈과 그런 형을 하늘처럼 따르던 동생 놈이 말 이야."

유무용의 제자들은 모두 고아였다. 홍염이 그랬고, 나머지 제자들도 그랬다. 노씨 형제는 부모의 생사를 분명히 알 수 없는 상황이지만 그 신세가 고아와 크게 다르지 않았다. 신창문의 제자 중에 이름난 무가의 자손은 없었다.

자식이 없는 유무용과 부모가 없는 제자들. 그들의 관계는 부자지간이나 다름없었다.

"먹고 사는 일만으로도 머리가 빠개졌을 텐데 그놈들은 제 아비가 남긴 간단한 무공을 꾸준히 연마했더군. 덕분에 기초가 아주 잘 잡혀 있었지."

노광과 노산을 만난 유무용은 즉시 그들을 거두어들었다. 은인의 아들이니 당연한 일이었다.

하지만 그때까지 유무용은 어느 한곳에 정착하지 못했었다. 아직 배워야 할 것이 많았고, 싸워보고 싶은 사람이 많았었다.

그래서 그는 세 아이들을 믿을 만한 사람들에게 맡기고 비무행을 떠났었다. 홍염은 한상욱에게, 노광 형제는 또 다른 사람에게.

그 후로 오랜 시간이 흘러 유무용의 제자들은 모두 한 사람의 몫을 감당할 수 있는 무인들이 되었다. 유무용 본인도 강호의 오대고수 중 하나로 꼽히게 되었다.

드디어 그들은 황산에 문파를 열고 정착했다.

그런데 좀 안정될 것 같은 판국에 하나가 죽고, 또 하나가 폐인이 되어버렸다. 언제 죽을지 모르는 것이 강호인의 목숨이라고는 하나 너무도 허무하고 안타까웠다. 이것은 유무용의 마음만이 아니었다. 홍염과 나머지 제자들의 마음도 동일하였다.

"천산으로 몇 사람이 가야 하는데……."

유무용이 말끝을 흐린다.

천산에 가야 하는 이유를 들은 홍염은 스승이 왜 저러는지 알 수 있었다. 누구를 보낼지가 고민인 것이다. 무사히 돌아올 수도 있겠지만 잘못하면 또 제자를 잃어야 하는 것이다.

"제자가 가겠습니다."

홍염의 단호한 목소리에 유무용은 고개를 가로젓는다.

"너는 안 돼! 니가 잘못되면 신창문의 다음 대는 없다."

홍염은 깜짝 놀랐다. 유무용은 이번 일이 크게 불길하다고 예감하고 있는 것이다.

"하지만……."

말을 꺼냈지만 홍염도 뭐라 해야 할지 몰랐다. 만약 가야 할 곳이 사지(死地)라면 누구를 보내자고 말하겠는가?

유무용의 입이 열린다.

"물론 내가 지나치게 예민하게 생각하는 것인지도 모른다. 하지만 최근에 일어난 일들이 예사롭게 보이지 않는구나. 본 문의 급격한 성장을 질시하는 인물들이 아주 많아."

"……."

홍염도 고개를 끄덕였다.

특정한 문파에 얽매이지 않는 절정고수는 자주 출현했다. 하지만 명문 대파의 제자가 아닌 절정고수들의 명성은 대부분 일대(一代)로 끝났다. 저주받은 칼 귀무도(鬼霧刀)로 강호를 떨게 했던 마도(魔刀) 연적심(燕赤心)조차 일대의 마도一代魔刀로 끝나 버렸다. 기득권을 쥔 거대문파에서 새로운 세력의 출현을 달가워할 리가 없다.

유무용이, 아니, 신창문이 당하고 있는 것이 바로 그것인가?

홍염은 고개를 세차게 저었다.

만일 그 생각이 사실이라면 더 더욱 피할 수 없다. 그저 정면으로 맞서 싸워 살아남는 수밖에.

"제자가 가겠습니다."

홍염의 눈이 번뜩였다.

*　　　*　　　*

"언제 떠나기로 했지?"

부드러운 목소리. 언극린이라는 이름이 가진 존재감과는 어울리지 않는 나긋나긋한 목소리다.

"내일 아침 일찍 출발하기로 했습니다."

실내에는 세 사람이 있었다.

말을 건 언극린, 옆에서 가만히 듣고 있는 구양승, 그리고 언극린의 말에 대답한 도사.

"이번 일만 잘 마무리되면 더 이상은 너를 귀찮게 하지 않으마."

언극린이 말했다.

하지만 도사는 아니라는 듯 고개를 저으며 조용히 답했다.

"전혀 귀찮지 않습니다. 형님께서 말씀하신 것처럼 가문과 사문, 그리고 정도무림 모두를 이롭게 하는 일을 어찌 귀찮게 여기겠습니까."

언극린은 웃었다.

"그래, 그래. 네 생각이 나보다 깊구나. 속인과 도인은 역시 생각하는 수준이 달라. 공동의 가르침이 대단히 깊은가 보구나. 그렇지 않소, 군사?"

구양승은 허리를 숙였다.

"어찌 공동의 가르침뿐이라고 하겠습니까. 무림의 명문인 언가의 핏줄을 이어받으신 두 분 모두 훌륭합니다."

"뭐요? 하하."

구양승의 공치사를 들은 언극린은 너털웃음을 터뜨렸다.

그렇게 잠시 웃은 후 그는 구양승에게 손짓하며 말했다.

"지도를 주시오."

"예."

구양승은 언극린에게 대답하며 소매에서 한 장의 양피지를 꺼냈다.

양피지를 바라보는 도사의 눈이 반짝였다.

"도결 안에 있던 거다. 천산에 도착해도 이 지도가 없으면 속수무책일 게다."

지도가 구양승의 손에서 도사에게로 넘어가는 것을 보며 언극린이 말을 이었다.

"하지만 당분간은 너 혼자 알고 있도록 해라. 인간이란 욕망 앞에서 너무도 무력한 존재니까."

"사형, 사제에게도 말입니까?"

도사의 되물음에 언극린은 당연하다는 듯 대답한다.

"당연하지. 절대로 사람을 온전히 믿어서는 안 된다. 함진과 함차도 예외가 아니다."

도사는 다소 불만스러운 듯한 얼굴을 띠었지만 즉시 그런 표정을 지워 버렸다.

양피지 지도를 품에 갈무리한 도사, 함건은 언극린에게 말했다.

"이제 물러가 보겠습니다."

“그래, 조심하여 다녀오거라. 너에게 기대하는 바가 크다.”

함건은 인사를 하고도 자리에서 물러나지 않았다. 잠시 고민하던 그는 힘겹게 입을 열었다.

“설화를 잠시 보고 가도 되겠습니까?”

언극린의 얼굴에 웃음이 사라진다.

“왜 그러십니까?”

함건이 다시 묻자 언극린은 억지로 표정을 바로하며 말했다.

“군사가 말해 주시오.”

함건의 시선은 구양승에게로 돌아갔다. 그의 시선을 의식했는지 구양승은 가볍게 헛기침을 했다.

“흠, 흠. 아가씨께서는 정의맹을 떠나셨습니다.”

“떠나다니요? 그런 이야기는 들은 적이 없는데……..”

“비공식적인 방법으로 떠나셨습니다. 우리도 알게 된 지 얼마 지나지 않았습니다.”

함건은 내심 고개를 갸웃거렸다. 정의맹에서 그런 것이 가능한가? 설화의 능력으로?

하지만 그는 길게 고민하지 않았다. 고민 말고도 해야 할 일이 많았다.

“물러가겠습니다.”

9. 미끼

하나둘 오가는 사람이 많다. 저마다 자기의 삶을 바쁘게 살아가는 사람들… 연진우는 길 한복판에서 긴 한숨을 쉬었다.

참으로 오랜만에 사람이 많은 길을 가보는 것 같다. 사람들 틈에 섞여 있으니 괜히 외롭게 느껴진다. 이 많은 사람들 중 나를 알고 있는 사람이 단 하나도 없다는 것이 왠지 그렇다.

'사부님을 다시 만나면 평범한 일상으로 돌아갈 수 있을까?'

사라진 한상욱을 찾는 것. 연진우가 긴 여로에 오른 이유였다.

하지만 지금은 꼭 그래야 할까 하는 의문이 든다. 사륜지주가 이야기해 준 대로라면 한상욱은 멀쩡하게 천산으로 갔다. 이렇게 강호를 떠돌아다닐 필요 없이 월아산에 돌아가 가만히 기다리고 있으면 될지도 모른다. 워낙 동에 번쩍 서에 번쩍하는 성격이니 어느 날 갑자기 나타나 '얼마나 늘었는지 비무나 한번 해보자' 라고 말할지도 모르는 일인 것이다.

연진우는 잠시 걸음을 멈추고 고개를 흔들었다. 그냥 멈추지 말고 가면 되는데… 지금까지 해온 것처럼 앞으로 쭉. 그런데 온갖 엉뚱한 생각이 머리를 휘감고 지나갔다.

왜 그럴까?

잠시 생각에 잠겼던 연진우는 길가의 풍경이 왠지 눈에 익다는 것을 깨달았다.

'그녀를 다시 만났던 곳이군.'

이곳은 예전에 한 번 지나쳤던 자리였다. 그리고 좋아할래야 좋아할 수 없던 그 소녀를 다시 만났던 곳이었다.

오늘 이곳에서는 사람들 속에 있으면서 외로움을 느끼고 지금껏 달려온 길에 회의를 느꼈다.

비로소 연진우는 깨달았다. 갑자기 왜 이리 감상적이 되었는지를.

인정하고 싶지 않지만 연진우의 마음속에는 미묘한 감정이 자리 잡고 있었다. 뭐라고 표현할 수 있을까? 그리움… 정도가 가장 적당할까?

이상한 일이다. 그녀를 생각해 보면 좋았던 일이라고는 없었다. 그런데 왜 그리운 것일까? 미운 정이 들어서?

감정의 원인이야 어떻든 간에 지금 연진우가 감상에 빠져 있다는 것만은 부정할 수 없는 사실이다.

그런데 갑자기 연진우의 뒤쪽으로 무언가가 날아왔다.

…….

살의가 느껴지지 않는 주먹이기는 하지만 그렇다고 가벼이 여길 수도 없기에 연진우는 오른발을 축으로 몸을 돌리며 날아오던 것을 피했다.

날아온 것은 주먹이었다. 주먹이 헛되이 허공을 가른 후 이어서 깨진 종소리 같은 목소리가 날아왔다.

"길 한복판에 서서 뭐 하자는 짓거리야?"

연진우의 눈썹이 꿈틀거렸다. 손 쓰는 것이나 말하는 것을 보아하니 동네에서 힘깨나 쓰는 불한당인 것 같았다. 먼저 비키라고 말부터 해도 될 것을 손이 빗나가고 나서야 말을 해오는 꼴이라니…….

하지만 연진우의 눈썹이 꿈틀거린 이유는 그의 행동이 미워서가 아니었다.

주위를 지나가던 사람들이 연진우와 거한을 힐끔힐끔 쳐다봤다. 하지만 아무도 앞으로 나서지는 못한다. 힘이 없는 보통 사람들이 이런 일에 끼어드는 것은 엄청난 용기를 필요로 하기 때문이다.

길가에 앉아 꾸벅꾸벅 졸고 있던 거지들까지도 잠에서 깨어 연진우를 의미심장한 표정으로 쳐다봤다.

"뭘 봐!"

거한이 고함을 버럭 지르며 거지들에게 다가갔다. 그는 신경질적으로 발을 휘둘러 거지들이 길바닥에 놓아두었던 동냥 그릇을 차버렸다.

거지들은 황급히 바닥에 흩어진 물건들을 수습했다. 동전 몇 문, 음식 찌꺼기들…….

"빨리 안 꺼져?"

거한이 다시 한 번 발길질할 자세를 취하자 거지들은 땅바닥에 가래침을 뱉으며 재빨리 자리를 떴다. 그 모습에 거한의 얼굴이 시뻘게졌지만 이미 거지들은 저 멀리 사라지고 없었다.

연진우는 빙긋 웃었다.

"반갑습니다."

웃는 얼굴로 인사를 해오는 연진우를 본 거한은 손을 들어 뒤통수를 긁적거렸다.

"나를 아냐?"

거한의 말에 연진우는 능청스럽게 되물었다.

"저를 잊으셨습니까?"

빙그레 웃는 연진우의 얼굴을 보며 거한은 이마에 주름살이 잡힐 정도로 골똘히 생각에 잠겼다. 그리고 잠시 후 비명을 질렀다.

"너, 너… 아니, 당신은 머리로 요술을 부리던……."

"바로 맞췄습니다."

연진우는 활짝 웃어 보였다.

그러나 혈웅방의 귀면금강두는 전혀 웃고 싶은 기분이 아니었다.

그는 비명을 지르며 뒤로 돌아 달아나기 시작했다.

갑작스런 그의 반응에 연진우는 고개를 갸우뚱했다. 그리곤 뭐라 중얼거리며 그의 뒤를 따랐다.

"잠깐 인사할 시간 정도는 있겠지?"

거한은 죽어라고 달렸다. 자신의 귀면금강두가 먹혀들지 않는 유일한 사람이 뒤에서 따라오고 있기 때문이었다.

그때 그냥 창피를 당한 것으로 끝냈다면 좋았을 것을 방의 선배에게 있는 얘기 없는 얘기 해가며 복수를 부탁했던 것이 화근이었다.

연진우가 떠나간 후 그는 무림고수를 건드리게 했다는 이유로 완전히 박살났었다. 뿐만 아니라 혈웅방에서 아예 쫓겨났다.

"제기랄, 저 자식이 왜 또 나타난 거야?"

그는 거친 숨을 토해내며 열심히 달렸다. 움직이는 것을 싫어하던 그가 이렇게 열심히 달려본 적이 있었던가.

하지만 뒤따라오는 사람은 아침마다 달리면서 기공을 연마해 온 연진우다. 경공을 익히지 않은 보통 사람의 다리로 연진우를 따돌린다는 것은 불가능했다.

죽을힘을 다해 뛰었건만 남자는 얼마가지 못한 채 멈추고 말았다. 연진우가 그의 앞을 막아섰기 때문이다.

"제, 젠장. 어, 어쩌려는 거야?"

어지간히 긴장한 모양인지 거한은 말을 더듬거렸다.

문득 연진우는 사륜지주가 생각났다.

'그들은 더 지독하게 말을 더듬었었지.'

사륜지주의 말투를 생각하자 연진우의 얼굴에 웃음이 떠올랐다. 하지만 그런 사정을 알 리 없는 거한은 연진우의 웃음을 다르게 해석하고 있었다.

'저 자식이 나한테 무슨 짓을 하려고 저러는 거야? 얼마나 잔인한 생각을 하고 있으면……'

부처님 눈에는 부처가 보이고 돼지 눈에는 돼지가 보인다더니 거한이 딱 그 짝이었다. 여가선용 삼아 자기보다 약한 사람들을 괴롭혀 오던 그에게 연진우의 미소가 섬뜩하게 느껴진 것은 당연했다.

"제, 제, 제, 제길. 그, 그렇게 쳐다보면 어, 어쩌자는 거야?"

거한은 발작적으로 소리를 질렀다.

그의 모습을 재미있게 생각한 연진우는 짐짓 위협하는 인상을 쓰며 한 걸음 앞으로 나섰다. 그에 발 맞추어 거한은 한 걸음 뒤로 물러섰다.

다시 연진우가 한 걸음 나섰다.

거한도 다시 뒤로 물러섰다.

그러기를 몇 번 반복하자 거한의 등허리에 차가운 감촉이 느껴졌다. 벽을 등지게 된 것이다.

"세 가지 죄를 묻겠소."

갑자기 연진우의 표정이 준엄해진다. 물론 장난이지만 거한은 상당히 심각하게 받아들일 수밖에 없었다.

"첫째는 길가는 행인에게 다짜고짜 폭력을 휘두르려 했던 것이고……."

연진우는 고개를 좌우로 흔들었다. 그때마다 목에서 우두둑 소리가 났다.

"둘째는 생업에 종사하고 있던 거지의 밥벌이 도구를 걷어찬 것이며……."

이번에는 팔을 빙빙 돌린다. 마찬가지로 어깨에서도 뼈마디 부딪치는 소리가 났다.

그리고는 손가락의 뼈마디를 꺾으며 말했다.

"셋째는……."

"두 가지만으로도 충분하군."

갑자기 들려온 목소리가 연진우의 말을 중간에 잘라먹었다.

연진우는 고개를 돌렸다.

몇 명의 거지가 다가오고 있다. 그리고 그중에는 연진우가 잘 아는 얼굴도 있었다.

"길 가던 행인만 동의한다면 그자는 거지 패거리가 처리했으면 좋겠는데?"

연진우는 씨익 웃으며 대답했다.

"그렇게 하지요."

연진우의 앞에 나타난 거지 무리들. 그 중심에는 현 개방의 방주인 운룡신개 고전이 서 있었다.

연진우는 밥그릇을 걷어차인 거지가 자신을 의미심장한 눈으로 바라보던 것을 기억했다. 그들이 고전을 데려온 것이리라.

"잠시 못 본 사이에 더 큰 것 같군."

연진우는 쓸쓸한 미소로 답했다.

그러자 고전도 쓸쓸히 웃으며 말했다.

"안 그래도 찾고 있었어."

"무슨 일로……."

"일단 저 녀석부터 처리하고."

고전은 한쪽 눈을 찡긋하면서 옆에 있던 거지들에게 손짓하며 말했다.

"데려가서 다시는 거지들 영업 방해 못하도록 만들어놔! 분타주는 뭐 하고 있었던 거야? 저런 것들은 한 번씩 청소도 좀 하고 그랬어야지."

거한의 얼굴은 사색이 되었다. 거지들이 자신의 겨드랑이를 움켜잡을 때 반항도 해보았지만 소용이 없었다. 이들은 그냥 거지가 아니었다. 개방에 있으면서 일초반식이라도 무공을 배운 이들이었다. 동냥 그릇을 걷어찰 때의 위풍당당함은 어디로 가버렸는지 그의 얼굴에는 비굴함이 가득했다.

"아이고, 어르신들. 다시는 동냥 그릇을 건드리지 않을 테니……."

거한의 목소리는 점점 멀어져 갔다.

고전은 멋쩍게 웃었다.

"무공을 모르는 사람과 다투지 말라고 했더니 저런 불한당들까지 그냥 내버려 뒀던 모양이야. 앞으로는 무공을 모르는 사람이라도 파렴치한 녀석들은 조금 만져 주라고 해야겠어."

고전의 웃음을 보며 연진우는 한 사람을 생각했다.

'사부님……'

이러니저러니 잡생각이 많이 들기는 했지만 다시 천산으로 가야겠다는 마음이 들었다.

"…않겠나?"

잠시 딴생각을 하느라 고전의 말을 못 들은 연진우는 고전에게 되물었다.

"예?"

고전의 얼굴이 묘하게 일그러진다.

"나와 겨루기 싫다는 말인가?"

그 말을 들은 연진우는 고전이 앞서 했을 법한 이야기를 짐작할 수 있었다.

고전은 연진우와 겨루어보고 싶은 모양이었다. 공손찬이 그랬듯.

연진우의 머리 속에 고전이 싸우던 광경이 떠올랐다. 스승인 한상욱과 싸우던 장면이었다.

그때 두 사람은 언제고 다시 한 번 대결했으면 좋겠다며 헤어졌었다. 고전은 지금 스승이 하지 못한 것을 제자가 갚아주길 원하는 것일까?

연진우는 한숨을 쉬며 고개를 가로저었다.

"저도 그러고 싶지만……"

피하고 싶지 않았다. 연진우도 정말로 고전과 겨루어보고 싶었다. 스승이 싸웠던 그 상대와 자신도 싸워보고 싶었다.

그러나 지금은 그럴 수가 없었다. 공손찬과는 천 초를 약속하고 싸웠다. 그러나 고전은 왠지 그런 것을 허락하지 않을 것 같았다. 천하제일방의 방주가 가만히 서 있는 후배에게 항룡장의 절초를 사용한 것이 기억난다.

"지금은 반드시 해야 하는 일이 있습니다. 그 일이 끝난 후에도 제가 무사하다면 그때 겨루면 안 되겠습니까?"

연진우가 두려운 것은 싸움이 아니었다. 고전과 싸우다가 잘못되어서 천산에 가보지도 못할 것이 두려운 것이다.

알았다는 듯 고전은 머리를 끄덕거렸다.

"그러지. 온 강호가 천년지로 때문에 시끄러운데 당사자인 자네의 심경은 오죽 복잡하겠는가."

그 말에 연진우는 소스라치게 놀랐다.

천년지로에 대해 아는 사람이 몇이나 되었을까? 연진우는 강창옥 내외와 천산이살의 싸움에 휘말리면서 처음으로 그 이름을 들었었다. 고전이 아는 것까지는 이해할 법도 했다. 개방의 방주이기 때문이다.

하지만 온 강호가 천년지로 때문에 시끄럽다는 것은…….

"그것이 무슨 말씀이십니까?"

"모르고 있었나?"

이번에는 고전이 미심쩍은 눈으로 연진우를 바라보았다. 강호인들이 눈에 불을 켜고 연진우를 찾고 있는 이 마당에 당사자는 아무것도 모르는 표정이라니.

"자네는 아주 유명인이 되었네. 도제 강명이 남긴 장보도를 가진 사람으로 말이야.”

연진우는 어리둥절했다. 도제 강명은 알지만 장보도라니. 자기가 무슨 장보도를 가지고 있단 말인가?

“천년지로는 강명이 남긴 보물이었습니까?”

아무것도 모른다는 표정으로 말하는 연진우를 본 고전은 그가 정말로 아무것도 모르고 있음을 깨달았다.

“아무것도 모르는가?”

연진우는 잠시 망설였다. 알고 있는 것이라고 해봐야 별것없지만, 그래도 만에 하나라는 것이 있었다.

짧은 시간 동안 고민하던 연진우는 결론을 내렸다. 비록 고전을 오래 만나보지는 못했지만 저 정도면 남자로 신뢰할 만하다는 결론이었다.

그래서 연진우는 고전에게 그동안 겪어온 일들을 하나하나 이야기해 주었다. 고전은 심각한 표정으로 연진우의 이야기를 들었다.

이야기가 끝나자 고전은 복잡한 표정으로 입을 열었다.

“화성사는 전륜궁의 총단이 아니었나? 자네 말을 들으니 전륜궁주가 있는 곳은 다른 곳이고 필요한 지령만 그곳을 통해서 내렸던 모양이네.”

고전은 연진우가 너무도 수월히 내려갔던 지하 공간에 들어가기 위해 개방 제자들은 어마어마한 노력을 했지만 성공한 사람이 없다고 말했다. 연진우 덕택에 소중한 정보를 얻었다는 말과 함께.

“천년지로가 강명의 유물인지는 모르겠지만…….”

그제야 고전은 연진우가 궁금해하는 것을 이야기했다.

“사람들은 그렇게 믿고 있네. 자네를 잡아 장보도를 빼앗겠다는 생각을 하고 있는 사람들이 엄청나게 많을 거야. 그리고 조금 한다 하는 문파들마다 속속 천산으로 사람을 보내고 있어."

"천산으로요?"

대체 누가 소문을 낸 것인지, 어떻게 알고 사람들이 천산으로 가는 걸까?

"그래, 그리고 사실 내가 자네를 찾은 것도 어떤 분의 부탁을 받아서야."

"예?"

연진우는 궁금해졌다. 정의맹에서 협조를 구했다라면 이해가 가지만 개인적인 부탁으로 개방을 움직일 정도의 존재감을 가진 사람이 누가 있을까?

"조금 먼 곳에 계셔서 사람을 보냈어. 지금쯤 도착하실 때가 되었는데……."

"과연 개방의 방주는 대단하시구려. 이 땡추가 도착할 시각까지 정확히 예상하다니."

거구의 승려 한 사람이 개방도의 안내를 받아 가까이로 다가오고 있다.

연진우는 눈을 크게 뜨고 그를 보았다.

그는 소림사에 있어야 할 혜주 상인이었다.

"결자해지(結者解之)라 했으니 내가 다시 나설밖에……. 연 시주!"

"예."

"자세한 내막을 알려주기는 곤란하나 한 가지만 당부하겠네."

"말씀하십시오."

"전륜궁의 사람과 시비가 생겨도 맞붙어 싸우지 말고 일단은 피하도록 하게."

혜주 상인이 여기는 무슨 일로? 연진우는 소림사에서 그가 했던 말을 떠올려 보았다.

그는 연진우가 천년지로에 얽히게 되면 필연적으로 전륜궁과 시비가 생기리라고 예견했던 것이 틀림없었다. 그렇지 않고는 연진우가 입 밖에 꺼내지도 않았던 전륜궁을 이야기할 이유가 없었다.

하지만 연진우는 그보다도 다른 한마디에 더 신경이 쓰였다.

결자해지(結者解之). 자기가 저지른 일은 자기가 처리해야 한다는 소리다.

이 모든 일이 혜주 상인의 짓이란 소리인가?

"소림의 제자가 되기 전에도 무공을 알고 있었네."

혜주 상인의 말에 연진우는 상념에서 깨어났다.

"별로 대단한 무공은 아니었어. 무공으로의 효용보다는 춤사위에 가까웠으니까. 한번 보겠는가?"

혜주 상인은 대답을 기다리지도 않고는 옆에 있던 개방도 한 명에게 다가갔다. 그는 개방도가 쥐고 있던 박달나무 몽둥이를 달라고 하여 손에 쥐었다.

"원래는 도법이야. 사람 죽일 힘이 없는 도법이긴 하지만."

거기까지 말하고는 몽둥이를 휘두르기 시작했다.

그가 무슨 이야기를 하고 싶은지 짐작할 수 없었던 연진우는 슬슬 짜증이 나려 했다. 한시 바삐 천산으로 가야 할 것 같은 이 상황에 지금 무슨 짓을 한다는…….

혜주 상인의 몸짓을 본 순간 연진우의 사고는 정지되었다.

무(武)와 무(舞)는 같은 뿌리를 가지고 있다. 그리고 동일하게 인간의 신체 위에서 펼쳐진다.

혜주 상인의 그것은 무(武)일까, 무(舞)일까?

순간이 영원처럼 느껴졌다. 말로 형용할 수 없는 그윽한 아름다움이 담긴 동작이었다.

"도제 강명의 비안도법이야."

넋이 나간 채 혜주 상인을 바라보던 연진우는 퍼뜩 정신을 차렸다. 그리고 도법의 이름에 깜짝 놀랐다.

도제의 마지막 무공을 전수받은 사람이 있었다니.

"조금 전에도 말했듯이… 사람 죽일 힘이 없는 도법이네."

이건 또 무슨 소린가? 도제의 무공이 보기 좋은 춤사위에 지나지 않는다는 소리인가?

"독문의 심법이 없으면 춤사위밖에 되지 않는 도법이야."

혜주 상인은 연진우의 의문을 간단히 해소시켜 주고 다음 이야기로 넘어갔다.

"하지만 천년지로를 선택하기 위해서는 껍데기뿐인 무공이라도 있어야 하지. 무공 초식으로서의 묘용은 상실했지만 천년지로를 얻기 위한 수단으로는 아직 존재 가치가 남아 있다네."

연진우는 머리가 지끈거렸다. 천년지로, 비안도법, 천년지로, 비안도법, 천년지로, 비안도법, 천년지로, 비안도법… 그게 무슨 상관이라는 건지.

"그리고 연 시주가 천산이살에게 빼앗긴 구리 반지는 강명이 생전에 끼던 신물이었네. 그는 그것으로 천년지로의 열쇠를 삼았지."

　연진우는 소리 내어 묻고 싶은 것을 간신히 참았다. 그 구리 반지가 어떻게 강창옥 내외에게 있었으며, 혜주 상인은 어떻게 그런 일들을 알고 있는 것인지를.

　"노납은 강명의 무공을 계승하였고, 강 시주는 그의 혈통을 계승하였네. 물론 무공은 반쪽만 계승되었지만 말이네."

　천년지로. 그것은 도제 강명의 유물이 아니다. 하지만 그것을 지키는 기관은 강명에 의해 만들어진 것이다.

　세상을 바로잡을 수 있는 힘이 천년지로이며, 세상 모든 것을 살 수 있는 힘이 천년지로이다. 그리고 세상을 파괴할 수 있는 힘 또한 천년지로의 하나이다.

　세 가지 보물은 모두 중원의 천 년을 바꿀 수 있는 힘을 가졌기에 그것을 천년지로라 일컬었다.

　강명은 천년지로를 찾는 사람들을 위해 몇 가지 안배를 해두었다.

　비안도의 도결에는 천년지로가 숨겨진 곳을 찾아가는 지도를 숨겼고, 심결에는 기관을 통과하는 방법을 도해로 남겼다. 그리고 천년지로를 열기 위해 자신의 신물을 열쇠로 삼고 최후의 기관을 만들었다.

　하지만 그것만으로는 천년지로를 취할 수 없었다. 천년지로를 취하기 위해서는 비안도법을 익힌 사람이 있어야 한다. 자신의 무공이 사장되지 않게 하기 위한 강명의 안배였다.

　"내가 강호에 나가지 않으면 천년지로는 영원히 봉인될 것이라고 생각했네."

　혜주 상인은 어두운 음색으로 말한다.

"보물이란… 그것을 받을 그릇이 되어 있는 사람들에게만 복이 될 수 있는 거라네. 탐욕으로 더러워진 그릇을 가진 자들에게는 오히려 화가 될 뿐이지."

연진우는 고개를 끄덕였다.

"한데 강호에 비안도법을 알고 있는 사람이 더 있더군. 사람을 통해 전승된 도법은 노납이 유일한 전인이지만 지도를 숨겨둔 비급이 있었던 거야. 비록 노납과 마찬가지로 심법을 알지 못해 싸움에는 무용지물인 도법이었지만."

거기까지 들은 연진우는 전체적인 얼개를 대략 알 수 있었다. 그러나 아직도 이해할 수 없는 것이 있다.

"그런데 왜 소생을 찾으셨습니까?"

강호의 소문과는 달리 연진우에게는 장보도 따위가 없다. 그나마 잠시 가진 적이 있었던 구리 반지도 등성호에게 빼앗긴 지 오래이다. 혜주 상인은 왜 연진우를 찾은 것일까?

"실제로 가진 것은 없지만 가진 것이나 다름없기 때문이네."

불문의 화두와도 같이 툭 던진 혜주 상인. 연진우는 그의 얼굴만 멍청히 바라보았다.

"그게 무슨……."

결국 무슨 뜻이냐고 다시 물으려 하자 여지껏 방관자로 있던 고전이 끼어들었다.

"소문과는 달리 자네는 장보도를 가지지 않았지만 사람들은 가지고 있다 믿고 있네. 그렇기 때문에 가진 것이나 다름없다라는 말씀이시지."

쓰여진 단어를 조금 바꾸었을 뿐 이해할 수 없는 것은 혜주 상인의 말과 고전의 말이 매한가지이다.

"그게 무슨 소리입니까?"

고전이 눈을 반짝인다.

"조금 전까지 듣지 않았는가. 천년지로에 이르는 실마리들은 어느 한 가지만 가지곤 되지 않아. 모든 것이 모여야만 온전한 열쇠가 되는 거지. 한 가지 단서를 가진 사람이 나머지 단서를 취하려는 건 당연한 일이 아니겠는가?"

비로소 연진우는 혜주 상인이 했던 말의 의미를 이해했다.

"저를 미끼로 해서 나머지 실마리들을 얻자는 뜻이군요."

"그렇다네."

고전이 씨익 웃으며 대답했다. 혜주 상인도 가볍게 미소했다.

"두 분께서도 천산으로 가실 것입니까?"

혜주 상인이 대답하였다.

"고 방주는 노납의 개인적인 부탁으로 방을 움직여 연 시주를 찾아 준 것이네. 이 이상은 다른 부탁을 할 수 없지. 천산에 가는 것은 연 시주와 노납 두 사람일세. 물론 연 시주가 노납과 동행하는 것을 원치 않는다면 뜻대로 하겠네."

"알겠습니다. 저로서도 상인과 함께 가는 것이 좋을 것 같습니다."

동행하겠다는 연진우의 말에 혜주 상인은 기꺼운 미소를 지었다.

그때 문득 생각난 듯 연진우가 고전에게 물었다.

"저에게 장보도가 있다는 소문은 개방에서 낸 것입니까?"

고전이 멋쩍게 웃으며 대답을 피했다.

연진우의 시선은 혜주 상인에게로 옮겨갔다. 과연 예상대로 혜주 상인이 긍정의 몸짓을 했다.

"그렇다네. 그것 역시 노납의 부탁으로 했던 것일세."

그 후로도 그들은 한참 동안 이야기를 나누었다.
이야기가 끝난 후 연진우와 혜주 상인은 고전을 비롯한 개방도들과
헤어져 천산을 향해 움직이기 시작했다.

10. 오랜만의 만남, 역전된 만남의 모습

연진우와 혜주 상인은 잠시 걸음을 멈추고 앞을 쳐다보았다.

하늘의 산 천산(天山)!

기암과 괴석들이 즐비하고 깎아지른 듯한 절벽이 사람을 위압하고 있었다.

보통 사람들은 천산을 다른 산보다 월등히 큰 산으로만 생각한다. 물론 천산은 거대하다. 하지만 그것은 절반만 맞는 이야기이다.

천산은 그냥 산이 아니다.

중원의 끝 자락, 천축(天竺)과 서장(西藏)이 접한 곳에서부터 시작되는 거대한 산맥을 일컬어 천산이라고 한다.

기기묘묘한 기암괴석이 가득한 곳이고, 만 년을 녹지 않고 쌓인 눈이 산머리에 잔뜩 얹힌 곳이다.

연진우와 혜주 상인은 그 천산을 오르고 있었다.

"지도는 없다 하지 않으셨습니까?"

입가에서 하얀 숨을 토해내며 연진우가 말했다. 혜주 상인의 입에서도 하얀 수증기가 뿜어진다.

"그랬지. 하지만 명색이 도법의 전승자인데 대충의 위치 정도는 들은 풍월이 있지 않겠나? 개방을 통해 가능성이 있을 법한 곳도 미리 알아보았고."

"그렇지만……."

뭔가 미심쩍은 듯 연진우는 고개를 갸우뚱했다. 하지만 혜주 상인은 그런 연진우에게 가벼이 눈짓을 했다.

"어쩌면 곧 천년지로를 찾을 수 있을지도 모르겠네."

연진우의 눈썹이 꿈틀거렸다.

혜주 상인의 말 때문이 아니었다. 그 말이 나오는 순간 갑자기 느껴진 따가운 살기 때문이었다.

이미 각오하고 있었듯이, 아니, 그렇게 될 것을 기대하며 출발한 길이긴 하지만 수많은 사람들이 모습을 감추고 연진우와 혜주 상인의 뒤를 따르고 있었다. 하지만 지금껏 숨을 죽인 채 그냥 따르기만 했지 이렇다 할 행동은 하지 않았었다.

그런데 혜주 상인의 말 한마디에 따가울 정도로 많은 살기가 느껴졌다.

'진짜는 이 정도로 기척을 노출시키지 않을 텐데…….'

살기라 하여 반드시 죽일 의도라는 말은 아니다. 특히나 이런 상황에서 발산되는 '살기'라는 것은 어쩌면 '탐욕'의 또 다른 표현일지도 모른다.

연진우가 생각하는 것이 바로 그것이었다. 고작 저 정도 미끼에 입질을 해오는 사람이라면 그리 대수롭지 않은 작자들이리라. 미행을 한답시고 딴에는 은밀하게 움직이고 있지만 진작부터 행적을 발각당한 그런 부류들.

정작 문제는 그 이면에 있다.

가벼이 보이는 사람들 속에 숨어 있는 진짜배기들은 정말 위험하다. 보이는 창 하나를 방비하는 것은 쉽지만 보이지 않은 비수 한 자루를 방비하는 것은 어려운 일이다. 더군다나 그 비수가 절세의 이기(利器)라면…….

하나 의도한 바가 있기에 그들은 길을 걷는다.

높은 곳으로 올라갈수록 공기가 점점 차가워진다. 말을 하거나 숨을 쉴 때 입에서 나오는 숨이 하얗게 눈에 보이게 된 지는 이미 오래이다. 멀찌감치에는 슬슬 눈이 보이고 있었다. 지금 걷는 속도라면 일각 안에 도착할 수 있을 듯싶다.

'바람도 꽤 불 것 같은데.'

연진우는 나름대로 계산을 해보았다.

만약 자신이 미행자의 입장이라면 어떻게 행동할 것인가?

'연진우' 라는 인물이 미끼라는 사실을 전혀 모르고 있는 상태, 그리고 연진우에게는 천년지로를 얻기 위한 장보도가 있다고 믿는 상태.

단순히 연진우와 혜주 상인을 습격하여 지도를 빼앗는 것으로 끝날 일이 아니다. 보물은 소수가 가질 때 값어치가 있다는 것이 보통 사람들의 마음이다. 연진우, 혜주 상인뿐만 아니라 경쟁자들도 제거해야 한다.

연진우는 고개를 들어 눈 덮인 산을 바라보았다.

'저 흰 눈이 온통 붉게 물들지도 모르겠군.'

그런 생각을 하자 연진우의 마음이 무거워졌다.

그때 혜주 상인의 전음이 날아왔다.

[저기 산등성이에는 눈보라가 많이 치겠군. 아마 습격이 있을 테니 준비하고 있게.]

안 그래도 짐작하고 있었던 연진우는 미미하게 고개를 끄덕거렸다.

'일단 저 산등성이에서 한 번 걸러지겠군. 그나마 뛰어난 자들과 평범한 자들이.'

주위를 둘러보며 연진우는 대강 짐작을 해보았다. 적어도 아직까지는 적이 나타나지 않을 것 같았다. 설혹 나타난다 할지라도 다른 이들은 모습을 드러내지 않은 채 혼자서 행동해야 할 것이라는 생각이 들었다.

'바보가 아니라면… 일단은 산등성이까지 기다리겠지. 그리고 진짜 똑똑한 자들은 거기서도 숨을 죽이고 있을 테고.'

연진우는 고개를 들어 산등성이를 쳐다보았다. 그리곤 가슴을 활짝 펴며 차가운 공기를 들이마셨다.

폐부가 상쾌해진다. 싸움에 앞서 의기를 다지는 듯 연진우는 눈에 힘을 주었다.

갑자기 연진우의 눈동자가 확대됐다.

갑자기 누군가가 길을 막고 선 것이다.

혜주 상인이 뭐라 말하기 전 연진우의 입이 먼저 열렸다.

"형……."

"오랜만이구나."

연진우의 앞을 가로막은 사람은 다름 아닌 홍염이었다.

홍염은 쓸쓸한 웃음을 지으며 창을 쥐지 않은 손을 흔들어 반가움을 표시했다.

"형이 여길 어떻게……."

물론 연진우가 짐작하지 못해서 그런 질문을 한 것은 아니다. 신창문에서도 당연히 사람을 보낼 것이고, 이왕 사람을 보낸다면 가장 능력 있는 사람을 보내야 할 것이다.

하지만… 하지만 개인적으로 홍염은 정말로 싸우기 싫은 상대였다. 인간관계가 빈약한 연진우로서는 어린 시절 무공을 함께 배웠던 그 인연이 결코 가벼운 것이 아니다. 비록 어릴 때는 이기고 싶은 마음에 질투하고 시기하기도 했지만 그것은 다 어릴 적의 이야기였다. 지금은 그런 마음이 없는데…….

그렇지만 결국 두 사람은 굉장히 껄끄러울 수밖에 없는 사이가 되어 버렸다. 노씨 형제 중 하나를 죽이고 하나는 폐인으로 만드는 데 지대한 공헌을 했으니…….

한데 지금 나타난 이유는 무엇이란 말인가?

"동행을 부탁한다."

연진우는 잠시 어리둥절해하다가 비로소 홍염의 뜻을 깨달을 수 있었다.

다른 이들과는 달리 홍염은 연진우를 위한 마음을 조금이나마 가지고 있는 것이 틀림없었다. 만약 이대로 동행하는 상태에서 연진우가 습격을 받는다면 홍염 또한 그것을 함께 감당해야 하기 때문이다.

사문의 명을 받들어 온 것이기에 말로는 표현하고 있지 않지만 홍염이 마음으로 전하고자 하는 뜻은 분명했다.

나는 너와 싸우고 싶지 않다.

그러나 사문의 명에 따라 천년지로에 대해서는 반드시 조사해야 한
다.

그러니 동행하자. 적이 나타나면 힘을 합해 싸우자.

간단했다.

적어도 연진우는 그렇게 짐작했다.

"동행을 허락해 주겠나?"

홍염이 재차 물어오자 연진우는 혜주 상인을 보았다. 혼자 가는 길
이라면 당장 승낙했을지도 모르지만 그에게는 혜주 상인이라는 동행자
가 이미 있었다.

"시주는 뉘시오?"

혜주 상인이 입을 열어 홍염의 신분을 물었다.

대답에 앞서 홍염은 쥐고 있던 창을 앞으로 내밀어 보여준 후 말했
다.

"신창문의 대제자 홍염입니다."

"아, 아… 그렇구려. 빈승은 소림의 혜주라 하오."

동행하는 자가 소림승이라는 소식은 들었지만 설마 장문인과 같은
혜자항렬의 승려라는 것은 생각지 못해서 홍염은 깜짝 놀랐다.

"시주도 연 시주와 같은 사람의 문하에서 권법을 배웠소?"

긴장되고 신경 쓸 일이 많은 길을 가고 있던 중이지만 혜주 상인의
얼굴에는 다시금 웃음이 떠오르고 있다. 언제나 평상심을 유지하는 연
습을 해왔기에 가능한 것이었나.

부드러운 미소를 지으며 홍염이 말했다.

"그렇습니다. 한상욱 사범님의 문하에서 권법을 배웠으며 형 노사께

간간이 여러 재주를 전수받았습니다.

"오… 그래, 혜연 사형을 안단 말이지?"

"혜연?"

나지막이 중얼거리며 속삭이던 홍염에게 연진우가 전음을 보냈다.

[혜연은 형 노사께서 소림 제자이실 때 사용하신 법명입니다. 그리고 이분 혜주 상인께서는 형 노사와 동문수학했던 분이십니다.]

홍염은 깜짝 놀랐다. 연진우의 발전에 대해서 여러 가지 소문을 들었고, 전음을 구사할 수 있을 거라는 생각도 했지만 막상 직접 듣게 되자 기분이 이상했다. 자신을 단 한 번도 이겨보지 못한 산골 아이가 어느새 이렇게 커버렸다는 말인가?

"어흠, 흠……."

갑자기 헛기침 소리가 들려왔다.

연진우, 홍염은 거의 동시에 혜주 상인을 보았다. 혹시 혜주 상인이 기침을 하였나 하고.

하나 혜주 상인은 자기가 아니라는 표정을 지었다.

"어흠흠……."

다시 헛기침 소리가 나고, 연진우는 볼 수 있었다. 결코 반갑지 않은 사람 셋이 나란히 서 있는 광경을.

함진은 기분이 나빴다. 이대로 조용히 따라가다가 으슥한 곳에서 지도를 빼앗고 죽여 버린 후 사고로 위장하면 만사가 형통하리라 생각하고 있었다. 그런데 공연히 홍염이 나서 버렸다. 엉뚱한 짓을 벌이기가 조금 힘들어졌다.

뿐만 아니었다.

늘 급한 성격 때문에 골치가 아프도록 만들었던 막내 사제가 또 사고를 쳤다. 가만히 있으면 중간이나 갈 것을, 홍염이 나서는 것을 보고 경쟁심이 발동했는지 앞으로 성큼성큼 나서며 헛기침을 해버렸다.

과정이야 어찌 되었든 결과적으로 공동삼협이 앞으로 나서 버린 셈이 되었다. 대사형이라는 책임감에 함진이 입을 열었다.

"우리도 두 분과 동행하고 싶소. 상인께서 허락해 주신다면……."

함진의 질문은 혜주 상인을 향했다.

연진우와 혜주 상인이 일행인 이상 둘 중 누구에게 요구를 하나 똑같지 않냐고 생각할 수 있다.

하지만 둘 사이에는 분명 차이가 있다.

강호에 난 소문, 따지고 들자면 개방에서 의도적으로 퍼뜨린 헛소문이 사실이라면 장보도를 가진 사람은 연진우이다. 혜주 상인이 아니라.

연진우의 눈썹이 오르락내리락하기 시작했다.

홍염의 경우와는 문제가 다르다.

홍염과 연진우 사이에 있는 감정은 기본적인 신뢰이다. 비록 그 사이에 많은 다른 일이 있었지만.

그러나 공동삼협과 연진우 사이는 어떤가?

첫 만남부터 어색하게 시작하지 않았던가? 이름이 널리 알려지지 않은 사람을 우습게 여기는 그들의 행동에 분개하였었다.

그리고 신창문 개파대연, 그날을 앞두고 황산에서 연진우는 함차에게 얻어맞았다.

여기서 끝났다면 양측의 감정은 어느 한쪽만의 손해로 끝나 버릴 수도 있었다.

하지만 과연 세상일이라는 것은 그렇게 쉽게 흘러가지 않았다. 나중에 시비가 생기긴 했지만 소녀가 전해준 장법을 잘 이용해 함차의 공격에 확실하게 방비했던 연진우는 좌중의 칭찬을 한 몸에 받았다. 그리고 정해진 공격의 횟수 안에 연진우를 이기지 못한 함차는 망신을 당한 꼴이 되었다.

이들은 서로가 서로에게 감정이 있는 상태다.

과연 동행을 허락해야 할 것인가?

이번에는 혜주 상인이 연진우의 눈치를 슬쩍 살폈다.

연진우는 전음을 보냈다.

[상인의 계획에 어울리는 대로 결정하십시오. 저는 얼마든지 참고 갈 수 있습니다.]

그 전음을 듣고 혜주 상인은 크게 고개를 끄덕거렸다.

혜주 상인의 입이 열리고 온유한 목소리가 흘러나왔다.

"죄송하게 됐지만 세 분 도우(道友)께서는 빈승과 동행하기 어려울 듯하오."

그의 말에 공동삼협은 뜨악한 표정을 지었다. 설마 이렇게 쉽게 거절할 것이라고는 생각하지 못했던 것이다.

연진우 역시 놀라기는 마찬가지였다. 밉든 곱든 일단 이럴 때는 저들의 요구를 들어주어 힘을 보태는 것이 이로울 텐데…….

혜주 상인의 이야기는 끝나지 않았다.

"하지만 빈승과 동행하지 못한다 할지라도 방법은 있소."

함진의 얼굴이 굳는다. 함건의 표정은 변하지 않았다. 함차는… 흰 콧김을 내뿜기 시작했다.

"상인의 말씀은 연 소협에게 동행할 것을 요청해 보라는 뜻입니까?"

뻔한 말임에도 불구하고 함진은 혜주 상인에게 확인을 요구했다. 그것이 자신들의 마지막 자존심이라도 되는 양.

혜주 상인의 얼굴에 자애로운 미소가 떠올랐다.

"어찌 요청하라는 말을 하겠소. 빈승은 연 시주를 조종하는 사람이 아니라 함께 길을 걷는 사람이오. 도우들께서 동행을 원하신다면 정중히 부탁을 해보는 것이 좋을 듯싶소."

"흥!"

더 이상 참지 못하겠다는 듯 함차가 세차게 코웃음을 쳤다.

안 그래도 더러운 꼴 보기 싫었는데 이 자리에서 한판 벌이는 것이…….

하지만 과거에 그랬듯 이번에도 함차를 제지하는 사람이 있었다. 바로 둘째 함건이었다.

"경거망동하지 말라!"

나지막한 어조의 그 한마디에 함차는 입을 다물었다. 물론 하고 싶은 말이 있는 듯 입술을 우물거리기는 했지만 더 이상 군소리를 하지는 않았다.

함건은 함진을 보며 고개를 끄덕였다.

할 수 없다는 듯 함진은 길게 숨을 내쉬며 연진우에게 말했다.

"연 소협, 공동파의 제자 삼 인이 동행하기를 청하는 바이오. 허락해 주시오."

함진은 말과 함께 허리를 숙였다. 함건과 함차도 그를 따라했다.

연진우는 기분이 좋았다.

비록 그것이 절반의 강요로 이루어진 것이기는 하나 공동삼협이 저렇게 허리를 숙이게 된 것이 참으로 기뻤다.

그리고 어차피 처음부터 허락하리라 마음을 먹고 있던 동행이었다. 감정이 조금 상할지라도 말이다. 그런데 오히려 즐거운 마음으로 허락하게 되었다.

'재미있게 되었군.'

멀찌감치서 연진우 일행의 모습을 지켜보고 있던 사람들 중 하나의 생각이다.

그는 연진우와 혜주 상인이 가는 길에 홍염과 공동삼협이 가세한 것을 두고 복잡하게 계산을 해보았다.

대강 앞으로의 일을 짐작한 후 그는 함께 있던 사제에게 눈길을 돌렸다.

"어떻게 될 것 같은가?"

덩치가 크고 생긴 것도 우락부락하여 언뜻 우둔해 보이지만 실제로는 대단히 비상한 머리를 가진 사제이다.

덩치 크고 우락부락하게 생긴 허공이 일공의 물음에 대답했다.

"무슨 말을 하여 동행을 시작했는지는 모르겠지만……."

확실히 연진우와 공동삼협 사이에 오간 대화를 알아듣기엔 너무 먼 거리였다.

"여하한 일이 있더라도 일단은 지금의 거리를 좁히지 않는 것이 옳다고 생각됩니다."

"음……."

일공은 가볍게 고개를 끄덕였다. 어차피 지금은 보는 눈이 너무도 많다. 어느 정도 숫자가 줄어든 이후에 움직여도 늦지 않았다. 그 정도도 생각하지 못하는 주제에 보물에 대한 욕심만 가득한 작자들이 정리

된 이후에.

'일단 저곳에서……'

일공의 시선은 눈 덮인 산등성이를 향하고 있었다.

휘이잉―

눈보라가 치고 있다.

눈보라는 하늘을 가린다. 땅을 덮는다.

눈보라는 천지를 휘감아 은빛으로 물들이고 있었다.

고도가 높아질수록 눈보라는 점점 더 거세어졌다.

그 눈보라 속을 헤치며 걷는 몇 사람이 있다.

휘―

바람이 불며 많은 양의 눈보라가 갑자기 몰아쳤다.

하지만 일행 중 누구도 거기에 대해 이렇다 말을 하지 않는다. 그저 묵묵히 걷기만 할 뿐.

보이는 것은 흰 눈, 들리는 것은 거친 바람 소리뿐인 시간이 참기 힘든 것일까? 한 사람이 입을 열었다.

"생각보다 눈발이 더 거칠어지는군."

뜻밖에도 침묵을 깨뜨린 사람은 혜주 상인이었다. 그는 나머지 일행을 보며 말을 이었다.

"잠시 쉬어가겠는가?"

눈보라 속에서 홍염의 눈이 신광을 뿜어낸다.

연진우는 번뜩이는 홍염의 눈을 보더니 고개를 가로저었다.

"잠시라도 지체할 시간이 없습니다. 일단은 쭉정이들을 떨어내야지요."

대답을 하며 연진우는 공동삼협의 얼굴을 보았다.

마치 화석이라도 된 듯 그들의 얼굴은 무표정했다.

그동안에도 눈보라는 바로 앞을 분간하기 어렵게 몰아쳤다.

"그래, 그래."

고개를 끄덕인 혜주 상인은 다시 앞을 보며 걷기 시작했다.

한 번 발을 내디딜 때마다 눈 속에 발이 푹푹 빠지는 길. 일행 중 고수 아닌 사람이 없지만 누구에게도 쉬운 길은 결코 아니었다.

"들었소만."

어찌나 바람 소리가 큰지 바로 옆에서 하는 말도 잘 들리지 않을 지경이었다. 연진우는 고개를 돌려 말한 사람을 찾았다. 함건이었다.

"뭐라고 하셨습니까?"

바람 소리에 묻히지 않도록 연진우는 일부러 힘을 주어 말했다. 그러자 함건도 자신의 실수를 깨달았는지 큰 목소리로 다시 말했다.

"장보도를 가지고 있다고 들었소만."

여전히 무표정한 얼굴을 하고 있는 함건이었다. 하지만 그 얼굴을 본 연진우의 마음은 미미하게 격동하고 있었다.

두 사람 사이에는 서로 다른 마음이 자리하고 있다.

아무것도 가진 것이 없으면서 자신을 미끼 삼아 천년지로의 실마리를 붙잡아보려는 연진우.

이미 지도를 가지고 있는, 그래서 나머지 실마리가 더 더욱 필요한 함건.

연진우는 대답 대신 어깨만 으쓱했다.

대답을 듣지 못하였지만 함건의 표정에는 변화가 없었다. 인상이 변한 것은 다른 사람이었다.

“이놈이 보자 보자 하니 지깟 놈이 크면 얼마나 컸다고 이사형의 말씀을 무시하는 거냐?”

쇠북이 깨지는 듯한 요란한 소리. 말할 것도 없이 함차의 목소리였다.

갑자기 연진우는 걸음을 멈추었다.

그리고는 함차를 똑바로 보며 또박또박 내뱉기 시작했다.

“머리는 뭐 하는 데 쓰라고 있는 물건이오?”

“뭐, 뭐라?”

무표정하던 함차의 얼굴에 독기가 어린다.

“지금껏 당신과 나 사이에 있었던 일을 따져 보시오. 과연 당신에게 머리통이 필요하기나 하오?”

“너……!”

얼마나 흥분했는지 눈보라 속에서도 함차가 내뿜는 콧김이 그대로 보였다.

“보물이 내게 있든 없든 그것을 말하는 것은 내가 결정할 문제요. 당신 사형도 가만히 있는데 왜 당신이 나서서 흥분한 척하는 거요? 그리고 우리를 주시하고 있는 눈과 귀가 얼마나 많은 줄 알면서 이 자리에서 당장 큰 소리로 답해주기를 바란단 말이오?”

“이…….”

함차의 오른손이 허리 쪽으로 갔다. 하지만 그와 거의 동시에 연진우가 함차 쪽으로 한 걸음 다가갔다.

함차는 움찔했다. 검을 뽑으려는 찰나에 연진우가 다가와 기회를 놓쳐 버린 것이다.

휘잉—

두 사람 사이에 거친 바람이 비집고 들어왔다.

연진우, 함차는 눈도 깜짝하지 않고 서로를 노려보았다.

그리고 일행은 모두 다 두 사람을 그냥 보고만 있었다. 다른 사람들은 물론 문제의 발단이 된 함건까지도 관망만 했다.

"이 자리에서 피를 보겠다는 말입니까?"

연진우의 눈빛은 싸늘했다. 뜨겁게 이글거리는 함차의 그것과 대조적이었다.

"오냐, 이 자리에서 너를 절단 내고 장보도를 가져가야겠구나."

딱딱한 함차의 대답 소리.

연진우는 뒤로 한 걸음 물러섰다. 검을 뽑을 테면 뽑아보라는 듯이 여유있는 자세였다.

채앵!

함차는 주저하지 않고 검을 뽑아 들었다.

인간의 기억, 그리고 사고는 주로 자신에게 유리한 방향으로 흘러간다. 기억하고 싶은 것을 골라서 기억하고, 사태를 자신의 생각에 맞게 해석하려 하는 것이 인간이다.

함차 역시 그랬다. 연진우가 과거와 비해 월등히 강해졌다는 이야기를 전해 들었으나 지금 그의 머리 속에는 전혀 다른 생각이 자리 잡고 있을 뿐이었다.

그에게 있어 연진우는 이름없는 무사의 문하에서 자란 촌뜨기에 지나지 않았다. 마음에 들지 않으면 붙잡아서 몇 대고 두들겨 패줄 수 있는 그런.

물론 현실은 그와 다르다. 하지만 함차는 그것을 생각하지 않는다.

그가 기억하는 것은 과거의 경험뿐이다.

더욱 이상한 것은 당사자인 함차보다 조금 더 객관적으로 사태를 관찰할 수 있을 함진과 함건도 전혀 그를 말리지 않았다.

함차는 그것을 사형들도 자신의 뜻을 인정해 주었다는 식으로 해석했다. 그는 손아귀에 힘을 주어 검을 쥐었다.

하지만 두 사형 중 누구도 함차가 칼부림하라는 뜻으로 가만히 있는 건 아니었다. 함건에게 다른 뜻이 있었는지 모르겠지만 일단 함진의 의도는 간단했다. 연진우의 속내를 관찰해 볼 기회였던 것이다.

연진우가 장보도를 가지고 있다는 소문은 강호에 파다하게 퍼져 있지만 소문의 진위 여부를 알고 있는 사람은 아직 찾아보질 못했다. 함차가 시비를 걸 때 연진우가 보이는 반응을 잘 관찰해 보면 뜻밖의 소득을 얻을지도 모른다.

다시 말해 함진이 함차에게 원하는 것은 연진우를 자극해서 다양한 반응을 유도하는 것이었다.

하나 함차는 극단적인 반응을 유도하는 것만으로 자신의 할 일을 제한해 버렸다.

복마검법(伏魔劍法)!

만마를 굴복시키는 도가의 검술.

공동의 제자로 검을 잡은 자들은 모두 배우고 단련하는 검법이다. 비록 그것이 복마심검(伏魔心劍)의 현묘한 이치에는 다소 못 미치는 부분이 있지만 그 복마심검조차도 복마검법에 뿌리를 두고 있으니…….

칼끝이 부르르 떨리며 가벼운 진동음을 토해냈다.

함차는 검을 가슴께로 가까이 하며 긴 날숨을 쉬었다.

일건 무방비처럼 보이는 자세다.

　그러나 그것은 복마검법을 모르고 하는 소리이다. 복마검법의 가장 두려운 점은 언제 어떤 방향에서 검이 날아올지를 전혀 예측할 수 없다는 것이다. 자칫 무방비 상태라고 쉽게 생각하고 접근하였다가 박살이 나는 수가 있다.

　연진우는 얼음장 같은 눈으로 함차를 보았다. 그리곤 한숨을 쉬며 고개를 돌렸다.

　함차의 얼굴이 시뻘겋게 달아올랐다.

　일촉즉발의 긴장감이 오가도 시원찮을 마당에 고개를 돌리다니… 완전히 무시당한 것이라는 생각뿐이었다.

　"너, 이놈……!"

　그러나 연진우의 시선은 여전히 다른 곳을 향하고 있었다. 조금 더 정확히 말하자면 함건을 향하고 있었다.

　함건과 연진우 사이에 잠시 시선이 교차되었다.

　그리고 연진우의 뇌리에는 한상욱과의 대화가 떠올랐다.

　"첫째인 함진은 사람 됨됨이가 음흉하고 그 속내를 알기 힘든 사람이더구나. 아마 너도 눈치 챘으니 물어보는 것이겠지. 함차가 나를 모욕하는 것을 내버려 두면서 은근히 자기는 예의 바른 사람인 것을 드러내려 했으니 헛되이 협명(俠名)을 떨치기를 즐겨 하며 사람들을 핍박하기를 꺼리지 않는 사람이야. 막내인 함차는 자기 문파의 위명과 공동삼협이라는 그들의 명호에 지나친 자부심을 가지고 있는 사람이라 명문의 자제가 아니면 상대하려 하지 않는 그런 부류의 사람이고……."

　"둘째인 함건은 어떤 사람입니까?"

　"글쎄… 그야말로 쉽게 평하기 힘든 사람이구나. 자기의 사형제들의 행동에 동조하지 않고 묵묵히 그들의 언행을 지켜보기만 하는 모양으로 보아하니 함진도 자기 둘째 사제에게는 함부로 하지 못하는 것이 분명한데……."

"그는 선인입니까, 악인입니까?"

"강호에서는 그 외모나 행동만을 보고 선인지, 악인지 분별하는 것을 삼가야 한다. 진정한 그 사람의 됨됨이는 시간을 충분히 두고 가까이에서 사귀어 보아야 알 수 있는 거지. 함건은 그 세 사형제들 가운데서 가장 중심이 뚜렷한 사람인 것 같더구나. 한편일 때는 말없이 끝까지 함께할 가장 든든한 조력자가 되어줄 사람이고, 적이 되면 마지막까지 안심할 수 없도록 만드는 가장 무서운 적이 될 그런 사람이야."

'사부님의 판단은 정확했다.'

내심 그렇게 생각하며 연진우는 함건에게 말했다.

"장보도를 보고 싶소?"

"그렇소."

연진우는 입으로 흰 수증기를 내뿜으며 다시 물었다.

"천산에 무엇이 있는지는 알고 있소?"

참다 못한 함차가 입을 열었다.

"이놈, 지금 무슨 수작을 하는 거냐? 대체 너는……."

"조용히 하시오!"

눈보라도 일순 멈출 듯한 거센 목소리였다. 당황한 함차는 할 말을 잃었다.

연진우는 더욱 큰 목소리로 또박또박 말했다.

"당신이 그렇게 받들어 모시지 못해서 안달인 당신 사형과 이야기를 하고 있는 중이오. 할 말이 있거든 기다렸다가 나중에 하시오."

“…….”

일행의 눈이 둥그레졌다. 머리가 필요없니 어쩌니 하면서 약을 올리긴 했지만, 이 정도로 당당하게 굴 줄은 몰랐었다.

할 말을 잃은 함차는 함진과 함건을 번갈아 바라보았다. 함진은 눈짓으로 일단은 가만히 있으라 하였다.

연진우의 시선이 다시 함건에게로 돌아갔다.

“천년지로가 무엇인지 알고 있소?”

11. 또 다른 만남

산에는 나무 한 그루 보이지 않는다.

비죽비죽 솟아오른 것은 모두 바위였다.

본래는 거무스름한 빛을 띠고 있었을 바위지만 지금은 모두 희디흰 빛을 띠고 있었다.

그 바위들 중 유난히 눈에 띄는 것이 있다.

폭이 좁고 끝이 뾰족하게 생긴 바위!

마치 날카로운 검(劒) 같다는 느낌을 주고 있었다.

하지만 사람들은 바위의 날카로움을 보고 있지 않았다.

그들이 보고 있는 것은 바위보다 훨씬 날카롭게 대치하고 있는 두 사람이었다.

"천년지로가 무엇인지 알고 있소?"

연진우의 질문에 함건은 무감한 얼굴로 대답했다.

"대충은······."

"구태여 저 사람을 시켜 나를 도발할 이유가 있었소?"

이번 질문에 함건의 표정이 딱딱해졌다.

혜주 상인과 홍염, 그리고 함진의 표정도 굳어졌다.

"어떻게 알았소?"

함건이 되묻자 연진우는 뭐라고 중얼거렸다. 하지만 바람 때문에 함건은 아무것도 들을 수 없었다.

들리든 말든 일단 대답은 했다는 뜻일까? 연진우는 거침없이 자신의 질문을 반복했다.

"대충 아는 것이 어떤 것인지 궁금하구려."

"······."

함건은 물끄러미 연진우를 바라보았다.

연진우 역시 그의 시선을 피하지 않았다.

거친 눈보라 속에 대치하고 있는 그들의 모습은 칼날 모양으로 생긴 바위와 흡사했다. 겉은 눈으로 덮였지만 충분히 내면의 날카로움을 짐작할 수 있는 상태.

'내가 자기를 잡아간 그 사람이란 걸 알아차린 것일까?'

함건은 은근히 걱정되었다.

그는 진주언가의 서자로 태어나 일찌감치 창궁 진인 문하에 입문했다. 창궁 진인이라는 일대종사의 제자인 동시에 정의맹주의 동생이라는 신분은 결코 예사로운 것이 아니었다.

사문과 가문 밖의 사람들은 그런 관계에 대해서 아는 바가 없다. 공동파 안에서도 함건이 출가하기 전에 언씨 성을 사용했다는 것을 아는 사람은 사부인 창궁 진인과 함진, 함차뿐이었다.

하지만 그들에게도 알려주지 않은 것이 하나 있었다.

숭산에서 이지를 상실하고 있던 연진우를 정의맹에 끌고 갔던 백면의 남자.

정의맹에서 탈출하려던 연진우와 언설화를 방해하던 그 백면의 남자.

사부를 제외한 사문의 사람들은 함건의 숨겨진 모습을 모르고 있었다. 아마도 창궁 진인과 언극린 사이에 밀약이 있었던 듯하다. 그렇지 않고는 두 단체를 오가며 일한다는 것 자체가 불가능했다.

지금 함건이 두려워하고 있는 이유가 바로 거기에 있다.

함건은 함진과 함차에게 자신의 숨겨진 신분을 드러내지 않아야 한다. 이 자리에서 어이없이 정체를 들통 낼 수는 없었다.

물론 이런 생각은 그때의 백면인이 자신이라는 것을 연진우가 알게 됐을 경우에만 성립이 된다.

함건은 마음을 다잡았다.

알게 뭔가! 어떻게, 무슨 재주로…….

"창강자를 알지요?"

눈보라가 너무 거세어져 이제는 숫제 소리를 지르지 않고는 말이 전달되지 않게 되어버렸다. 연진우의 고함에 함차도 고함으로 대꾸했다.

"무슨 말을 하는 건지 모르겠군."

그러나 모른다 말하면서도 함건은 흔들리는 기색을 노출시켰다. 그것은 함진, 함차도 마찬가지였다.

공동파의 권종을 대표하던 인물. 종남파 전대 장문인을 죽인 흉수로 지목받고 있는 인물.

그가 바로 창강자이다.

하지만 공동삼협에게는 그 이상의 의미를 가지고 있었다.

검종의 최고수 창궁 진인의 제자들에게는 다른 의미로 다가오는 사람이다.

"대충은 다 들었소, 당신들이 무슨 짓을 했는지."

연진우의 말에 공동삼협의 안색이 변하였다.

함건은 마음속으로 고개를 흔들었다.

'알 턱이 없다. 당사자도 모를 일을 저놈이 알 턱이 없다.'

그러나 불안한 마음은 어쩔 수 없는 노릇!

연진우는 세 사람의 표정을 보며 내심 미소를 지었다.

"천년지로에 대해 대충은 안다 하셨으니 길 가면서 그 이야기나 좀 들어봅시다. 그게 싫으면 내가 재미있는 이야기를 해드릴 것이고."

함건은 이를 갈았다.

천년지로에 대해서 아는 만큼 털어놓지 않는다면 자신들이 과거에 저지른 일에 대해 폭로하겠다는 소리였다.

비록 보이지는 않지만 지금 이곳에는 수많은 사람의 이목이 집중되어 있다. 만약 연진우가 허튼소리를 하는 날에는…….

그때 문득 함건의 머리 속을 스치고 지나가는 생각이 있었다.

'왜 이런 것을 물어볼까? 날파리들에게 들려주고 싶어서는 아닐 텐데… 정작 이놈도 천년지로 그 자체에 대해서는 아무것도 모른다는 뜻?'

만약 그렇다면 이야기가 조금은 달라진다.

사실 장보도라는 것도 그 존재가 의심스럽다.

함건은 이미 한 장의 지도를 가지고 있었다. 천년지로의 입구를 찾아가는 지도. 바로 언극린이 그에게 준 지도다.

그가 알기로 그것 외에 장보도라 불릴 만한 것은 오직 하나뿐이다. 기관매복을 통과하는 방법이 담긴 지도!

연진우에게 과연 그것이 있을까?

만약 있다고 하더라도 지금처럼 거침없이 움직인다는 것은 이해가 되지 않는 일이다. 길을 안내하는 지도는 자신에게만 있는데 어떻게…….

더 이해되지 않는 것은 그럼에도 불구하고 그들이 가는 방향이 지도에 표시된 방향과 일치하고 있다는 것이다.

그래서 함건은 연진우가 가진 장보도가 대체 어떤 것인지 알아보려 했다. 또 그것을 위해 미리 함차와 모의하여 연진우를 자극하도록 했었다.

한데 연진우의 반응은 뜻밖이었다. 술수에 말려들기는커녕 도리어 창강자라는 인물을 들먹이며 공동삼협을 당황케 하고 있는 것이다.

창강자… 생각할수록 가슴이 답답해지는 이름이다.

백색 복면을 뒤집어쓰고 그와 만나던 날, 연진우를 빼앗기고도 아무 말을 할 수 없었다. 그를 마주했을 때 전신이 쇠사슬에 구속되는 느낌을 받았다.

그가 연진우를 데리고 정의맹을 유유히 빠져나간 후 창궁 진인과 언극린은 그를 채근하지 않았다. 그들도 상대가 창강자라는 것을 알았기 때문이었다.

과연 연진우가 창강자에게 들었다는 것은 무엇일까?

함건은 고개를 가로저었다.

지금 생각해야 할 것은 그게 아니었다. 창강자 생각은 나중에 하고 일단은 현재에 집중해야 한다.

“도제 강명이 남긴 안배를 아시오?”

함건의 말에 연진우는 두 눈을 반짝인다.

이야기가 계속된다.

“천년지로를 얻기 위해서는 모두 네 가지의 안배를 얻어야만 하오. 두 장의 지도와 한 가지 신물. 그리고 도제의 도법을 알아야만 하오. 연 소협이 가진 장보도는 두 장의 지도 중 어느 것이오?”

연진우는 가볍게 미소하며 대답했다.

“그대가 가진 것은 뭐요?”

“…….”

함건이 움찔했다.

“그, 그게 무슨…….”

다급하게 말을 얼버무려 보지만 함건의 얼굴에는 식은땀이 흐르고 있었다. 어떻게 안 것일까?

“그게 무슨 소린가, 사제?”

함진이 입을 열었다. 함차도 의아한 눈으로 함건을 보고 있었다.

함건은 느릿하게 입술을 달싹거리며 사형제들에게 말했다.

“일단은 연 소협의 이야기를 좀 더 들어보지요.”

그러면서 함건의 눈은 연진우를 보며 흉흉한 광채를 뿜어냈다. 그러나 연진우는 전혀 동요하지 않았다.

“왜 내가 가진 것만 밝혀야 하오? 그대가 가진 것도 밝히시오.”

휘이잉—

거친 눈보라 속, 긴장감은 점점 고조된다.

연진우와 공동삼협은 팽팽하게 대치하고 있었다.

그러나 그 긴장 속에서 자유로워 보이는 사람이 둘 있으니…

"무엇이 그리 재미있는가?"

혜주 상인이 빙그레 웃으며 홍염에게 말을 걸었다.

굳어져 있던 인상을 풀고 연진우를 보고 있던 홍염도 마주 웃으며 대답했다.

"진우가 저토록 노회(老獪)해졌을 줄은 몰랐습니다."

"강호에서 살아남자니 별수없었겠지."

약간은 처연하게 느껴지는 웃음을 지으며 혜주 상인이 나지막이 읊조렸다.

바람이 점점 더 거세어진다.

날리는 눈발은 시계(視界)를 조금씩 좁혀가고 있었다.

"왔군!"

혜주 상인의 눈이 번쩍였다.

약간 늦었지만 홍염도 움찔했다. 흉험한 살기가 가까이 다가온 까닭이다.

연진우와 공동삼협도 그것을 느꼈는지 대치를 잠시 중단했다.

"누구요?"

쩌렁쩌렁 울려 퍼지는 연진우의 목소리!

사람들의 시선이 연진우에게 집중되는 순간 카랑카랑한 목소리가 냉랭한 웃음소리와 함께 천산을 울린다.

"하하하, 핏덩어리 같던 놈이 많이 컸구나."

모두가 의아한 표정으로 소리나는 곳을 바라보니 흑의를 입은 노인 하나가 어느새 가까이 와 있었다.

일행의 표정은 밝지 못했다.

그들 중 고수 아닌 사람이 없는데 누구도 그가 이만큼 가까이 다가

온 것을 몰랐던 것이다.

'이럴 수가, 이전에 비해 무공이 몇 배는 더 고강해진 것 같구나. 가까이에 다가왔다는 것은 알았지만 이렇게 짧은 시간에 이 자리에 나타나다니… 생각보다 오늘의 일이 쉽지는 않을 것 같군.'

연진우는 살기가 번뜩이는 노인의 눈을 보며 그렇게 생각했다.

"당신은……."

함건이 그를 보며 말문을 열었지만 순간 뜨끔하는 표정을 지으며 즉시로 입을 다물었다. 지금껏 연진우와 공동삼협 사이에 오가던 이야기를 빼놓지 않고 듣고 있던 홍염은 그런 함건의 표정 변화를 놓치지 않고 뇌리에 담아두었다.

"흥!"

흑의노인은 공동삼협을 보고는 코웃음만 치고 아무런 말도 하지 않았다.

그의 시선은 연진우를 향했다.

연진우는 문득 자신을 엄습해 오는 지독한 한기에 몸을 부르르 떨었다.

짙은 회색의 기도가 뭉클 피어오르는 검은 옷의 노인.

희디흰 설원에 나타난 검은 옷은 몹시 차가운 인상을 주었다.

그뿐이 아니다. 그의 눈은 묘한 느낌을 주었다. 뽀족뽀족 길게 쪼개어진 바위에서나 풍겨지는 날카로운 기세가 담겨 있는 눈이다. 하나뿐인 눈이긴 하지만.

그제야 연진우는 왜 자신이 몸을 떨었는지 생각하게 되었다.

검은 옷을 입은 애꾸눈의 노인. 자신을 죽을 고비로 몰아넣었던 사람이었다. 사부와 헤어지게 된 것도 저 사람 때문이었다.

"무영은편(無影銀鞭) 등성호(鄧聖號)……."

연진우의 입가로 외마디 신음 소리가 흘러나왔다.

나타날 것을 기다렸던 사람이지만 막상 만나게 되니 압박감이 만만치 않았다.

왜일까? 무공이 그보다 약해서?

그것은 아닐 것이다. 이미 연진우의 성취는 과거와 비교할 수 없는 수준에까지 이르렀다. 등성호가 과거보다 더욱 강해졌다고는 하나 실제로 싸워서 질 거란 생각은 들지 않았다.

연진우가 경험하고 있는 미묘한 느낌의 정체는 다름 아닌 과거의 상처이다. 과거 그는 등성호와 구설에게 비참하게 쫓겨 다니다 붙잡힌 적이 있었다.

그때 스스로의 힘으로 도저히 빠져나올 자신이 없어 형량보가 있는 월아산으로 그들을 인도했었다.

과거의 기억이 현재를 구속하고 있었다. 연진우는 비겁했던 자신의 과거가 수치스러워 견딜 수가 없었다. 천산에 오르면 그를 만날 것이라고 미리부터 생각하고 있었음에도 불구하고.

한편 혜주 상인은 변함없는 표정을 유지하고 있었다. 홍염과 이야기하던 동안 미소 짓던 표정 그대로.

반면에 홍염의 표정은 매우 신중해졌다. 그는 공동삼협이 보이는 심상치 않은 반응과 무언가 의도한 바가 있었다는 듯한 혜주 상인의 반응, 그리고 극심한 혼돈에 빠진 듯한 연진우의 반응들을 두루 관찰하고 있었다.

거친 바람이 한줄기 스치고 지나갔다.

머리카락이 눈에 들어간 것인지 등성호는 손을 들어 머리를 쓸어 넘졌다. 홍염의 눈에 언뜻 들어온 그의 손은 강시의 그것처럼 깡말라 있었다.

홍염은 그 짧은 시간 동안 등성호의 손을 좀 더 유심히 보았다. 젓가락처럼 말라비틀어진 손가락이라 더욱더 그렇게 보이는지는 몰라도 유난히 가늘고 길어 보이는 손가락이었다.

'단병(短兵)을 익힌 사람인 듯한데……'

가늘고 긴 손가락. 짧고 가벼운 병기를 주로 익혀서 손 모양이 그렇게 된 것인지, 애초부터 손이 그렇게 생겨서 단병을 익혔을는지는 알 수 없는 노릇이다. 일단 홍염은 그가 단병기를 사용할 것이라 추측했다.

홍염은 그렇게 생각하며 등성호를 좀 더 훑어보았다. 병기라고 할 만한 것이 눈에 띄지 않았다.

적수공권(赤手空拳)의 무술가?

그러나 홍염의 눈은 아니라고 말하고 있었다.

권법을 익혔다고 보기에는 손가락이 지나치게 길었다. 얇은 손바닥은 장법에도 부적절했고, 가느다란 손가락 탓에 조법(爪法)을 구사하기도 수월치 않아 보였다.

'각법(脚法)을 익힌 자인가?'

그럴 가능성도 전혀 배제할 수는 없다. 하지만 일반적으로 각법을 익힌 사람은 하반신이 보통 사람에 비해 길다. 흑포 아래로 언뜻 드러난 노인의 하반신이 남달리 길어 보이지는 않았다. 물론 모든 종류의 일반적인 이야기는 언제나 예외를 가지고 있지만.

'연검(軟劍)이나 연편(軟鞭) 종류의 무기를 사용하는 것일까?'

그거라면 충분히 가능성있는 이야기다. 연검은 요대(腰帶)처럼 허리에 둘러놓으면 남의 눈에 잘 띄지 않기 때문에 적국에 침입하여 정보를 캐내는 세작(細作)들이 즐겨 패용(佩用)하는 병기였다. 그러고 보니 허리에 매여진 은빛 띠가 심상치 않아 보였다.

홍염의 추측이 계속되는 동안 등성호는 연진우에게로 한 걸음씩 다가갔다.

연진우는 가까이 다가오는 등성호를 흐릿한 눈으로 쳐다보았다.

아무도 그를 제지하지 않았다.

보다 못한 홍염이 나서려 하자 혜주 상인이 가로막았다.

[연 시주에게는 마음의 상처가 있소. 그것은 스스로 등 형을 넘어설 때만이 극복될 수 있는 것이오. 잠시만 가만히 기다려 보시오.]

귓전에 들려오는 혜주 상인의 전음에 홍염은 제자리로 돌아왔다.

등성호는 다른 사람은 전혀 아랑곳 않으며 연진우에게 소리쳤다.

"지도를 내놓아라!"

짧은 그 한마디가 전부였다. 말을 마친 등성호는 양팔을 길게 늘어뜨린 채 연진우의 대답을 기다렸다.

한편 뿌연 눈빛으로 등성호를 바라보던 연진우는 이를 악물었다. 그의 뇌리로 과거의 기억들이 주마등처럼 스쳐 지나갔다. 그리고 언젠가부터 습관적으로 되뇌이던 한마디를 떠올렸다.

"피하지 않는다."

연진우는 앞으로 한 걸음 나서며 서늘한 눈빛을 등성호에게 내던졌다.

두 사람의 시선이 허공에서 뒤엉켰다.

등성호가 냉막한 음성으로 말했다.

"정말 많이 컸구나. 함께 있는 자들을 믿는 모양인데 이 주위에는 네가 생각하는 것보다 훨씬 많은 놈들이 보물을 노리고 따라왔다. 지금 이자들 정도는 아차 하는 순간에……."

"말이 많아졌군. 언제부터 말로 사람을 가르치려 들었지?"

사뭇 도발적인 어조로 말을 내뱉는 연진우의 얼굴을 쳐다본 등성호. 이내 그의 입에서 차가운 웃음소리가 들렸다.

"관을 보아야 눈물을 흘릴 놈이구나."

연진우는 대답하지 않고 앞으로 한 걸음 나서며 두 주먹을 앞으로 내밀었다. 지금껏 일로매진(一路邁進)해 온 파옥권의 기수식이었다.

"흥!"

가볍게 코웃음 치며 등성호도 발을 움직였다. 그와 동시에 그는 손을 허리춤으로 가져갔다.

홍염은 눈을 크게 떴다. 그의 예상이 들어맞았다. 어느새 은빛의 허리띠는 반 장 길이의 채찍이 되어 있었다.

'무영은편(無影銀鞭)이라더니… 사용하는 병기 때문에 붙여진 별호인가? 아니면 병기로 구사하는 무공 때문에?'

눈보라가 몰아치는 설원에서 연진우와 등성호 두 사람은 팽팽하게 대치하고 있었다. 조금만 충격을 주어도 곧 터질 듯한 긴장감이 충만했다.

서걱—

등성호가 조금씩 움직일 때마다 서걱거리는 소리가 났다. 물론 바람소리 때문에 잘 들리지 않는 미세한 소리였지만 그것은 땅에 쌓인 눈에서 나는 소리였다.

서걱—

홍염은 똑똑히 볼 수 있었다. 아래로 늘어뜨린 채 아무렇게나 끌고 가는 듯한 등성호의 은편 아래로 눈이 날카롭게 파인 것을……. 마치 보검에 잘린 듯한 흔적이었다. 검기(劍氣)와도 같은 기운이 은편에서 발출되고 있다는 증거였다.

그러나 등성호와의 대치에만 신경 쓰느라 그것을 보지 못한 것인지, 아니면 보고도 못 본 척하는 것인지 연진우는 자신있게 먼저 공격하였다.

가벼운 듯하면서 무겁고, 무거운 듯하면서 가벼운 일권이 허공을 가로질렀다. 빠르지도 느리지도 않은 그 주먹을 흩날리던 눈이 나선형으로 감쌌다.

전신에 가벼운 진동이 스치고 지나간 것을 느낀 등성호는 움찔하지 않을 수 없었다.

미미한 진동을 보이던 눈의 움직임이 달라졌다. 갑자기 거대한 울림과 함께 바닥에 쌓여 있던 눈이 허공에 떠올라 회전하기 시작했다. 맹렬한 기세로 회전하는 눈은 기둥 모양을 하고 등성호에게로 뻗어 나갔다.

대경실색한 등성호는 양발을 바쁘게 놀렸다. 그는 팔괘의 방위를 밟으며 날카로운 기합을 뱉었다.

"하앗!"

등성호를 향해 맹렬히 돌진하던 눈의 기둥은 등성호가 휘두르는 은편에 부딪치는 족족 사방으로 흩어졌다. 등성호는 눈 기둥을 와해시키며 더욱더 맹렬히 전진했다.

우르르…….

진동이 격렬해지면서 두 사람의 거리는 점점 더 좁혀졌다.

깨끗한 눈으로 하얗게 덮여 있던 천산에 검은 구덩이가 생겨났다. 연진우와 등성호가 충돌하며 눈이 깊숙하게 파인 것이다.

한차례의 세찬 충돌을 마친 그들은 태산같이 우뚝 서서 옷자락을 펄럭였다.

둘의 시선이 다시 엉켰다.

그들은 피차간에 놀라움을 느끼지 않을 수 없었다. 상대도 되지 않던 연진우가 이토록 성장했다는 것은 등성호의 놀라움이었고, 그간 기연을 얻고 수련에 수련을 거듭하였건만 등성호 역시 더욱더 강해졌음을 알게 된 결과는 연진우의 놀라움이었다.

적막감(寂寞感)!

주위에 여러 사람들이 있고 바람 소리로 시끄럽기 그지없지만 기이하게도 연진우는 적막감을 느꼈다.

머리 속이 한없이 투명해지는 것 같았다. 다른 사람들은 들을 수 없는 숨 막힐 듯한 고요의 소리가 귓구멍을 후벼 파고 있었다.

둘은 다시 시선을 교환하고는 다음 공격을 준비했다.

연진우는 숨을 길게 들이마시며 진기를 끌어올렸다. 조금 전의 충돌로 상대의 힘을 어느 정도 실감하였으니 이제 단숨에 결판을 지으려는 것이다.

등성호 역시 최강의 일초를 날릴 채비를 차렸다.

이제는 싸움의 당사자들뿐 아니라 다른 이들까지도 두 사람이 느끼는 적막감을 공유할 수 있었다.

지독한 적막 속에서 투명해진 의식은 '나' 와 '너' 의 구분을 뛰어넘는다. 장자의 호접몽(胡蝶夢)이 그러했을까? 내가 나비가 되는 꿈을 꾼 것인지 나비가 내가 되는 꿈을 꾼 것인지, 실상과 허상의 경계를 넘나드는 기묘한 의식의 공유는 이 시간 연진우에게 새로운 깨달음을 주고 있었다.

스팟!

누가 먼저랄 것도 없이 그들은 움직였다. 일격필살의 의지가 담긴 공격. 뇌전(雷電)과 같은 초식의 흐름은 설원을 찢어발겼다.

거대한 충돌음과 함께 두 사람의 주위로 눈이 뿌옇게 날렸다. 일행은 한참을 기다려서야 그들의 모습을 볼 수 있었다.

"……."

"……."

두 사람의 위치는 처음과 반대에 놓여 있었다. 전진하며 초식을 교환한 후 상대가 처음 출발한 곳에 도착한 것이다.

두 사람은 서로를 등진 채 똑바로 서 있었다.

그리고 아직 결과를 알 도리가 없는 일행의 얼굴에는 긴장감이 어려 있었다. 오직 한 사람, 혜주 상인의 얼굴에는 여전히 미소가 감돌지만.

울컥!

입에서 핏덩이가 한 주먹 튀어나와 눈 위를 붉게 물들였다.

홍염의 눈가가 부르르 떨렸다.

연진우는 휘청거리며 피를 토한 입가를 손으로 문질렀다.

공동삼협은 예상했던 결과라는 듯한 표정을 지었다. 특히 함차의 얼굴에는 노골적인 안도의 기색이 떠올랐다.

그럼에도 불구하고 혜주 상인의 표정은 변함이 없다. 대체 무슨 생각을 하고 있는 것인지.

혜주 상인이 눈 위를 성큼성큼 걸어갔다.

그가 멈추어 선 곳은 등성호의 앞이었다. 홍염과 공동삼협의 눈에 의아한 기색이 떠올랐다.

"등 형, 이제 되었소."

그렇게 말하며 혜주 상인은 등성호의 어깨를 가벼이 두드렸다.

그리고 그 순간 등성호는 힘없이 허물어졌다.

혜주 상인은 그가 넘어지지 않도록 부축하며 연진우를 향해 엄지손가락을 내보였다.

핼쑥한 안색이었지만 연진우도 미소를 지었다.

"그렇다면 이제……."

연진우가 뭔가 말하려 하자 혜주 상인은 집게손가락을 입술로 가져갔다. 그리곤 뭔가를 들어보라는 시늉을 했다. 미소가 사라진 딱딱한 표정이었다.

"이런……."

혜주 상인의 표정이 다급해졌다. 그는 축 늘어진 등성호를 어깨에 들쳐 업으며 홍염에게 눈짓을 했다. 무슨 연유인지는 모르나 그가 말하고자 하는 바를 대충 짐작한 홍염은 재빨리 연진우에게로 다가갔다.

찌잉─ 찌잉─

날카로운 바람 소리 사이로 귀신의 호곡성 같은 소리가 섞여들었다. 혜주 상인의 표정은 더욱더 다급해졌다.

우르르릉─

비로소 나머지 일행도 바삐 움직였다.

하지만 이미 발 아래의 눈이 쩍쩍 갈라지기 시작했다. 연진우와 등성호의 충돌이 눈에 충격을 준 것이었다.

눈사태를 맞닥뜨리게 된 그들은 황급히 몸을 날렸다.

처음에는 어느 정도 거리를 두고 피하는 것 같았지만 거대한 굉음과 함께 점차 무너지는 규모와 속도가 증대되자 하나둘 눈 속에 파묻히는 사람이 생겨났다.

이윽고 눈 더미는 모든 것을 덮어버렸다.

한바탕 눈사태가 천산을 쓸고 가자 조금 전까지 연진우 일행이 있던 곳에서는 더 이상 생명의 흔적을 느낄 수 없었다.

천산에는 여전히 눈이 내리고 있었다.

『천년지로』 4권으로 이어집니다.

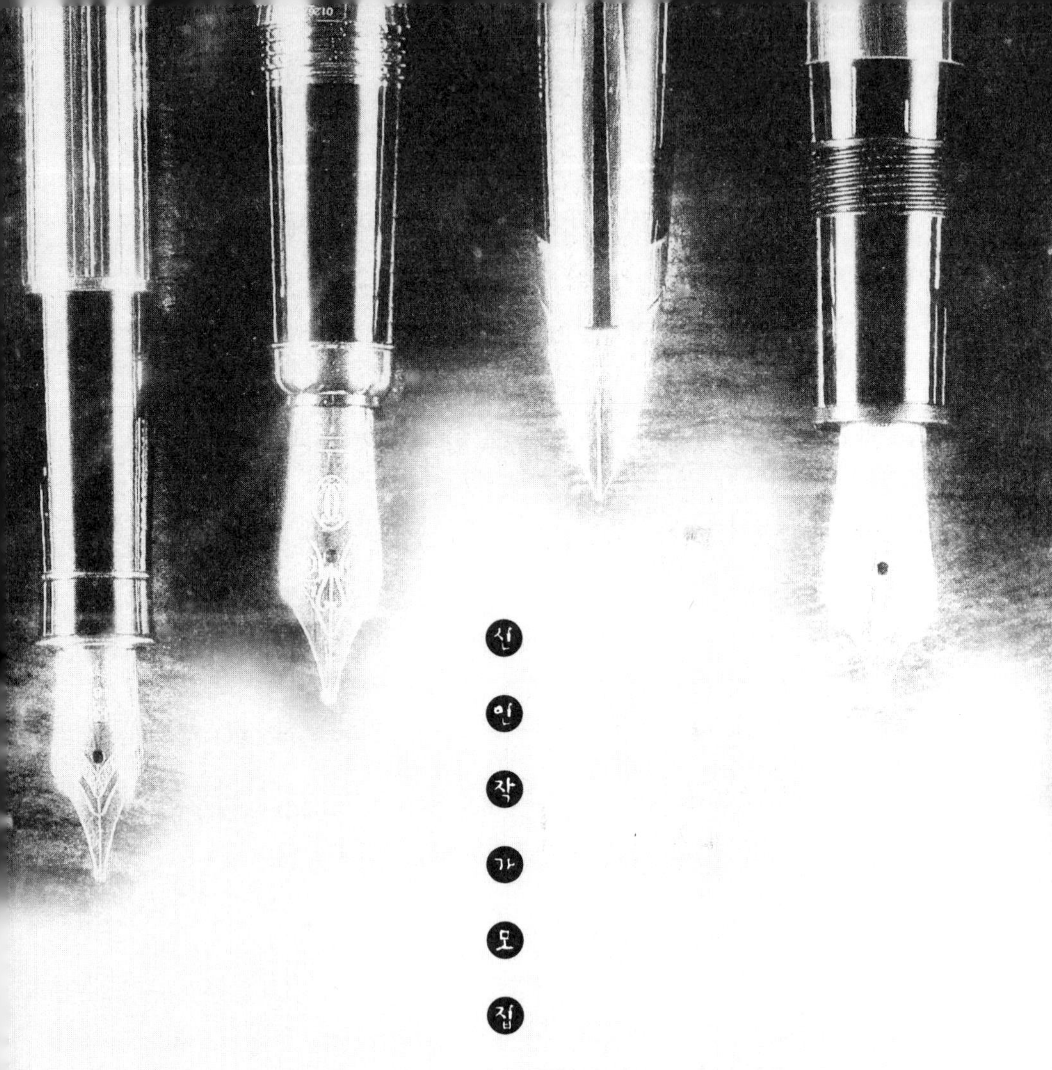